心愛的無緣人

邱祖胤

本書獻給我的父親、母親、愛妻以及三個寶貝

目錄

第一章 別人的女兒

風聲

阿蘭。

妳感覺到有風，風吹得妳頭痛欲裂。其實也只是微微涼涼的風，輕飄飄的，沒什麼勁道，但這樣的風，卻彷彿隨時都能要了妳的命。妳想起身，卻身不由己，耳畔響起尖銳的聲音，就像火車進站急停、輪與軌激烈磨擦發出巨響，聲音一再被逼到極限，妳整個人被剖成兩半。

妳忘了自己是怎麼進到坑裡來的，忘了來這裡的目的，也不知道自己在找什麼，像一則無主孤魂到處游蕩，沿途一路都是下坡，不見一點光影，滿坑煙硝味，醺得人心神迷亂，後來一個閃神，妳踩到一顆滑動的石塊，整個人就這樣不停的向下墜落、滑行，直到撞到一根木樁才停止。不省人事。

有幾隻蟲子在妳臉上爬，妳想去撥弄，無奈手腳不聽使喚，好不容易睜開眼，適應了黑暗中的微弱光線，妳看到了幾隻白色蜘蛛，牠們爬得極為緩慢，看似漫無目的的爬，牠們努力爬到坑頂，不慎跌落，卻又飄了起來，再緩緩降回地面，彷彿進行著一種特殊的儀式。妳以為那是幻覺，妳自幼在茶園裡穿梭，什麼蟲子沒見過，就是沒見過會飛的蜘蛛，就算是纏綿著絲線隨風擺盪的蠅虎，也不曾飄忽得如此鬼魅。該不會是白蜘蛛？妳想起我說的，在礦坑裡總是會遇見幾隻，見怪不怪，毋須理會，牠一碰到人的身體，便會消失無蹤，被碰到的人，不會痛也不會癢，倒是偶然吸進鼻子裡，會有種酣暢之感，像喝了幾杯烈酒，臉頰頓時熱了起來，眼神也跟著迷濛，嘴角不自覺牽動，讓人想笑。但我也跟妳說了，絕不能輕忽白蜘蛛的一舉一動，當蟲子群聚、騷動，就代表災難即將來臨，就算妳再怎麼疲憊，也要拔腿狂奔，待千軍萬馬奔竄，那就大事不妙了。

我說：「記住，白蜘蛛變多，妳就要跑！」

妳說：「為什麼？」

「不要命妳就別跑。通常看到白蜘蛛的人，都沒有活命的，有個老前輩說，他曾經看過一大群白蜘蛛從石縫裡竄出來，大約幾百隻，他來不及逃，然後就遇到大爆炸，只記得眼前一片火海，之後就什麼都不記得了，後來他被救出，大難不死，之後逢人就說，看到白蜘蛛，就要趕快逃命。老人家的話不會有錯的。」

但多少算多？在地底深處，怎麼跑？往哪跑？妳心中充滿疑惑。倒是此刻仰臥在冰冷的坑道，看著這些蟲子飄啊飄的，非常好看，哪有什麼恐怖？妳就這麼靜靜的看著這些蟲子漫舞、攀爬，隨與飄忽，不為什麼而奔忙，人生要是能這樣就好了，人總是像黑螞蟻一般一刻不得閒，太苦了。不久妳卻又發現，這些蟲子也並非沒事可做，牠們總是朝著同一個方向逸散而去，牠們並非無端消失，而是往石縫裡鑽去，莫非那裡有路？莫非那裡有人？妳終於想起自己是來找人，不能再賴在原地不動了。

前晚傳來礦坑出事的消息，妳力圖鎮定。妳的丈夫在坑裡。妳的另一個男人也在坑裡。妳以為，我終歸是下手了，為了妳。妳記得很清楚，我說，不管怎樣，都到坑裡來跟我相會，夜間九點有個空檔，不會有人管事，進到坑後，第一個叉路左轉，右側有一個淺坑剛好可以容得下一人，只要躲在那裡，我就會來找妳，或者，我會在那裡等妳。萬一事不成，躲在那個洞裡，別人看不見妳，妳卻看得到人來人往，若妳的丈夫是生，妳就知道怎麼回事了，夜半妳再悄悄走出來，神不知鬼不覺，繼續過妳的日子，妳我只能來生再見。若事成了，妳我便遠走高飛，去過逍遙的日子。妳邊聽邊流淚，不置可否。

妳心跳得飛快。後來事情就這樣發生。連約定的時間都還沒到。

妳提前來到坑口，天色未暗，現場一片狼籍，哭叫聲、哀號聲此起彼落。妳仔細清點廣場上的屍體，確定沒妳認識的人，鬆了口氣，但也許人還在坑裡。妳猶豫到底該不該下坑？四處有人在忙，男人大呼小叫，幹聲連連。妳放慢步子，像貓一般閃過幾個管事者，這動作其實多餘，根本沒人在乎妳的存在。妳幾乎不敢呼吸，就這麼晃啊晃的，神不知鬼不覺的進了坑裡。一切進行得很順利。但說什麼叉路，卻遍尋不著，一條斜坡道走了快半個小時，哪有什麼叉路，妳卻在一個拐彎之後摔了一個大跟頭，昏死過去。待睜開眼，看到白蜘蛛，如夢似幻，還以為只是一場夢，一場令人頭疼欲裂的惡夢。

一隻蟲子領妳勉強起身。其實在坑裡什麼都看不見，這蟲子身上的螢光倒成為照明，即使光線極其微弱，卻足夠妳辨識方位，妳扶著石壁，舉步維艱，一步步靠向蟲子聚集的所在，妳發現所有蟲子都朝同一個方向行進，妳六神無主，只能盲目跟隨，果然發現一條窄得不能再窄的縫隙，原來風都吹向此處，這些蟲子不過是跟著風在走，但有風，就表示有路。妳仔細端詳這縫，無止盡滲流著涓滴泉水，這縫連隻老鼠都不能容身，更別說人了。往上不能攀爬，側身又無處可去，難不成就被困在這死所？妳不禁嘆氣。卻聽到也有人在嘆氣。不，那是呻吟聲，一名男子的聲音。會是他嗎？妳一心急，便使勁去撥弄那條裂縫，卻被妳弄塌了一大片石壁，眼前出現另一處洞穴，裡頭躺著一個人，應是落磐時滑落至此，摔成重傷。

「阿明？是阿明嗎？」那人聽到妳的呼喊，勉強抬頭，兩人四目相接，都吃了一驚。原來是妳的丈夫。「妳怎麼在這裡？」同一句話，卻有兩個人同時說出口，一句是丈夫說的，一句卻是我說的。妳轉身，我就在妳身後。妳知道，妳丈夫說那句話的意思，是驚訝妳何以來此？是來相救嗎？我的意思則是，不是叫妳在坑口等嗎？怎麼跑來這裡？事情還沒完呢。妳不知該如何回答。不知所措。覺得自己做了虧心事。我看到妳，滿心歡喜，又見妳的丈夫身受重傷，動彈不得，竟興起玩弄之意。我粗魯的去吻妳，妳先是抗拒，死命抗拒，卻抗拒不了，妳的丈夫這才明白是怎麼回事。百感交集。這賤人竟不顧多年夫妻恩情，不念七八個孩子嗷嗷待哺，就來這裡會情人，前一刻以為妳在乎他的生死，拚了命下坑救他，讓他感動莫名，此刻妳卻在另一個男人的懷抱裡溫存，好像他已經死了一般。

萬念俱灰，十七年夫妻感情，竟如一張薄紙，他想不通妳何以如此寡情，妳平日對家、對孩子頗見用心，對他亦百依百順，完全看不出有什麼不對勁。難道自己曾做什麼事讓妳記恨？雖曾幾次動手打妳，卻也不至於嚴重到讓妳懷恨在心。是了，妳就是個不守婦道的淫蕩女子，除此之外，別無解釋。但，與姘夫偷情，竟能隱瞞到神不知鬼不覺，令人髮指，還是他太過駑鈍，不長心眼？實則他根本不知妳我苦命的遭遇。他不甘心，望著眼前肆無忌憚的妳我，他幾乎要羞憤死去，血不住往腦門衝，無奈雙腿已斷，加上體力耗盡，根本動彈不得。但人在激憤之下，總能奮力一搏，他雙手各執一石，醞釀著滿滿的恨意，身體像一尾土虱溘然躍起，朝我的後腦奮力一擊，隨後自己也跟著重重摔落。只怪我太輕敵，自顧著耽溺美人體溫，身不由己，沒料到竟會遭到突襲，我受到重創，跟著昏死，傷處大量淌血。

妳面對突如其來的變故，驚聲尖叫，緊抱著我的身軀，還是妳丈夫的身軀？我竟分不清楚。

光陰點滴過去，妳不住的哭泣，身邊兩個男人不省人事，卻有兩個男人不知從什麼地方冒出來，他們身上也受了重傷，只能像蛇一般在地面蠕動爬行，他們一步步欺近妳，好似在寒夜裡找到一團炭火，他們對妳說：「莫再哭了！」他們不斷重複著同一句話，就像約好了一般安慰著妳。

妳哭泣，妳狂叫，尖銳的聲響迴盪整個礦區。我的魂魄被妳喚醒，剎時化為一陣狂風，倉皇追逐妳的吶喊。

搶人

產婆淑芬從惡夢中醒來，一身冷汗。

要不是這個婦人撐得太久，淑芬很少在一戶人家停留超過三天。見那產婦呻吟，有氣無力，有一搭沒一搭，以她多年接生的經驗，根本還未到生產的關鍵時刻，婦人偶爾還能起身走到廚房喝水，更是令她一把無名火上來，恨不得去拿刀砍人。但淑芬知道事有蹊蹺。女人時而眼眶含淚，時而緊握她的雙手，卻又什麼都不說，把她的性子都快磨光了。「到底什麼事？有話快說？不然我要回家睡覺了，你自己生吧！」女人猛搖頭，神情怪異。她的男人聽到房裡有爭執聲，探頭進來問：「按怎？」淑芬叫罵：「沒你的代誌啦！」男人被這一聲狂吼斥退，摸摸後腦杓，識趣的掩上門扉。她直覺這男人鬼鬼祟祟，大有問題。既然從女人口中問不出所以然，只好跟這家人慢慢耗。她索性假寐，卻真的睡著了，鼾聲大作。半夢半醒間，她聽到男人與他的父親竊竊私語，說早就和旱溪的土虱說好了，孩子不管是男是女，都要賣給他，訂金已經先付了一半，就等出世，再付另一半，若是女的，再給雙倍價。父子倆還說，可千萬別給這潑婦壞了好事。

忍無可忍。淑芬盤算著該怎麼搭救這對母女。

這一年，日本人走了，唐山人來了，淑芬廿八歲了，已經是兩個孩子的母親。她是牡丹、雙溪、三貂嶺一帶最有名的產婆，十二歲那年，因緣際會接連幫自己的阿嬤及阿母接生，從此開啟她漫長的產婆生涯。她手腳俐落，不到三年便接生百來個嬰兒，聲名遠播，一次到大坪出任務，竟造成一屍三命，她受到衝擊，失去記憶，所幸鄰村男子、留日青年醫師廖家慶，不顧家人攔阻，堅持娶她回基隆悉心照料，本以為一切就此圓滿，不料事隔半年，淑芬清醒過來，執意離婚，斷送這段姻緣。回鄉之後，淑芬卻又變了個人，行為不檢，常與村中男子苟合，終致懷有身孕。同村男子阿榮，不計較孩子的生父是誰，甘願與她相扶持，為她顧孩子，又能容忍她的壞脾氣，十年下來，竟也過了一段還算平順的日子。

村裡的人見到她，總要禮貌性的問候一聲：「淑芬嬸！」對她十分尊敬，不只因為她有正義感，好打抱不平，對女人小孩老人家都很有辦法，一些難纏的家務事找她出面，也多半能善了，她又能為人收驚、忌解、治療小病痛，比起一些江湖郎中更有效率。但其實在這聲問候的背後，眾人心裡想的卻是關於她的種種傳聞，畢竟這個喜怒無常、離過一次婚的女人，有太多不可告人的祕密。她老是裝得一副凶巴巴的樣子，其實只是想堵住別人的嘴巴，天知道她私底下還幹了多少不要臉的事？淑芬知道眾人背地裡對她指指點點，卻也不在乎，因為她知道，總是有更重要的事在等著她。

這天，淑芬來到魚行村一處五戶民家傍溪而立的小村落，構樹、江某樹、相思林層疊交錯，夏日蔭涼無比，總是在水氣激盪之下滲出西瓜的香甜氣息，令人口水直流。土埆厝裡，兩個女人坐在矮凳上，相對無語，淑芬不時為女人按摩筋絡，撫慰私處，檢查產道，時而以熱毛巾為對方擦拭臉孔及身體，把產婦伺候得服服貼貼。女人知道淑芬的心意，心頭篤定，不再猶豫，一心想把孩子生下，淑芬愈是看她滿頭大汗，愈是為她感到悲哀，也不知這孩子出世後，她還能見到幾眼？幾經折騰，孩子的肩膀竟先出來，淑芬大喊不妙，都怪自己漫不經心，早該看出這女人的肚子有些古怪，這下來不及調整胎位，只好在手上塗抹大量麻油，雙手直接伸進產道施力，也是她手藝太過靈巧，沒兩下便托住嬰兒下巴，就這麼東搬西挪，讓嬰兒的頭部引入正確甬道，索性一口氣將孩子連拖帶拉，引出母體，女人慘叫，險險昏死過去。

孩子身上沾著惡露，哭得像隻小貓，四斤一兩重，沒卵脬的，是個女孩，臉蛋略長，獅鼻，有小酒窩，像母親，眼下有斜紋，似是善解人意的面相，應是個得人疼的孩子。淑芬就是能記得每一位由她接生的孩子的長相，記得每一張小臉如同含苞待放的蓓蕾，隨著年紀舒展、盛放，再蛻變為飽經風霜的容顏。

但此刻淑芬完全無心細賞孩子的容貌，一切對這對母女而言都是最不利的狀態，如果是男孩，也許還有留下來的機會，既是女孩，恐怕連商量的餘地都沒有。淑芬知道，只要她一離開這屋子，這對母女勢必就要被拆散。沒時間多想。她迅速為嬰兒剪了臍帶，簡單護理，身上裹了兩層包布，然後交由母親餵奶，接著為女人擦拭身體、抹臉、梳頭，雖是夏日，卻為她換上兩件冬日的衣衫，免得產後受風寒。她打定主意要帶這對母子暫離是非之地。見孩子大致吃飽，便示意女人馬上動身。

房門才開，兩人都大吃一驚，孩子也受到驚嚇，差點哭出聲來，但很快被女人哄住。這家的男人手裡拿著一把柴刀，冷冷盯著女人看，身邊的老人則拄著鋤頭，站在廳堂正中，兩人都默不作聲。淑芬見苗頭不對，先撒個謊應付：「這孩子耳朵流膿，我帶回去照顧幾天，女人一起去餵奶，吃我家的，過兩天便帶回來。」打破沉默，試探性的一問，但這話騙得了誰？連她自己都不相信這是實話。對方不答腔，她很快知道，這兩個男人是鐵石心腸，多說無益，要闖出這屋子，就得來硬的。

她走向那個男人，冷不防甩了他一巴掌，男人沒料到她會來這下，竟被打倒在地，柴刀脫手而飛，老人見狀，揚起鋤頭正打算迎擊，她回過頭來惡狠狠瞪了他一眼，老人嚇得一連倒退六七步退到了牆角，大氣都不敢喘一聲，卻怕這一退縮，孩子就被搶走，便對著兒子大喊：「幹，你在創啥？」示意他嚴守門戶，別讓這凶狠的女人得逞。

男人撫著火燙的臉頰，拾起柴刀，站起身來，擋在門前，阻住去路，淑芬沒給他喘息的機會，再度欺身上前，鼻子對鼻子，額頭對額頭，逼得男人無處可逃，她瘖著嗓子，用異常嚴厲的口氣說話：「你心這麼狠，連親生的女兒都要賣掉，你抱過她了嗎？你親過她了嗎？你還是人嗎？」兩人的鼻息在彼此的臉上亂竄，彼此都能聽到對方的心跳，男人不敢正眼瞧她，撇開臉去，淑芬突然暴怒尖叫，再甩他一巴掌，「你說，你還是人嗎？」該是這氣勢太過驚人，女人及小孩被嚇得大哭，淑芬卻沒有半分停手的意思，依然不斷喊著：「你還是人嗎？」一問一巴掌，打得男人眼冒金星，鼻血都被打噴了出來，要不是因為背後有門板撐著，他早該倒地不起。淑芬愈打愈起勁，終於將對方的臉頰打成麵龜，竟忘了旁邊還有一人虎視眈眈，老人形同驚弓之鳥，擔心下一個便輪到他，終於鼓足勇氣，拎起鋤頭，狂吼一聲，朝淑芬撲來，淑芬大吃一驚，快速閃避，左大臂竟被削出一條長長的傷口，頓時皮開肉綻，鮮血淋漓，鋤頭落地的同時，火花四濺，發出巨大聲響，與淑芬的慘叫聲相和，老人也被鋤柄的力量反震，整個人往後倒彈跌坐，要不是擔心這一撲會砍到自己的兒子，淑芬恐怕早已被砍成兩段。

淑芬暴怒，一個轉身，揚起右腿便往老人的胸膛踩去，她穿的是木屐，這一踩非同小可，老人唉的一聲倒地，痛得蜷縮成一團，她還不肯罷手，又對著老人的頭、臉、肩各踩一腳，就是嚥不下這口氣。她轉過身去，再朝著男人高腫的臉部補了腳，男人哇哇大叫。

「好了啦，莫再打了啦！」女人吶喊。淑芬一愣，這才罷手。女人雖然護女心切，卻終究不忍自己的男人被凌遲至此，誰才是她心所愛的人？這一聲吶喊，說明了一切。淑芬實在不明白，搶救自己十月懷胎的骨肉，到底有什麼好猶豫？這下好了，我費盡心思在幫妳，妳卻來倒打一耙，把我變成豬八戒。淑芬不怪她，像這樣沒骨氣的女人，她見多了，自己的男人不過受了一點小傷，就心疼得跟什麼一樣，倒顯得孩子被人抱走時的呼天搶地，像在作戲。

既然有人求情，就罷手吧，省得惹人怨恨。但我鄭淑芬要救的人，誰也不能帶走。

淑芬喘口氣，靜下心，簡單包紮傷處，喝了半壺水，準備上路，再不走，只怕橫生枝節，誰知中途會不會殺出救兵，壞了大事。臨去前，見兩個男人依舊蜷縮在地呻吟，忍不住啐了口痰，再罵了一句：「你們兩個還是人嗎？」便帶著母女二人揚長而去。

淑芬一路疾行，心情難以平復。卻隱約感覺到身後有個男孩在跟著她，如影隨形。

愛哭

產婆淑芬痛恨這裡的習俗：女孩出世，總是要送人，就算被留在原生家庭，好不容易長大了，有時也難逃被賣掉的命運。從來沒人問為什麼，彷彿所有女人都心甘情願接受這樣的命運，被送走，是命；沒被送走，也是命。但身為產婆，她不甘心。她以為將一個生命千辛萬苦帶來世上，是為了促成一段美滿的緣分，她是懷著看喜事的心情才做這件事，而不是來見證他人骨肉分離。要她做白工，門都沒有。

打從她獨當一面開始，她便力勸這一帶幾個山頭的人家將女兒留下，雖然這樣做常教人為難，畢竟送走一個孩子，少一張嘴吃飯，留下來了，就要費心張羅，卻也有不少留下孩子的父母親，對她感念在心，就算心裡不說，也總認為她是個活菩薩、媽祖婆。說到底，要不是日子難過，也不必煩心孩子該走該留。

淑芬想起有一年來到柑腳接生，這戶人家姓簡，連生了六個女孩，最大的九歲，最小的還在學走路，每個人臉上都掛著黃黃的鼻涕，沒任何笑容，如同驚弓之鳥，她們的父親也是愁眉苦臉，一副孝男面，彷彿家裡剛辦完喪事。女人生產的過程不停掉淚，又因元氣不足，數度昏厥過去，搞得淑芬手忙腳亂，最後孩子總算生下，四斤三兩重，沒卵脬的，頭上沒半根毛，身上散發一股鼠菊草的甜香，還帶著刺桐葉的苦澀，淑芬知道每個新生兒都有他獨特的味道，會跟著他們一輩子，她欣賞這些味道。但此刻，她連一句安慰的話都不會說，女人用僅剩的一點力氣捶打著床板，抗議自己不爭氣，控訴上天對她如此不公。所幸她的男人親自將這女娃接過手來，輕聲搖哄著，卻依舊哭喪著一張臉。淑芬照例問了一句：「不會送人吧？」男人回她一句：「查某囝嘛是囝，送人做啥？較打拚賺就是了。」淑芬鬆了一口氣，她知道這家的男人是疼孩子的，知道這女娃是有救的，不會平白無故被人送走，她無視孩子的臍帶未剪，女人的護理才做一半，便奔出門外，放聲大哭。

然而十多年來，儘管接生嬰孩無數，卻並非人人都像這女娃一般好命，孩子被送走仍是常態，只是多半背著這位多管閒事的產婆，暗地裡偷偷送走，淑芬初時經常為此情緒失控，不是到當事人家裡無理取鬧，就是去收養的人家強擄走孩子，幾次還為此鬧上官司。

村裡的人看在眼裡，就當看好戲，反正事不關己，卻也知道這女人意志堅強，對她總是敬畏三分。說她是柴耙、掃把星、恰查某也好，總是愛管別人的家務事，但真遇到事情了，卻也總是想到她，請她來出主意、主持公道。她卻時常感到心力交瘁，每次接生都像在打仗，不解自己如此執著是為了什麼？但她就是看不過去，她就是直腸子，不對的事就是不對，沒看到也就罷了，看到了還不阻止，還算人嗎？也因此，每次只要能成功留下一名女嬰，她的戰鬥意志便再度被燃起，知道自己這樣做是有意義的，至少能救一個是一個，她不救，又有誰來救？

這回，她又任性帶著一個女人與孩子，逃離那個無情的家，心中悲苦，走走停停，一條山路像沒有盡頭，其實是不知該往哪走，只有在偶然看到女人袒胸餵乳，輕聲細語哄著孩子，她才跟著展開笑顏，感受片刻美好。不知不覺卻來到她的師父——阿撿嬸的家中。

淑芬遠遠就聽見鼾聲大作，這聲音粗糙無比，如同殺豬，卻教她心安，她一進門便直闖臥房，站到師父床前，又推又搖，像個受了委曲的孩子一般，就是要把夢中人吵醒，見她不醒，又去拍打她的臉，愈拍愈使勁。

阿撿嬸猛然驚醒，坐起身來：「啊妳怎麼來了？我睡得正熟，怎麼把我吵起來？妳怎麼在哭？是發生什麼事了？」淑芬卻不說話，只是掉著淚，身邊的女人看她掉淚，想到自己的遭遇，也跟著啜泣，哭到不能自已。阿撿嬸瞧了兩眼，便知道是怎麼回事，本想安慰淑芬兩句，卻又感到心煩，想起十年前淑芬才剛出道時，還幹過更誇張的事，一回竟把一家十多口都帶來她家住，還有一次她將老人家的腿骨打斷，然後跑到她這裡躲藏，她硬是架著淑芬去那戶人家洗門風才了事。這回才一老一小是吧？不錯嘛，有長進。阿撿嬸乾笑了一聲，拖著木屐走到廚房找水喝，再拿幾顆桂圓止饞，接著便在屋裡神遊，東摸西摸，淑芬見她一副事不關己的模樣，心裡著急，便過去跪在她身旁，抱著她痛哭，一來也是許久未見面，見老人家蒼老許多，走路搖搖晃晃，步履蹣跚，不禁悲從中來，哭得更是起勁。

「阿嬸，我好痛苦啊！我根本就不是好人，我黑白來，我是一個袂見笑的查某，討客兄，但是我看著這些人垃圾、癩哥，看得想要吐，我不出手實在是看不過去，我老爸被人打到破巢，路都不會走，眼見就要死了，我阿嬤也是可憐，七老八十了還要帶一個戇呆的孩子……」

淑芬胡言亂語，自己都不知自己在說什麼，只是情緒一來，一股腦將所有想講的話都說出來，阿撿嬸卻沒任何反應，眼看手邊的桂圓吃完了，就再去抓了一把，這回卻不剝給自己吃，而是逕往淑芬的嘴裡塞，淑芬邊嚼邊說，情緒被打斷，沒多久便無話可說。阿撿嬸微笑著對她說：「這是我去壽天宮跟媽祖求的，吃保平安。」淑芬不知該接什麼話，有些尷尬，阿撿嬸再掏出一塊米香，自己剝著吃，又剝一些塞到淑芬嘴裡，這下淑芬完全沒心思講話了，她聞到阿撿嬸手上的強烈氣味，也許接生了三四個孩子都未曾洗手，還有些新鮮月桃葉加上糞便的刺鼻感，該是隨處在路邊放屎的傑作，她的小拇指還帶著鹹魚的味道，淑芬不確定那到底是摳腳的結果還是某日午餐的殘羹。就這樣，淑芬不再哭泣，也不再說話，帶來的孩子在母親的懷裡熟睡，午後陽光穿過相思樹的葉子灑進屋裡，帶來溫煦的氣息，彷彿阿撿嬸施了特別的魔法，教整個世界都暫停，停在什麼都不必想也不必做的慵懶時空。

阿撿嬸開口，才打破靜默，她提起最近勤於聽經念佛的事，覺得自己來日無多，「住在丁蘭溪的阿卿妳知否？她叫我要念佛，說我的業障太重，這一世歹命也就算了，若再不修，下輩子也要命苦，我在想，那還得了，那不如不要做人算了，阿卿說這樣叫謗佛，會被佛祖打死，我看她說得認真，就跟她去一個師兄那裡皈依，不去還好，一到廟裡，在師父的面前跪下，我就開始哭，也不知在哭什麼，跟妳剛才一樣，一面哭，一面隨便亂說話，後來我就很相信這個師父，常到他廟裡念經、聽經。但我沒念過書，大字也不識一個，拿著經典，什麼都不懂，只好跟著師兄師姊們黑白念，念經還好，反正人多，看大家都跪下來，我就跟著跪下來，有時還可以小睡一下，真舒服。」
淑芬疑惑的說：「跪下來還可以睡喔？是跪多久？」
「妳沒拜過喔？就師父手上的引磬一響，大家都跟著拜下去，再響一聲，大家就起身，再跟著念經。」
「那不是才一下下？」
「是啊！」
「那也能睡喔？」
「妳不知道啊，人累的時候，睡一下也舒服得要命！反正念經是還好啦，真的要睡覺，聽經更有得睡，但這就痛苦了，什麼都聽不懂，又不太敢睡，我是看到有人睡到打呼被師父用板子打醒，我是沒被打過啦，嗯？好像有被打過一次，忘了，總之，想睡又不能睡是最痛苦的。聽了一段時間，我只記得兩句。」
「哪兩句？」
「什麼……觀世音菩薩真勢泅，什麼……阿彌陀佛真心適。頭一句：觀世音菩薩真勢泅我懂，她救苦救難嘛，到處聞聲救苦，本來就很會泅。但阿彌陀佛真心適，我就真的不懂了。」
淑芬聽了也是百思不得其解，她跟阿撿嬸一樣不明白，觀世音菩薩很會游泳，有什麼深意？阿彌陀佛真有意思，又到底是什麼意思？其實阿撿嬸聽到的偈語，分別是「觀世音菩薩妙難酬」、「阿彌陀佛身金色」這兩句，淑芬一直到多年以後自己也開始學佛了，才真懂這兩句話的意思。

淑芬見阿撿嬸聊得盡興，也不生氣，才稍感寬心，不似前幾次惹禍，拿了藤條對著她就是一陣毒打。

「阿嬸，她們母女倆，妳看怎麼辦？」

阿撿嬸深吸了口氣，站起身來，顯得不耐煩。淑芬苦苦追問：「阿嬸……」

「妳說呢？妳以為我家開飯店喔？人帶來，妳要叫誰養？」

「阿嬸，拜託妳啦，暫時的啦，過幾天妳帶她們回去，就沒事了。」

「妳說得這麼簡單！我帶她們回去？人是妳帶來的，為什麼不是妳帶她們回去？我還會不知道妳幹了什麼好事？妳自己說？有出人命嗎？死幾個人？斷幾條腿？我真的會被妳氣死？假好心。」阿撿嬸又開始在屋裡亂跑，淑芬再度跪了下去，用膝蓋追著阿撿嬸的腳步，「阿嬸，我拜託妳啦，妳什麼事都知道，妳最有辦法了，我要是有辦法，也不會來求妳了，有妳出面，什麼事都沒了，我拜託妳好不好，拜託！」

「妳不要說了，妳就是被我寵壞了，什麼事該做什麼事不該做，都分不清楚，好壞也不會分，妳以為妳是做好事，卻做了最壞的事，一個人有一個人的命，外人本來就不該管，再說，生的請一邊，養的較大天，這道理妳明白嗎？現在好了，妳把人帶來了，妳要負責到底嗎？妳有才調嗎？妳有錢嗎？說帶回去就帶回去，不用賠罪嗎？我帶回去，我賠罪嗎？妳叫我去跪嗎？說什麼痟話！」

「阿孆，拜託啦！我以後不敢了啦！」

「不行，這次就不行，也沒有以後了！」阿撿孆氣呼呼的，罵得口也渴了，茶壺一把抓來，杯碗都省了，就直接對著嘴直灌。

過去幾次，淑芬甘心挨打、挨罵，因為她知道她再怎麼任性，阿撿孆一定幫她善後，也許是因為當時年紀還小，阿撿孆身為師父，再怎樣都得幫她出面，現在卻不同，淑芬已年近卅，也生了兩個孩子，是大人了，責任得自己扛，這次阿撿孆不打也不罵，也許是打不動了，也許是心已死。淑芬感覺到阿撿孆的決心，便不再哀求，她憤而起身，拍拍身上的塵土，抓著女人的手就要走，還沒到門口，卻聽見阿撿孆大喊：「站住！妳要去哪裡！」

淑芬回頭就嗆：「我自己想辦法，免妳操煩！」

阿撿孆大罵：「我真的會被妳氣死，這麼多年了，妳怎麼還是這麼不懂事，我是這麼無情的人嗎？我教訓妳，妳多聽兩句會死啊？妳會有什麼辦法？妳再去也只會鬧事而已，就不能等等我這個沒有用的乞丐婆想點辦法嗎？」

淑芬大喜過望，飛奔過去一把摟住阿撿孆，又親又抱的，眼淚直流，女人抱著孩子在一旁看了，也是淚流不止。

「好了好了！夭壽死囡仔！」

阿撿孆把女人帶進自己的房間，先將母子倆安頓好，再來做打算，這草寮雖然簡陋，卻五臟俱全，有時釘幾根木頭疊床架屋，也能住得下十幾個人，才多兩人，對她而言不是太難的事。再說，她這輩子就只有這個徒弟，嘴巴上叨念著，心裡卻疼得要命，實在是淑芬這孩子跟她年輕時太像，跟她有種說不出來的緣分，再說她遭遇的許多事，也教她覺得自己對她有責任，淑芬的事，就是她的事，這輩子恐怕再也糾纏不清。淑芬見師父這麼護著她，也就不好再任性妄為，拖著連日來疲憊的身軀，也要幫她張羅點事，忙著幫阿撿嬸打掃及整理家務，手腳俐落，阿撿嬸卻叫她別忙，「妳快回去休息吧，這邊的事我來就好，妳明後天不是還有許多穡要做？三叉港那邊還有兩個要生，溪頭那邊也有一個，有得妳忙。」

淑芬心中充滿感謝，卻不知該如何說出口，反正師父是不會在意的，於是便簡單辭行，打道回府。沒想到才到村口，就聽到阿撿嬸大聲嚷嚷：「幫妳老爸準備的九轉金丹快煉好了，過兩天記得繞過來拿喲！」宏亮的吆喝聲傳遍整個牡丹坑，在好幾個山村之間不斷迴盪。淑芬的父親十年前被官府抓去打成重殘，整個人蜷縮得像隻蝦子一般，這藥是阿撿嬸精心煉製要給她父親治病的，聽說配合推拿整骨，能將一個駝背的人拉直成抬頭挺胸的正常人。淑芬想到阿撿嬸對自己的用心及關懷，再也忍不住滿溢的情緒，大聲的哭了出來。

第二章　惹禍的孩子

風聲

阿蘭。

妳可能不記得了，你我第一次相遇，我以為妳已經死了。在上林花的柴房裡，每天不知有多少女孩被這樣吊起來毒打，打死的也不少，不聽話的，對客人不禮貌的，偷跑的，偷東西的，都少不了一頓毒打。我猜妳是偷跑的那種吧，像妳這樣溫柔的女孩，要不聽話、不禮貌，大概也很難。

那天我和幾個兄弟衝進柴房找水喝，根本沒注意到妳，應該說，妳就這樣掛在那裡，一動也不動。那實在也不干我的事，我和兄弟們只管圍事、打架、拿錢，其他閒事一概不管。也許這就是緣分吧！偏偏我就這麼多看了妳兩眼。我注意到妳動了兩下，似乎還有呼吸，這倒教我有些心神不寧，我的兩位兄弟早已累癱在地上，呼呼大睡。今天這一架，就我們三個對上廿來個，雖大獲全勝，有幾個對手大概這輩子就這樣殘廢了，也真夠累人的，我也很想好好睡個三天三夜，什麼事都不做，卻沒想到妳會出現在這裡。

沒多久，有個女人走進來打探，不放心三個流氓在柴房裡會惹出什麼事來，其實還能有什麼事？我還不知他們的厲害手段嗎？為了給妳們這些不懂事的女孩下下馬威，吊起來打還算輕的，找些不三不四的男人來玷汙妳們，那是家常便飯。只怕哪個男孩良心發現了，突然看上了某個女孩，想來個英雄救美，茶室的損失可就大了，那才是那幫人最擔心的吧！

「創啥？」我對著她咆哮。

「沒啦，我來隨便看一下，看你們有沒有水喝。」

「妳不要在那邊假好心，誰不知妳是來看那個查某囡仔死了沒有？」

女人被說中心事，一愣，卻忽然殷勤了起來，臉上堆滿笑容，面色變得好快：「你不要這麼說嘛，我真的是來關心你們三位少年兄的，頭家有交待，不能怠慢各位，等等我去多準備幾道你們愛吃的精緻小菜，包你們滿意。」女人走到門口，卻又停了下來，不知在躊躇什麼，惹得我更心煩，忍不住又對她大吼：「放心啦，人我會幫妳看著，不會跑掉啦！」「哈哈哈，歹勢歹勢！」女人笑得一臉尷尬，終於心不甘情不願的走開。我這才放鬆下來，隨便找個角落躺下，實在是想睡得要命，心裡卻惦掛著妳，睡不著，我不斷爬起來喝水。我忽然想到，妳也會喝吧？妳有多久沒喝水了？這些沒良心的吸血鬼是不會想到這些事的，他們往妳們的身上潑水，是怕妳們醒不來，真給妳們喝足了水，只怕是別有目的，我太了解這些齷齪的鬼點子了。我起身去舀水給妳喝，水瓢才碰到妳的嘴，妳便醒來，妳沒有驚醒，一點也不吃驚，倒像是從睡夢中醒來，就這麼淡淡的看了我一眼。

妳的臉是髒的、憔悴、削瘦，幾天沒吃東西了吧？身上有多少傷痕？妳的眼神充滿疑惑，不解的看著我，妳知道我沒惡意，也許妳從我的眼神裡讀出我的悲傷，還是看到妳我永無止境的坎坷的未來？妳的嘴角揚起，妳對著我輕笑，我深吸了一口氣，不知為何，眼眶竟熱了起來，倒忘了提醒妳喝水，我看傻了眼，覺得妳好美，我是個粗人，無法用言語具體形容當時對妳的感覺，但妳真是美，我從未看過如此秀氣高雅的女人，那些庸脂俗粉在妳面前，都要相形失色。我就這麼痴痴呆呆的看著妳，直到水瓢觸碰到你的嘴脣，發出敲擊的聲響，你我都被驚醒，妳又看我，像在問我何事？我才提醒妳：「喝水。」我從來都是粗聲粗氣的命令別人，這是我生平第一次如此客氣的囑咐一個人，兩個躺在地上的兄弟感到萬分詫異，還以為發生了什麼事，雙雙抬起頭來，一臉狐疑的望著我，但旋即又翻身睡去。妳開始輕啜，一口一口的喝著，喝足了，妳又對著我點頭，淺淺一笑，妳看我的眼神好溫柔，我的內心震動無比，我的手在顫抖。我故作鎮定，再度回到兄弟們身邊與他們同眠，我們幾個一向如此，隨處而臥，大口喝酒，大口吃肉，互相取暖，比親兄弟還親，但這一晚，我的心，完全在妳的身上。我不敢看妳，卻無時無刻不注意著妳，聽著妳的呼吸，留心妳的一舉一動，我猜妳也是如此吧！我倆的心，也許從那一刻開始，就緊緊的綁在一起。

我突然有一股衝動，想幫妳解開繩子，從梁上放下來，帶妳遠走高飛，從此不再回來，但我不能，這是江湖禁忌，打從我十歲到處在酒樓茶肆裡混日子開始，就不知強擄過多少像妳這樣的女孩，我知道帶妳遠走高飛的下場會是什麼，我會被挑斷手筋腳筋，刺瞎雙眼，這都不算什麼，但妳的下場，一定會比我更慘。我竟然在意的是妳。

這一晚，我翻來覆去，不能成眠，心中想了許多事，身軀極度疲累，眼睛卻闔不上。阿蘭，妳呢？妳是否也像我一樣，心中也掛念著我？

女嬰

產婆淑芬經常納悶，為何自己對女孩這麼執著？真要探究，或者要從她五歲那年說起。那年三嬸生第一胎，沒卵脬的，三斤七兩重，眉清目秀，鼻子頗為高挺，耳垂肥厚多肉，右耳有兩顆黑痣，長得十分貴氣。但產婆當場就勸三嬸把孩子送人，也早已幫忙打聽願意收養的人家，話才說出口，三嬸哭得呼天搶地，緊抱著孩子不肯放手，那時淑芬尚不懂事，只覺得三嬸很可憐，對大人的袖手旁觀則感到惱怒。她在那個似懂非懂的年紀，竟然硬是記住領養人家約定來抱孩子的日子，便打定主意要將這女嬰藏起來。

她總是三不五時來逗弄這孩子，對這小堂妹特別有感情，經常逗得嬰孩咯咯大笑，孩子的母親也跟著一掃連日陰霾。直到那個特別的日子來臨，淑芬趁著大人們都出了門、各自忙手邊的事，便蹓到三嬸的房裡找嬰兒戲耍，「阿嬸，我抱嬰仔去玩喔！」三嬸愣了一下，似乎懂得她的心思，卻又不太確定，便由著她去，這一去，一大一小兩個孩子，卻耗到天昏地暗才回家，領養的人家撲了個空，自討沒趣折返，家人忙著賠不是，得知是淑芬搞的鬼，咒罵聲連連，直說淑芬回來一定要給她一個教訓。令人吃驚的是，淑芬竟然有本事應付這襁褓中的孩子，她知道鄰村哪幾個玩伴的母親有奶，知道哪些人家特別歡迎孩子，一日下來，跑遍幾個山頭，自己玩個痛快，小寶寶也沒讓餓著，還有大人幫忙照看，就這樣順利的耗了一整天，回家後，本以為少不了一頓毒打，但出乎意料的，母親只罵了兩句，卻未曾出手。淑芬更打定主意要全心護住這個孩子，絕不讓她被人抱走。

但事情卻還沒完，這回換三嬸主動出擊，她獲知對方再來的日子，一早將孩子餵飽，便喚淑芬前來，悄悄告訴她，今天可以帶小女嬰出門，因為她有事要忙，說完還眨了眼，扮鬼臉，淑芬機靈，知道怎麼一回事，連忙點頭，開心不已，抱著孩子便從後門蹓出，如法泡製上回的行程，再度完成任務。

領養的人家連著兩次撲空，還道這家人反悔卻不便說，也就識趣的打退堂鼓，淑芬任務圓滿達成，心中十分歡喜，父親知道內情，覺得自己的女兒幹了一件了不起的事，連著幾日總是對著她又抱又親，親得她滿臉的口水，母親則連珠炮似的痛罵，覺得她為家裡惹了麻煩事，卻未對她動手動腳，這一連串責罵，倒像是在作戲給別人看。

淑芬卻不知這件事背後的一些曲折。

淑芬的父親在家排行老大，二叔、三叔是一對雙胞胎兄弟，長得神似的兩人總是形影不離，十五歲那年，兄弟倆同赴大坪學作木，還未及出師，不久便帶了一對姊妹花私奔回家，二嬸連生了三個孩子；三嬸卻一直未有音訊，原因無他，三叔自幼患哮喘，幾度病危，從鬼門關救回來，卻化為久咳之病，變成藥罐子，雖能幹些粗活，身子骨卻不夠硬朗，底子不行，小毛病不斷，連房中之事都只能勉為其難，雖然遍尋偏方，卻始終求子無門。其實淑芬的父母也晚生，婚後多年才生下她，主要是兩人婚後不久，家中便出大事，阿公阿嬤雙雙失蹤，父親阿枝、母親阿珠得兄代父職、嫂帶母職，照顧七個兄弟姊妹，阿珠鎮日操勞，接連小產，直到第五年才懷上，喜出望外，待淑芬出世，老三這房卻依舊靜悄悄。

多年以後，三嬸終於懷孕，家人卻聽到老二、老三這對兄弟爭吵，老三說：「孩子是誰的，你很清楚。」老二說：「我只是跟你道喜，你何必說這種話？」老三說：「你不必挖苦我，我忍很久了。」老二說：「你話不要亂說，講話要有斬節。」雙方都很克制，聽到的人都知道必有隱情，但這種事誰敢問？就算最後孩子生下來，同樣都姓鄭，但兄弟失和，家就不圓滿，家和萬事興，家不和，就什麼都別說了，家裡人只敢把這事放在心上，沒人敢說出口。所幸，孩子生下，是個女的，產婆勸送，似乎為這件事情解了套，沒想到最終卻被淑芬這多事的孩子破了局。這事，三嬸感念在心，二嬸卻始終不吭氣，二叔雖不明說，心情卻人人看得出來，好似自己又當了父親一般，整天吹著口哨，眉飛色舞，三叔則始終一副陰沉沉的樣子。

嚴格說來，這雖然是淑芬對女嬰執著的開始，卻還沒到讓她瘋狂的地步，何況當時她還不知道自己終會走上產婆這條路。直到十三歲那年，她第一次跟著師父阿撿嬸出任務，三月天，天空下著毛毛細雨，淑芬袖手旁觀，看著阿撿嬸漫不經心的處理著一切，那次產婦失血過多，阿撿嬸分別在她兩腿鼠蹊處綁上了布條，口中念著咒語，雙手不時在產婦身上搬弄，粗魯而殘酷，耗了半天，孩子終於娩出，二斤四兩重，沒卵脬的，淑芬跟著鬆了一口氣，原以為可以跟著這家人分享新生命降臨的喜悅，阿撿嬸卻劈頭就罵。

「這個查某囡仔將來會剋死父母，掃帚星，真夭壽，害我武了半天，快送人吧，柑腳閹雞姓連的那家在說欠一個查某囝，明天我就去跟他們說，這樣這囡仔才會好命，對老父老母也好，真正掃帚星，要死了。」這話說得有些意氣用事，彷彿接生過程之所以不順利，都是這孩子的錯，一定要給她一個教訓。但阿撿嬸話還沒說完，孩子的母親便嚎啕大哭，哭得呼天搶地，阿撿嬸不為所動，她幫孩子作了簡單的護理，全身抹了油，穿上薄衣衫，包了厚厚的棉布，順手便交給淑芬，叮囑她不要給女人抱去，免得到時要送也送不走，交待時顯得格外無情，倒似在接生小豬一般，豬仔要送誰，都不干人的事，淑芬感到萬分嫌惡。

此時門外的男人及老人家陸續進到房裡來，見氣氛不對，略猜到一二，待要從淑芬手中抱走孩子，淑芬卻不知哪根筋不對，說什麼也不肯把孩子交出手，一群人僵持不下，房子裡鬧哄哄亂成一團，淑芬一不做二不休，手腳俐落的閃過眾人之後，便將孩子交給女人，場面自此完全失控，女人死命抱著懷胎十月、與死神搏鬥才生下的心肝寶貝，說什麼也不肯放手，淑芬跟著一把鼻涕一把眼淚，守在女人身邊，就是不准任何人靠近一步。直到阿撿嬸欺身上前，賞了她一巴掌，淑芬呆立原處，女人止住哭聲，場面才暫告平和。房裡靜得有些詭異，阿撿嬸好整以暇將孩子接過手來，再交給這戶人家的老人，叮囑三天內不能碰水，臍帶別被老鼠叼走，沒有任何道歉，也沒有任何訓斥，牽著淑芬的手，師徒兩人頭也不回的走出門外。

往後實習的日子，淑芬一再跟阿撿嬸冷戰，她說什麼，她便做什麼，也不和她作對，也不多說話，但阿撿嬸在半年內，至少又勸人送走了卅多個女孩，淑芬卻一點忙都幫不上。她心想，反正這工作也做不了多久，要不是母親說的，一個女孩子，能幫人接生一次，那是巧合；能幫人接生兩次，那就是天公伯要她走這條路了，因此逼她跟著當學徒，她才勉為其難，沒想到一切都跟她想像的不一樣，甚至得昧著良心做自己不想做的事。那就混吧，能撐多久她不知道，做不來，那也是勉強不了的事，反正女孩子家最終就是找個人嫁了，她沒指望自己這輩子會是個稱職的產婆。

然而，對於勸人送走女孩這件事，淑芬的心中沒有任何懷疑，沒有任何模糊地帶，那絕對是錯的事！這世上還有什麼比骨肉分離還慘的事？逼不得已而分離那是一回事，可以不離而被人強行拆散，那是作惡、造孽，更何況是在母子初次見面、女人最為脆弱的時刻落井下石，殘忍之事，莫此為甚。

她心想，自己早該在第一次出任務之後，就退出這個行業，以自己的個性，不能容許這樣的事在眼前一再發生。但她卻選擇留下。她心中在盤算什麼？其實自己也不清楚，只是覺得冥冥中似乎有什麼事在等著她。

直到某次完成任務，途中，師徒倆照例一句話都沒說，阿撿嬸卻不知是過度勞累還是年老力衰，竟摔了個大跟頭，跌得滿身是泥，狼狽不堪，所幸並未傷及筋骨，淑芬扶她起身，一路照護她回家、清洗、敷藥、更衣、入睡，過程間卻想通了一些事。她心想，此刻她才十三歲，阿撿嬸五十多了，她的日子還長，阿撿嬸卻來日無多，她快則三年出師，接下來便是自己的天下，忍個三年，便能救更多的孩子，如果她的手腳夠快，接生的孩子比阿撿嬸還多，比其他產婆還多，她就可以救更多女孩。為了這個偉大的使命，她當然要忍。想通這些事，她心跳加速，幾乎無法呼吸，忍不住想大叫，甚至找個人把這個計畫說出來，但她知道她不能，這個祕密得她一個人辦才行。她打定主意，決定跟阿撿嬸奮戰到底。

但淑芬畢竟是個性情中人，每次一有女孩被送走，她都哭得比產婦還要慘，哭到阿撿嬸必須以惡毒的語言訓斥她才能收拾殘局。如此折騰，沒完沒了，淑芬感到度日如年。

終於，淑芬開始單獨出任務，興奮無比，她幾乎要尖叫歡呼了。那一回，前往麻竹坑一戶姓呂的人家，第五胎，前兩胎都是男孩，後來的兩個都是女的，都送走了，結果這胎又是沒卵脬的。女人面無表情，淑芬卻心亂如麻，忙著護理母子兩人，有點失了平日的節奏，女人愈是冷靜，愈是讓她覺得不妙，正當她覺得束手無策時，男人卻進房裡來，這戶人家的兩個大孩子也跟了進來，淑芬連忙將新生兒弄乾淨，換上包布，深深吸了一口氣，殷勤的將孩子交給男人，「你看，這是你的查某囝，媠吧？有夠古錐的，從來沒見過這麼媠的查某囡仔！」淑芬顯得小心翼翼，這是她的第一次嘗試，只許成功，不許失敗。男人沒有多說話，倒是哥哥們湊上前來逗弄，興致高昂，淑芬接著說：「我沒說錯吧，以後誰娶到誰好命，只怕到時你不肯嫁，你肯嗎？」男人哼了一句：「囉嗦啦，想到那麼遠去，還不知道有沒有辦法養。」出師不利，淑芬卻不氣餒：「沒問題啦，你這麼勇健，再生十個也養得起。」男人回答：「這很難講，錢這麼難賺。」淑芬有些火氣上來：「說這什麼話，這麼沒出息，跟你說啦，像這樣的女孩我看多了啦，送走是你沒福氣，再說一個家庭多一個女孩就多一雙手，男孩子要到發喙鬚了才有辦法做粗重的工作，你自己說，這兩個現在有用嗎？」男人卻說：「咱們這裡誰家不是孩子送來送去的，今天我把孩子送走了，明天別人再把孩子送來，還不是一樣。」「怎麼會一樣？自己的親骨肉不養，你要養別人的孩子，以後你就別後悔。」淑芬愈說愈氣，便一把將孩子搶過來：「沒看過心腸這麼硬的老爸，不知道疼惜自己的查某囝，講不聽，反正我不管，這個孩子你敢送人你給我試試看，看我怎麼跟你輸贏。」這話倒是講得有點莫名其妙，男人不知該怎麼接話，孩子明明是我的，妳一個外人卻來說三道四，還要跟我輸贏，這是什麼道理？正想繼續理論，他的女人卻開口了：「莫吵了，吵死人了，是誰說這孩子要送人的？奶都還沒餵呢，你不要嚕嗦啦，快去作穡！」說著便將孩子抱來，自顧自的餵奶。

淑芬見沒戲唱了，也只好打道回府，卻仍不死心，之後三天兩頭往這戶人家跑，從首次為孩子洗澡、十二朝報喜、廿四朝剃頭、滿月、百日關乃至四月日，無役不與，搞得這家人不勝其煩，這一帶再沒一個產婆像她這般勤快。淑芬心想，畢竟這家的男人未鬆口，就還有變數，她就是要找各種理由來看這孩子，這可是她獨當一面以來接生的第一個女孩，說什麼也不能被送走！直到有一天，這家的女人又再度開口：「妳不要再來了，煩死了，孩子我們不會送人啦！」淑芬竟大笑出聲：「這可是妳說的喔，這可是你們說的喔。」淑芬笑出了眼淚，淚水卻一發不可收拾。

不過，真正促使她積極行動，卻還是二叔、三叔這對兄弟。三嬸生了第一胎之後，兄弟倆依舊一同上工，挨家挨戶為人裝修屋宇，為大小宮廟修繕粉飾，默契依舊，兄弟同心，其力斷金，彷彿這事在兄弟之間並未產生任何嫌隙。三年後，三嬸又再懷上，家中的氣氛又開始變得詭異。這時淑芬已經懂事許多，也知道這對雙胞胎叔叔之間的心結，她卻依舊同情三嬸的處境，擔心這個孩子又會被送走。

她留心三嬸的產期，打算由自己親自接生，果然是個女孩，兩斤六兩重，沒卵脬的，她的心差點沒跳出來，卻慶幸沒有其他產婆來說三道四、仲介送人，善哉善哉，沒想到一個月後，她去為人接生，耗了三日之久，心裡一直掛念著女嬰，回到家時，卻見二叔、三叔在前院扭打成一團，才得知嬰孩已轉手送人，淑芬為之氣結，然而看著兩位長輩大打出手，她也不禁傻眼。二叔本就壯碩，始終占上風，出拳毫不手軟，三叔也不甘示弱，死命反撲，兩人都掛了彩，過程中，三叔雖不斷咳嗽，兩人卻依舊死纏爛打，完全沒有罷手的意思。

沒人上前勸阻，沒人主持公道，這是兩個男人之間的事，也是兩兄弟之間的事，誰也不想淌這渾水。淑芬去見三嬸，見她哄著懷中的大孩子入睡，冷靜得出奇，彷彿外面的爭吵都不關她的事，由他們去吧！孩子要送人就送人吧！孩子是誰的就是誰的吧！誰有本事誰就送人，誰有本事誰就留下，反正我就是命苦，留下的就是我的孩子，留下的才是我的人生，沒辦法留下，那也就是命。淑芬被三嬸空洞的眼神震撼了，她倒寧可她呼天搶地，與她抱頭痛哭，不過她卻沒任何激烈的舉動，這反倒讓她心疼。女人的心，有時不是女人就能了解，雖然此時，淑芬開始了解一點愛情，卻沒那麼有把握。

她也留意到二嬸曖昧的神情。十多年來，一個是丈夫，一個是弟媳，她似乎沒有特別站在誰那邊，也沒有特別為誰爭取些什麼。她不像她的大嫂——淑芬的母親那般爭強好勝，凡事先聲奪人，嘴上得理不饒人，她的冷靜，與其說是息事寧人，逆來順受，不如說是另有盤算，甚至充滿心機，也許她早就哭過許多回，也許她也心疼自己的弟媳、好妹妹，天知道這好事還是她促成的？同樣是冷靜，淑芬對三嬸只有同情，對二嬸卻有一股說不上來的嫌惡。

至於那兩個男人，到底鬧夠沒有？是誰的孩子有那麼重要嗎？至少都姓鄭啊，送給別人家就不姓鄭了。你們到底是想留還是不想留？你們到底是為了孩子不該被送走大打出手，還是應該送走才大打出手？你們到底是誰先出手？誰在教訓誰？總該不會是爭風吃醋吧？就算心有不甘，都這麼多年了，還想怎樣？阿爸，身為大哥，身為大家長，你也出來說句話吧！淑芬的父親卻仍窩在屋裡睡覺。

終於，兄弟倆罷手了，相對無語，氣喘吁吁，後來，兩人還互相敬了菸，對著夕陽與炊煙，吞雲吐霧了起來。這一幕，簡直莫名其妙。

那一刻，淑芬大夢初醒。別說別人家的女兒，她連自家的女兒都無法留下，再不爭氣，將來這幾個山頭的村子只會有更多哭泣的母親，只會有更多流離失所的孩子，只會有更多將來長大心存遺憾為何我的生父生母不要我了的歹命囝。從此她發誓，只要從我鄭淑芬手上來到這世上的女孩，一個都不會被送走，誰要敢擋我的路，我就跟他拚老命。

這年，淑芬才十六歲。

相戰

產婆淑芬知道，像她這樣擋人財路，遲早惹上殺身之禍，她卻不在乎。其實她勸阻人家別把女兒送走，村裡人抱怨的並不多，女孩更聽話，而且好用，男孩四處惹事，令人頭疼，生雞卵的無，放雞屎一堆。再說，送走了自家的孩子，隔一陣子別家的孩子又送來，同樣多一張嘴要吃飯，又不是親生，視如己出，談何容易？早知如此，何必當初。而被勸留下女孩的人家，對淑芬多半感念在心，日子雖苦，苦不過骨肉分離。至於本來期待該有個女孩送來的人家，則多半是鬆一口氣的，家境好一點的，頂多念個幾句，也就過眼雲煙；家境不好的，則多半覺得慶幸。

真正對她懷恨在心的，是難纏的人口販子。他們早已在好幾個貧困的山區布下天羅地網，先是給某些產婆好處，要她們強力說服，接著扶植幾個特定人家，要他們幫忙把送來的女孩帶大，到了七、八歲左右，再以其他名義帶走，說是帶去當幫傭，其實卻是送去茶室、酒家實習，甚至轉賣到更遠的地方。組織勢力龐大，夾雜在繁瑣流程及手續之間的，是黑白兩道緊抓不放的利益，他們互相串連、打點，一旦出事，很快有人擺平，從來不曾出半分差錯。

淑芬的出現，卻打亂了他們行之經年的默契。過去偶有一兩個產婆從中作梗，卻總在組織派人施壓之後，便不再嚕嗦，不少產婆甚至還跟他們有利益掛勾，淑芬就曾懷疑阿撿嬸就是其中之一，但阿撿嬸矢口否認，也從未被淑芬抓到把柄，總不能因她常勸人把女孩送走，就硬將她和人口販子打成一路。

淑芬卻堅持走自己的路，在她的緊迫盯人之下，就算想將孩子偷偷送走的人家，也沒有半點機會；至於口頭說不會送人者，也甚少改變主意。她總是緊緊看牢每一個孩子。

她習慣先對女人下手。這關其實好過，母子連心，再狠心的女人，也捨不得將孩子拱手讓人，畢竟是心頭肉。男人這關就要下較多功夫，「查某囝尚好，生到查某囝就好命了，送給人會嘸甘，你看，偌古錐，長大一定是個大美人，你捨得嫁人嗎？」通常說到出嫁，男人的內心會開始出現奇妙的變化，若忽然將孩子抱得很緊，眼眶泛紅，淑芬就知道大事已成，雖然她不明白男人的心理，至少自己的父親對她也是這般疼愛。以她的智慧，以她的直腸子，對人性許多事總是想不透，好事也一樣，壞事也一樣。但管他好事壞事，能成得了事，她便心滿意足。

她特別會察言觀色。若有些男人猶豫，她便逼問：「你收了人家的錢嗎？你收了嗎？你要把親生骨肉賣了嗎？這種事你也做得出來！」對方總會解釋：「沒啦，哪有這種事，妳不要亂說！」「那就好！」就算真的收了錢的人，也會想辦法把錢退了，曾經動念的人，也常因這個瘋婆子的瘋言瘋語而打消念頭。

但這樣還不夠，她還要對老人家下手，對三姑六婆下手，「這個孩子要是給我搞不見了，看我怎麼跟你們算帳！」怎麼回事？妳是我們家什麼人，閒事管到這種程度。有時她還說：

「這孩子生到你們家算你們走運了啦，你們不要，別人還搶著要呢，了然！」不知說到哪裡去了，這家人可是什麼事都沒做，還要討罵？不知是哪裡得罪這個㾀婆了。

就這樣，淑芬時而笑臉迎人，時而語氣嚴厲，時而逢迎諂媚，如此輾轉反覆，叨叨念念，不到收涎那天絕不罷休。

不少人以為她貪圖紅包，偏偏打從她當產婆的第一天開始，就連一個紅包都沒收過。都說賠錢的生意沒人做，那她靠什麼活？她卻又有些獨門絕活，舉凡收驚、忌解、推拿、喬骨，經過她的巧手，大小疑難雜症沒有不能解決的，加上她跑得勤快，人們倒也樂於讓她服務，收費公道，積沙成塔，也是一筆不小的數目，這錢她絕不往外推。慢慢的，淑芬贏得了村人的尊敬，許多人家依賴她習慣了，什麼事都要煩她、請教她，她嘴上雖然叨念，卻也樂得管人閒事。

然而擋人財路，終將成為眼中釘。其實第一年，淑芬便偶爾察覺有人跟蹤，通常三、五人左右，鬼鬼祟祟，她一回頭，人群便散去，不久卻又再跟了上來。好幾次，淑芬總是轉身斥喝：「有什麼事就出來說吧，光天化日之下，跟著一個查某人，算什麼好漢？」卻沒人敢出來回應，有一次淑芬說得難聽：「沒膦鳥就躲著吧，恁祖嬤打架從來沒輸過，男人也照打，怕打輸沒面子，就不要出來啊，沒膦鳥！」罵著罵著，這些人也就散了，但有幾次，有些人卻沉不住氣，露了臉，「話也不要說那麼難聽，要是一個打一個，妳也不會贏。」多年以來，淑芬始終猜不透這句話的意思，彷彿她身旁有千軍萬馬，或凶神惡煞一般的保鑣隨侍在側。她卻無暇多想，該來的就讓它來吧！走一步算一步。

但這次不同。她感覺到身後的人尾隨她很久，而且人數不少，他們帶著刀子，躍躍欲試，終於要玩真的了是嗎？她還能聽見那些人的心跳聲，那是年輕的心臟發出的聲音，怎麼？老的不敢上，乾脆派小的？那就都衝著我來吧。淑芬感到熱血沸騰。

但氣氛卻愈來愈不尋常，從一開始只有五人，到後來變成十人、卅人，到最後少說百人。有時在前，忽焉在後，似乎隔壁幾個村庄也有人在聚集，人群愈聚愈多。原本她還不怎麼在意，再大的陣仗她都見過，很久沒大開殺戒了，但拖磨這麼久卻沒人出手實在太擾人，她終於沉不住氣，轉身大吼：「全部給我死出來！」這驚天一吼，餘音繞過好幾個山頭，回響不斷，接著刀具掉在地上發出的清脆聲響此起彼落，淑芬似是一出聲便大獲全勝，根本不必動手。許多小毛頭沒見過世面，被這一吼給震懾，還尿了褲子，卻仍沒人敢現身。

「都站出來！等我上去抓你們了，你們就知死！」這才三三兩兩站了出來。淑芬大吃一驚，卻哪有什麼地痞流氓、牛鬼蛇神，根本都是些孩子，最大的才十五、六歲吧？帶刀子幹嘛呢？一股無名火上來。沒多久，竟有更多孩子從山裡冒出來，淑芬差點昏倒。

「講，變啥魍。」沒人敢出聲。淑芬認得其中一個大孩子，二話不說，上前便是一個耳光，打得又脆又響。這裡的孩子，一半由她所接生，就算不是由她接生，也都知道她的厲害，沒人敢跟她玩把戲。

「沒啦，就聽人說，在亂了，要我們找多一點人過去幫忙。」

「誰說的？幫什麼忙？講清楚！」
「就溪尾的相拍雞仔啦！」
「他是給你什麼好處，要你落這麼多人！」
「沒啦，沒什麼好處啦，就好玩！」
「有什麼好玩？是要去哪裡這麼好玩？你帶我去！」
大孩子噤聲，愈是不敢說，淑芬愈是覺得有鬼，手又舉起，眼神變得更凶惡。
「就說要去砍唐山仔啦。」
「啥？」
大孩子聽她問得淒厲，以為又要挨打，連忙用雙手護住雙頰，見淑芬並不打他，知道她在等他的答案，就再重複一聲：「去砍唐山仔啦。」卻尿濕了褲子。
淑芬感到一陣暈眩，跟著雙腿發軟。是誰有這樣的本事可以鼓動一群孩子去鬧事、殺人？這要是出了人命，誰擔待得起？又有多少女人要哭斷腸。她沒空多想，眼下能阻止一個是一個，便再度放聲大喊：「全部給我死回去！」孩子們卻仍愣在原地，淑芬隨手折了一根手竹枝，見人就打，幾個孩子被打得唉唉叫，落荒而逃，淑芬愈打愈起勁，一半的孩子都被打跑了，沒被打到的也早就逃之夭夭，但她感覺有些不對勁，逃走的大半是年紀較小的，幾個年紀稍長、較滑頭的，似乎都往同一個方向跑，她心想不妙，便快步尾隨過去，沒多久便聽到火車鳴笛的聲響，心頓時涼了半截，原來他們要鬧的事還真不小，還不是在小村裡玩耍而已，看來是要搭車趕往更遠的地方，幹更大的事。

這樣緊急的情況豈容半刻猶豫，淑芬也不顧站務人員的阻攔，硬是跳上車去，逐節車廂搜查，見到認識的孩子便打下車，卻也看到一些大人，身上帶著刀斧凶器，她只惡狠狠瞪他們一眼，便自顧去找人，她的目的也只是救那些不懂事的孩子，其餘一概不管，大人大種的，要混日子的自己去混，小孩她卻不能不管。就這麼來回巡邏了兩趟，確定沒漏網之魚，便滿意的下車。此時火車再鳴笛，眼看就要駛離，卻有幾個孩子鬼鬼祟祟的在末節車廂附近伺機而動，隨時準備跳上車。淑芬眼尖，高聲斥喝，果然再也沒人敢輕舉妄動，整個月台人來人往，都被這瘋婆子的氣勢所震懾，有些原本想上車的乘客，竟也愣在原地不敢上車。

大功告成。

卻有一個身著藏青色大衣的男子從第三節車廂步出，緩緩走向淑芬，她見對方來者不善，便全神貫注，手中的武器握得更緊，待雙方僅隔一步之遙，淑芬馬上認出對方，原來正是離家多年的五叔明雄。

當年五叔懷疑阿公失蹤的事並不單純，認為官方與資方聯手侵吞了鄭家該得的補償金，堅持要淑芬的父親阿枝去討公道，阿枝卻不想惹事，認為有些事當忍則忍，留得青山在，以免招來更大禍害，兩人爭執不下，明雄被阿枝趕出家門，從此未再踏進鄭家一步。多年以後，明雄回鄉，在幾處礦場煽動罷工，引來官方鎮壓，死傷無數，牽連到鄭家，阿枝被抓去嚴刑逼供，導致終生殘廢。明雄被官方列為黑名單，經常有特務前來鄭家盤查此事。這回竟然大剌剌出現在村裡，淑芬百感交集。原本她對這位好打不平的五叔極有好感，五叔自小也非常疼惜這位特別的姪女，兩人氣味相投，但父親因他而被牽連，自此成為廢人，淑芬至今仍怪罪這位叔叔。

「阿叔。」一聲阿叔是基本禮數，卻沒想到話才出口，眼眶便紅了。明雄見她神情變化，嘴角不禁揚起，方才淑芬在車站殺進殺出的舉動，他都看在眼裡，果然是女中豪傑啊！連他這個搞破壞多年的老手都自嘆不如。

「阿叔，放過這些孩子吧！」她直覺今日的事，必與五叔有關，否則也不至於鬧得這麼大，這村子有這樣本事的也找不到幾個人，但她只要想到父親所遭受的磨難就頭皮發麻，要是這些孩子真的都跟過去鬧事，會讓多少家庭破碎？她不容許這樣的事發生。

「這事妳不要插手。」

「不行，這事我管定了，這些孩子都是我接生的，他們都是我的孩子，我一個都不會放手。」

「有些事不是妳想的那樣，咱們庄腳人就是被人壓落底，才會一再被欺負，不想辦法反抗，就永遠沒希望，這個社會、這個國家，就會沒希望。」

「不要跟我說那麼多，那種事我不懂，讓這麼多人死掉，你就甘心嗎？阿爸為了你，跤骨被打斷，變成破巢，你的社會國家比你大哥的命重要嗎？」

「反正這些孩子，我今天都要帶走。」

「你說什麼痟話！」淑芬又是一巴掌呼過去，發出清脆的響聲，整個月台都跟著靜了下來，只剩下火車鍋爐噴氣的聲音。明雄瞪著淑芬，淑芬也瞪著明雄，兩人都在發抖。淑芬知道，時間拖愈久，對五叔愈不利，也許他有他的盤算，也許時間一久，等著抓他的警察、特務，便會聞風趕來，到時這些孩子也就得救了。

明雄腦中閃過許多念頭，當年被大哥趕出家門的委曲與絕望，一幕幕重現眼前，彷彿昨天才發生的事，卻不明何以被姪女摑這一掌的痛，竟比當年的痛還痛，難道這個家就是無法接受他所做的一切？

明雄終於棄守。他並未跳上火車。這班列車是萬萬不能再搭了。他繞過火車的盡頭，跳上另一班列車，再潛入山中，很快便不見人影。淑芬至此才完全放鬆，手中的棍棒落地，整個人跪坐在地上，腦中一片空白，久久未能起身。

五叔

產婆淑芬並不知道，那年五叔明雄離家後，逃票搭火車到台北找議員陳情，一個十幾歲的孩子能有這樣的膽識，讓這些搞政治的大人開了眼界，他們耐心聆聽他的描述，也答應代為調處，之後便請他先回去，他不甘心，問對方何時能有結果，對方卻只要他靜心等候。其實明雄心裡著急的不是結果，而是當初負氣出走，身無分文，肚子餓，卻又不便向人開口要錢，大人小氣又裝不懂，他只好摸摸鼻子，作露宿街頭的打算。

也是他腦筋動得快，知道台北謀生不易，當學徒又太苦，只好到處打零工，能賺一頓飯的錢是一頓。初時幫人搬貨、挑糞、送信、洗碗盤，什麼都做，後來有人見他勤快、實學、不多話，便推薦他去洋行打雜，白天勤跑腿，晚上睡倉庫，日子過得忙碌，明雄還以為自己走了好運，卻在一次走夜路被一群人蓋布袋狠打一頓，打得半死半活，打人的最後撂話：「不知死活，找誰都沒用啦！」他終於明白這個世上誰都不可信，想要復仇，想要為自己的父親討回公道，得靠自己的力量。

他的心機被一個人看在眼裡。這人叫劉子驥。沒人知道他是哪裡人，也沒人知道他的真實身分，他名字一看就知道是假名，典出陶淵明《桃花源記》。他總是穿著體面、身形優雅的出現在各種場合，與政商名流拉關係，與地方士紳搏感情，他總能在關鍵時刻拉人一把，給這些要人一些好處，或抓著他們的把柄，累積資源，期待某一天將這樣的關係派上用場。他很懂得看人，販夫走卒，三教九流，都能和他說上話，他的北京話說得極好，閩南話、客家話也說得流利，同時精通日語，這更增添他的神祕性。有人說他是落難皇族，來台灣招兵買馬，等待有朝一日重新建立王朝；有人說他是富可敵國的紅頂商人，準備在東南亞大展身手，大賺一筆，台灣只是個跳板。但一切都只是猜測，誰也不知他葫蘆裡賣什麼藥，誰也探不了他的底。

那日明雄落難，他即時伸出援手，將他安置一處隱密旅店，請大夫為他療傷。他知明雄識字，便帶了一些書籍給他看，要他元氣恢復時細讀，還不時考他書中內容，要他發表意見，心灰意冷的明雄卻只虛應故事，並不表露真實想法，即便書中旨趣深得他意，回答問題時，卻也只挑些無關痛癢的字句敷衍，以示自己的見識平庸。這些小把戲，劉子驥都看在眼裡。

一日他要明雄讀一部史書，隔天問他某次戰役的輸贏關鍵，明雄答以「天意」。劉闔上書，不疾不徐的對他說：「有些事情，大家都在做，你不跟著做，就是死路一條，做了，也是死路一條；有些事情，大家都在做，你不做，而且反其道而行，你不但活下去，還賺大錢，坐大位，功成名就。你想做哪一種事？你想當哪一種人？一般人只會做前一種事，而且一生活得膽顫心驚，沒有尊嚴，還不知道為何要這樣做，只有極少數人懂得挑後面的事做，然後闖天下，成大事。你是聰明人，別一心只想報仇，為家裡人討那一點點蠅頭小利，討那種不痛不癢的公道，最後還是得拚死拚活，作牆做到死，那都不是至道。」明雄如雷貫耳，瞬間跳下床來，跪倒在地，對著劉子驥磕了十幾個響頭，從此對他言聽計從，他要拜他為師，跟他學他的「至道」。

劉子驥從此手中多了一張王牌。他從屬某個組織，卻從不告訴明雄這個組織的來歷，一來怕若事跡敗露，迫使組織曝光；二來，他還信不過這個孩子，他得通過更多考驗才行。明雄的能耐卻教他一再吃驚，對他無條件的崇拜也經常教他良心不安。其實一開始，劉子驥給明雄的任務很單純，就是去搞破壞，挑撥各處商行、驛站主雇之間的關係，明雄只花五天時間，就教一家布行夥計集體與老闆鬧翻，夥計們要求加薪，老闆不肯，眾人聯手將店面燒毀，然後一哄而散，老闆跟著跑路。隔不久，明雄又煽動一家人力車行的車手集體跳槽，兩家人馬相約大稻埕碼頭談判，一言不和，大打出手，死了三十多人，官府很快查到是明雄在搞鬼，卻按兵不動。第三次，明雄混進一家船行，這次卻出師不利，上工第一天便被人帶走，嚴刑拷打，三天後，劉子驥利用關係將他救出，卻又假他人之手對他逼供，拔光他嘴裡所有的牙，折斷他三根手指頭，最後確定明雄未曾洩他的底，劉子驥大為震動。這位混跡江湖數十年的老練謀士，竟然為一個孩子動了真情，他決定收明雄為義子，送他到日本養傷，幫他裝假牙，接續斷指，還供他念書，同時在當地接受完整的組織訓練。五年後明雄回台灣，已完全變了一個人，他變得高大英挺，談吐有物，行事果斷，心狠手辣，劉子驥幾乎相信，明雄將來若不是全東亞最頂尖的革命家，至少也會是最出色的殺手，他會成為亞洲各國領袖最頭痛的人物。

不過再度回鄉，明雄馬上被指派任務，上級派他到礦區煽動工潮，明雄躍躍欲試。小時候，他恨不得將這些資本家五馬分屍，後來接受思想訓練，他明白這些資本家根本不怕死，他們就算犧牲了自己的孩子老婆父母，也不見得會掉一滴眼淚，對他們最致命的懲罰，從來不會是情義與性命，而是錢，只要想盡辦法讓他們手中的錢一點一滴蒸發，就等於割去他們身上的肉，放掉他們身上的血，這比死還痛苦。想到這裡，明雄便全身發抖，他期待這麼做，那才是復仇的快感。原本組織要他去製造一些簡單意外，就可以讓這些資本家跳腳，但明雄心想，這難免會造成無辜的傷亡，再說當年自己的父親就是死於這樣的意外，他不想造成更多破碎的家庭，因此自告奮勇，進行更高難度的任務。

他喬裝易容，改變身分，混進礦場當礦工，這難不倒他，那裡本是他熟悉的地方，再說他去鄉多時，且早已成年，就算熟人也認不得。礦場十日發一次薪，來上工者先押上身分證，十日後領現，來礦場討生活的，不乏亡命之徒，大半有案在身，但資本家需要勞力，多半睜一眼閉一眼，遇有警方查案，一律塞錢了事，這也使得礦場份子複雜，要鬧事也就更加容易。明雄來到十五番坑上工，他不主動製造意外，意外卻很快找上門來。一次小規模的落磐，造成三人死傷，礦場循往例只賠償三十天薪水，不負責後事，明雄馬上製造耳語，說資方把人命當狗命，在這裡的人命還不如一條狗，要所有人罷工一天，眾人同聲附和，其實工人們對如此不合理的賠償隱忍多時，但罷工後的隔日剛好又是發薪日，難免有些猶豫，害怕少領一天薪水，隔天資方發餉，果然短發一日，明雄率眾鼓譟，堅持領足十日工資才肯離去。資方怕事情鬧大，撐到傍晚，終於同意工人要求，補足工資，工人在坑口高聲歡呼，聲音傳到連十分寮都聽得到，明雄也聽到資本家的心在淌血的聲音。

明雄的第一戰打得漂亮，消息傳開，全台各地礦場蠢蠢欲動，明雄的義父劉子驥當時人在上海，風聞消息，暗自欣喜，更加佩服自己的眼光，他要明雄持續依計畫行事。明雄深知工人要的是錢，罷工天數太長，工人怕沒了收入，也怕資方另外請人，因此一次只罷一天工是最理想狀態，就讓資方一次只滴一滴血，一次只痛一點點，嘗嘗被凌遲的痛苦。

某日，他同樣在發薪前兩日鼓動罷工，再於發薪當日聚集人群，不過這次資方有備而來，竟聘雇槍手坐鎮，現場充滿肅殺氣氛，勞方依然堅持領十日薪，否則無限期罷工，資方卻堅持只發九日薪，不領就走人，一步不退讓。雙方劍拔弩張，互相叫囂，現場就在一聲槍響後失控，豈料這些工人都不怕死，仗著人多示眾，向前搶槍，竟將十多名武裝人員迅速制伏，一時士氣大振，歡聲雷動。

忽然，有人對空發射了一枚催淚彈，起初工人們並未被這濃烈的氣味嚇走，但煙硝在空氣間瀰漫了一陣子，緩緩與小雪時分的霧氣化合，數秒之後，空中瞬間竄出成千上萬的白色蟲子，在人群間奔騰，眾人一時莫名所以，忽有一老者厲聲高喊：「白蜘蛛！快跑啊！」

工人們都聽過這樣的傳說，看見白蜘蛛，只能死命的跑，因為見過白蜘蛛的人，從來都沒有活命的。現場一陣驚恐，眾人都亂了方寸，此前有人開槍，他們還忙著抵抗，一點都不怕死，這回見到了白蜘蛛，卻像見到鬼一樣破了膽，眾人忙著逃命、互相踐踏，武裝人員見機不可失，竟舉槍胡亂掃射，剎時屍橫滿地，死傷多達百人，被踏死的占多數。

事發當時，明雄先是被撞昏倒地，後來清醒，索性躲在屍堆裡佯裝死去。那時礦場哀號聲震天，他卻聽不到任何聲音，他仰面朝天，呆呆望著白蜘蛛緩緩從天而降，時而橫向飄離，時而急停緩升，復而旋轉擺盪，漫無目的，卻有一種優雅自若的姿態，如春日要下不下的毛毛雨絲，如十月早來卻水氣不足的莫名霜降，好美。明雄睜大眼看著這一切，彷彿自己早已死去，聽說看過白蜘蛛的人，必死無疑。不過明雄卻未死。入夜，明雄憑著僅存的求生意志逃離，循水路逃到海口，輾轉往南跋涉至烏石鼻，再偷渡至香港躲藏，全身而退，卻因此牽連家人，長兄鄭明枝被嚴刑拷打，逼問他的下落，最終雖然獲釋，靠的還是劉子驥的關係而活命，卻也失去一條腿，命去了大半。隔日官方聞訊，又出動軍隊四處搜察，封鎖礦場，並逮捕滋事工人，就地正法，搞得人心惶惶，整座山城如同鬼城。

明雄自責，信心崩潰，自我否定，無心工作。劉子驥只告訴他，資本家一天不打倒，像你兄長這樣的工人就會不斷受苦。在劉子驥的鼓舞下，明雄再度披上戰袍，遊走唐山各地，這回沒有家人的牽絆，拳腳施展得更開，手段也更加殘忍，他的戰功彪炳，破壞力十足，被顛覆的工廠、礦場、商行不下百餘處，備受組織肯定，但因劉子驥始終未讓他正式加入組織，一派人開始積極鼓動明雄更上層樓，等著他進行更大的破壞任務，甚至策動軍隊造反，但明雄都沒答應，堅持只聽命於劉子驥。

這段期間，明雄遇見所愛，對方是個尋常人家的女孩，背景單純，他以為沒人知道這段戀情；組織不知道，連劉子驥都不知道。直到一次暗殺任務完成，明雄向劉子驥覆命，劉子驥堅持並未下這道指令，卻要他不動聲色，暗中察訪，沒多久查出受害者竟是自己心愛的人的親生父母，雖然她出生不久就被送走，養父母視如己出，還供養她念到師範學校，她其實對生父母毫無感情。明雄內心天人交戰，不敢相告，實則他的愛人數十年來未曾與生父母見過面，甚至不知自己的身世。不寒而慄。明雄無法確定此事究竟為組織對他的暗示，亦或劉子驥的陰謀詭計，還是說，這也是對他嚴苛訓練的一部分，要他斷絕女色，以免日後身陷桃色陷阱。明雄不知該相信誰。

劉子驥卻有所覺悟，他知道這件事是上級對他下馬威，不容他扶植自己的人馬，他的人馬就是組織的人馬，誰不聽話，組織會祭出紀律。劉子驥決定交出手上這張王牌，力薦明雄加入組織，並告知明雄，以後不必再聽命於他，一切以組織的命令為優先。從此人間蒸發，再也沒人知道他的行蹤。組織卻要明雄與劉子驥恩斷義絕，日後若相見，殺無赦，明雄同意。明雄亦從此和愛人斷絕來往，他知道自己無法接受任何對方不測的訊息。

經此教訓，明雄變得更冷血，更決心一日不將資本家打倒，一日不成家立業。不過正式加入組織後，明雄反而無事可做，幾次事件，加深上級對他的不信任，認為他對組織還不夠忠誠，還有待磨練，明雄不以為意。直到數年之後，他跟著小組赴台出任務。他在家鄉潛藏半年，伺機而動，終於組織下了指令，他配合展開破壞行動，一切進行得順利，卻沒想到還是踢到鐵板。

姪女所做的一切他看在眼裡，看得他滿腔熱血，而且汗顏，當初離鄉背井，不就是為了替家人出一口氣嗎？不就是為了保護自己的家人而奮鬥嗎？到頭來卻盡是傷及無辜，過去被他弄死的人，資本家少，勞動者多，他哪是什麼正義使者，根本是個殺人惡魔。無奈這一步已踏錯，他不可能再回頭。

要是早個五年十年，他或者會被這巴掌弄得清醒，但明雄畢竟是半個老江湖，殺人不眨眼，別說弄斷大哥一條腿，就算是一條命，他也不會掉半滴淚。至於這位姪女的作風及身手，他佩服，佩服得五體投地，但也僅止於佩服，套句師父的話，若不能為組織所用，這人也是該死。他深知許多思想老派、一字不識的農民，正是助長地主及資本家氣焰的柴薪，是阻斷革命道路的絆腳石，他的親哥哥就是一例，忍辱偷生，息事寧人，甚至不敢為自己親生父親討公道，他的姪女更可說是反革命分子，一場遍地開花的農民起義運動眼看就要襲捲全島，偏偏就冒出一個女煞星來礙事，是可忍？孰不可忍？

他轉換了幾個念頭，知道淑芬不可能被組織吸收，便很快做了決定。從今以後，他不為報逐出家門之恨，不為討被晚輩羞辱的這口氣，誓不為人。一切的一切都跟私怨無關，而是跟大是大非有關。

第三章　難忘的戀人

風聲

阿蘭，妳可能不記得了，那年我們有多年輕？我十七歲，卻長得臭老，一臉橫肉，誰看了都會嚇壞吧！妳呢？十三歲？十五歲？對我而言，妳像朵花，該有個會疼人的人照顧妳。我問自己，那個人會是我嗎？

自那次相遇，隔日，我與兄弟赴瑞芳收帳，三天後才返回。我的右臂被砍了一道極長的傷口，這是從未曾有過的事，兄弟說我很奇怪，失神失神，他們並非怪罪於我，只是納悶。

回到上林花，第一件事就是到柴房看妳，我心急如焚，飛奔闖入，但人呢？妳人到哪去了？不見妳人影，我心亂如麻，到底妳是逃了，是死了，是活下來卻被賣走？還是留下來卻被關到另一個地方？我往最壞處想，妳死了，被虐待死了，而我那天晚上可以救妳的，卻竟然見死不救。我頓時起了殺意，我恨不得多殺幾個人為妳報仇，以平息我的怒氣，以掩飾我的無能與見死不救。後悔的事做了許多，卻從未像這次後悔。

兩個兄弟也跟著闖了進來，他們見我行色匆匆，六神無主，還以為發生了什麼事，於是追了上來。緊接著，那個無趣的女人也跑了進來，還帶著三個男人。也難怪，這氣氛很容易讓人覺得有大事發生，在道上混，那是在刀口上舔血過日子，很多事等弄清楚了再作反應，你的命早就沒了。他們幾個人盯著我看，都不說話。我盡量克制自己的情緒，來幾個人也好，正好讓我有點事做，我的兄弟是不會跟我為難，那幾個人，要是說錯了一句話，就都得死。

「人呢？」我問。

「誰啊？」女人回答得很小心，聲音幾乎聽不見。

「那天吊在那裡的那個女人。」

「你說阿蘭啊？哈哈哈哈哈，害我嚇一跳，以為是誰。」

「人呢！」我突然狂吼，不知誰手中的鐮刀掉落地上，發出清脆的響聲。

「她在後面休息啦，又不是什麼大事，罰過了就沒事了，明天就上工了。」女人說得小心翼翼，生怕說錯了什麼，惹來殺身之禍。但確定妳沒事，我原本緊繃的肩頭整個鬆垮下來，我使勁用雙掌搓揉自己的臉，竟搓出了淚水。眾人見我的反應，知道沒事了，也跟著鬆了口氣。

兄弟說：「大哥你要嚇死人啊！」

另一個兄弟也說：「是啊，我要來去收驚了，險險被你嚇死。」

聽他們這麼說，突然覺得自己好傻，我也笑了，便問那女人：「妳說她叫阿蘭？」

「是啊，阿蘭，鄭玉蘭。」

這是我第一次聽到妳的名字。我感到開心，這輩子從未這麼開心過，我忘了手上的傷，也忘了連日來的疲累，隨便窩到一處角落便呼呼大睡，在旁的一夥人被我搞得莫名其妙。

但這天的魯莽行為，終究讓上林花的人有所提防，他們知道我只在乎妳，下一步更可能把人帶走，而我是他們倚重的門神，以一擋百的好手，想要擺平這件事，勢必得費一番功夫。原本我還天真以為，哪天我可以去跟老闆求情，成全我們的好事，卻萬萬沒想到，他們早就決定拆散妳我這對苦命鴛鴦，連一點機會都不給。

要不是我手上有傷，即使稍有懈怠，也不至於兩三下就被人擒住。好吧！不怕妳笑話，我說實話，要不是我的懈怠，就算手上有那麼一點傷，也不至於敗得這麼的慘。才出了柴房，我便被一群人給團團圍住，拳腳相向，東拉西扯，他們知道我力大如牛，搏擊技巧了得，不用點下三濫的手段，殺我個措手不及，別說動我一根寒毛，就連靠近我三尺都不可能。我感覺傷口在大量流血，整隻手臂都快斷了，當時只想到叫兄弟們快逃，只要我還有命，他們逃了，就一定有辦法將我救出。但其實根本不必我提醒，他們跟隨我多年，與我心意相通。我聽到一些人的慘叫聲，得知他們兩人早就順利脫逃，也許此刻正躲在暗處伺機而動，只是苦無機會救我。

接下來的數日，我被照三餐打，他們也不要我死，而是要讓我的兄弟知道我仍活著，要來個一網打盡。

沒辦法，幹大事的人，想得總是比別人遠。我還在想，他們為何要如此對我？我並未向妳表明心跡，也未曾對任何人透露我心中的想法，這些人卻能想得這麼遠，實在了不起。沒錯，要是我真的帶妳遠走高飛了，這天下還有誰能阻擋得了我？他們是得未雨綢繆。但我一個人被傷害是無所謂，害苦了妳，那是我犯下最大的錯誤。他們會怎麼治妳？也許現在早就把妳賣到東瀛，賣到唐山，以妳的姿色，必能賣個好價錢吧。但我於心何忍？在這裡再怎麼受苦，至少也還是個有情的土地，總好過舟車勞頓、飄洋過海，被無數禽獸玷汙糟蹋，過著慘無人道的日子。還是，妳根本認為這裡是個無情的地方，這裡的人都不是人，被賣得遠遠的，總好過在如此人間煉獄過得像行屍走肉。或者，在妳的眼裡，我跟那些人、那些男人、那些禽獸一樣，都不是人。

畢竟，妳不認識我，我也不認識妳，妳我甚至還未真正說上話，卻只因為我餵了妳一瓢水，妳就必須受這麼多的苦，都是我害了妳。其實，我身上受多少苦、多少傷，對我都無大礙，但這幾日只要想到妳也遭受著像我一樣的傷害，我便感到心頭酸楚，我開始有了真正的痛覺，一點點痛變成百倍的痛，這是前所未有的感受，我開始哀號，像豬一樣的尖叫，眼淚鼻涕無盡的流，大小便失禁。我一則以喜，一則以憂，喜的是，我終於知道自己的心是肉做的，我也是有感覺的，不是沒血沒目屎的人；憂的是，我竟然變得如此脆弱，我是有缺點的，有缺點的人是無法戰鬥的，今後任何人都可以拿我的缺點，輕易將我制伏。

何其諷刺，是妳讓我變成一個有情的人、脆弱的人，我是該開心的，我這個自小沒父沒母沒人疼愛的人，根本就是個十惡不赦的人，沒想到竟然也有善的一面，而改變我的這個人，我卻無緣再見，我卻讓她受苦。這是不對的，我不甘心。

我真的不甘心。前幾日，他們怎麼打我、凌遲我，我一聲都不吭，即使因此被打折了一條腿，打瞎了一隻眼睛。但往後的幾天，就算只是一點點的痛，我都無止境的嘶吼，我要喊出我的不甘，我要對老天控訴，為何連這麼一點希望都不留給我！我大聲吶喊，喊得鬼哭神號，喊得驚天動地，喊得連我自己都感到不可思議，這是鬼的叫聲嗎？這是禽獸的叫聲嗎？過去就算是被我用更殘忍的手段對付的人，都未曾發出這樣的聲音，而一向以硬漢自許的我，卻表現得像個懦夫，我到底怎麼了？

我被自己的叫聲嚇出了魂，我的靈魂出竅了，我飄到囚牢屋頂喘息，那也許是另一間閣樓，也許只是一根殘破的梁柱，我卻緊緊的依偎著不肯鬆手，看著被綑綁在底下的可憐人，持續被各種手段凌遲，一如看著過去的自己，如法泡製著另一個不相干的人，心頭滴血的卻是我的靈魂。

原來，愛上一個人，心竟然會變軟。過去做太多壞事的我，從來都不知自己有多壞，自己的壞可以到何種極限。此刻知道報應如此之快，卻來不及了。

然而阿蘭，此刻的妳，可在受苦？此刻的妳，可知我在受苦？

苦雨

連夜的雨。產婆淑芬搭火車趕往基隆，路途不遠，感覺竟是如此漫長，想起幾年前從基隆搭車返鄉，絕掉大好姻緣，發誓不再回到那個如夢的所在，沒想到再回頭，竟是為了人命關天的事。屘叔明賢與弟弟添財，跟著五叔到基隆看熱鬧，去砍外省人，沒想到消息走漏，才到車站，赤手空拳就被警察抓走，五叔早就逃之夭夭，留下兩個年輕人關在看守所等待發落。淑芬氣自己花了大半天的功夫，把好幾個村的孩子都擋下了，偏偏漏掉了自家人，她懊惱不已。

消息傳回牡丹，母親阿珠聽聞即昏厥倒地，待醒來便哭，呼天搶地，誰也勸不住，父親阿枝嚇壞了，躲在房裡不敢出門，什麼話也不敢說。阿嬤沒哭出聲，卻也是淚連連，婆媳倆抱在一處。

這兩個孩子都是由淑芬所接生。淑芬十三歲那年，因緣際會幫阿嬤接生，沒多久又幫自己的母親接生，明賢與添財雖然輩分有別，兩人卻像難兄難弟，從小聯手惹禍，到處胡鬧，家人頭疼不已，沒想到這回惹了天大的禍。對淑芬而言，一個是自己的叔叔，一個是自己的弟弟，沒有不救的道理，但，要怎麼救？

淑芬猜到母親的意思。這種大事，還能有什麼辦法？鄭家所識有頭有臉的人家，就只有那個無緣的女婿，無奈當初淑芬走得絕情，堅持離婚，現在要向人開口，只怕沒那個臉，但比起一條人命，臉面又算什麼？況且以阿慶的為人，只要淑芬肯開口，他一定會幫忙。只怕淑芬不肯開這個口。淑芬打定主意：當然不能開這個口，不只口不能開，連面都不能見。但，人還是要救的。

母親對她下跪：「阿芬啊，阿母跟妳求了，阿母跟妳跪了，妳去跟阿慶說，請他幫幫忙，他一定有辦法的，阿母跟妳求了！」誇張作戲，彷彿在演給外人看，好教人知道，我這個作母親的是何等的自責與難過，我也是受害者，我傷心欲絕，你們要怪就怪老天吧！可別怪我。淑芬將母親扶起身來，面無表情說道：「阿母，妳放心，人我會去救，我現在就去。」話說得衝動，其實只是想讓母親停止這一切胡鬧。事情很嚴重沒錯，但哭成這樣，能解決事情嗎？淑芬心想，我要是有一筆錢，一定把妳賣給戲班，讓妳去唱哭調仔唱個夠。果然，母親止住了哭聲，也閉上了嘴，全家靜默無聲，風吹落葉的聲音都顯得刺耳。

淑芬將懷抱中的孩子交給阿榮，便轉身進屋裡整裝待發，她坐在鏡前梳頭，猶豫是否該在唇間點些胭脂，卻聽阿榮在門外的木屐聲，該在意這位未拜堂的夫婿的感受嗎？他會吃醋嗎？這麼一想，她倒很堅決的為自己上了妝，連眉毛都仔細畫了，嘴唇染紅的那一刻，她淺淺一笑，心花綻放，彷彿看到了前夫阿慶的笑容。她從來不明白自己是一個怎樣的女人，想怎麼做就怎麼做，從來就不曾在意別人的眼光。淑芬就這麼打扮得明豔動人，邁向車站，一路招搖，全村都為她停止呼吸。

阿榮背著孩子陪她上路，卻只敢遠遠跟在後頭，不敢靠近。她是貴婦，她是女神。她是去救人沒錯，但這一去，卻是投向別的男人的懷抱，也許永遠都不回來了。阿榮心想，我在她心中，不過是個窩囊廢。淑芬當初跟阿慶離婚，沒多久便有了身孕，連孩子的生父是誰都搞不清楚，阿榮卻不嫌棄，願意幫她照顧孩子，與她同住，即使孩子不跟他姓也無所謂。後來兩人又生一子，雖有夫妻之實，卻仍無夫妻之名，在外人眼裡永遠只有淑芬，沒有阿榮。但阿榮卻心甘情願，只要能在淑芬身邊，他什麼都不在乎，但淑芬不在他身邊，他便感到不安。

到了月台，淑芬看阿榮離她老遠，哭喪著臉，心中沒好氣，便回頭趨近，她去捏兒子的臉，就像捏著阿榮的臉一樣安慰他，「阿母很快就回來，要乖，要聽阿爸的話，知否？」兒子似懂非懂，喔啊了兩聲，阿榮倒是開懷傻笑，跟著淑芬複誦了一次：「聽到否？阿母很快就回來，要乖，要聽阿爸的話，知否？」阿榮心中感到安慰，好歹我是兒子的爸爸。他心頭篤定。

上了火車，一路景物從眼前快轉，淑芬開始後悔。她一個弱女子，能有什麼辦法？去向管監的人求情，別人有人面、有金錢，她有什麼？自己不過是殘花敗柳。念及此，她不禁打了個寒顫。之前再怎麼荒唐，和男人胡搞，卻也沒想過要靠這層關係來和人交換條件、貪圖什麼好處，現在卻要出賣身體，色誘男人，她覺得好骯髒、好卑鄙，自己跟煙花女子沒兩樣。但轉念想，她是為了救人，而且救的是至親家人，這樣做，又有什麼錯？她心想，也許對方是個好人，知道這是誤會，根本不必花錢利誘，也不用靠什麼關係，但如果需要，她已做好心理準備。沒什麼大不了的。她這樣告訴自己。

火車行抵目的，天色已然全黑，她不知該往何處，該向誰打聽，卻注意到一些人神色匆匆，左顧右盼，都往同一方向走，他們都是一個樣，滿面愁容，心事重重，手上拿著沉甸甸的包袱，像是怕被搶了一樣。是了，他們跟她一樣，是要去救人。跟著他們準沒錯。終於來到一處倉庫，大夥兒進到一個小房間等待，漫長的等待。一位軍官模樣的人，逐一詢問來人，填寫資料，然後將他們帶開。那軍官並未如想像中的凶神惡煞，頤指氣使。雖然她知道，壞人的臉上不會寫著他是壞人，也不會自報姓名。慘了，她連明賢跟添財的名字都不會寫！這可糟了，她也不會說北京話，連聽都不會，等等一問三不知，對方也不知道她說什麼、所為何來，可怎麼辦才好？

「揣啥人？」還好，對方懂得方言。

「鄭明賢、鄭添財。」

「兩個人啊？」

「是。」

「名單上只有鄭明賢，沒有鄭添財喔！」

「這樣啊，那我可以見他一面嗎？」

「這人犯的是重罪喔。」

「大人，我求你，這一定是誤會啦，有什麼辦法可以放他出來？」

對方瞄了淑芬一眼，便不再說話。這一瞄，讓她心頭涼了半截。該來的還是會來。她被帶到一處牢房，裡頭大約關了十來人，眾人雜處，許多人身上有傷，大部分只是虛弱，隨意躺在地上。來人報上明賢的名字，明賢抬頭，淑芬馬上看到他，明賢大喊一聲：「姊！」然後飛奔至欄杆處，便放聲大哭。論輩分，淑芬得叫明賢叔叔，但明賢年紀比淑芬小十多歲，且由淑芬所接生，自小就由淑芬帶大，親如姊弟，淑芬有時更像他的母親，淑芬不可能叫他叔叔，他卻甘願叫她姊姊。此刻淑芬卻滿腔怒火，不懂事的孩子，事事教人操心，這下哭又有什麼用？淑芬正想開罵，但想到剛才那位軍官冷酷的眼神，恐怕與明賢這次相會，就是最後一面了，心腸一軟，便握住明賢的手，悄聲問他：「阿財人呢？」明賢小聲回道：「火車進站後，他急著去小便，我就沒看到他人了。」淑芬鬆了一口氣，眼淚這時才流下，阿財才是她的親弟弟，若有什麼三長兩短，母親鐵定跟她沒完，她並非對明賢心狠，只是母命難違，她平日對母親沒好臉色，此刻才知母親給她的壓力有多大。

淑芬擦乾眼淚，接著便說：「你放心，阿姊一定救你回去。」明賢卻搖頭：「妳別傻了，關在這裡的，都是要槍斃的，大家都說自己是冤枉的，還不是都被抓出去槍斃，沒用的，沒用的。」淑芬大驚，卻強自鎮定：「你別胡說，阿姊一定會救你回去。」卻六神無主，這輩子大風大浪，卻從未像此刻無助，兩腿無力，不知不覺便跪了下來。

明賢卻對她說：「阿姊，我想要吃奶。」淑芬不解的望著他，都什麼時候了，卻還開這種玩笑。「我想要吃妳的奶，好嗎？最後一次……」

淑芬這才聽懂。想當初這小子剛出世，非常難帶，鎮日哭鬧，任誰都哄騙不了，淑芬硬塞給他初發育的奶頭，竟然制伏了他，從此成了明賢的活動奶嘴。那年淑芬生病失憶，明賢無時無刻不吵著要吃她的奶；她回神了，他最開心，每夜都要抱著她才肯入睡。對於這個屘叔，淑芬沒有半點辦法，總是由著他，與其說明賢是個長不大的長輩，不如說是她的第一個孩子，她對自己的親生兒子，都還未曾這般溺愛。

淑芬無視眾人的眼光，緩緩掀起上衣，露出雙乳，明賢雙手顫抖，撫觸那飽脹的乳房，輪流吸吮著，憶起兒時種種，眼淚滾滾滑落。旁人看了驚奇，但知此刻生離死別，也就不以為意，還道他們是母子關係。望著哭泣的兩人，再想想自身遭遇，所有人都跟著哭了起來。

淑芬隱約看到，屘叔的背後站著一個男孩，臉上同樣掛著淚痕。

短暫的面會，淑芬確定，弟弟添財沒被抓進牢裡，屘叔明賢卻命在旦夕，隨時可能被抓去槍斃。她去求那位管事軍官，軍官不在，她轉而向帶路的人探詢，此人躊躇半刻，之後帶她至一密室，孤男寡女共處。她發現他在看她的胸部。也許餵屘叔吃奶的那一幕，他都看在眼裡。這人看似正人君子，也許不是。淑芬沒多想，分秒必爭。她直接將上衣脫去，男人被她突如其來的舉動驚嚇，不知所措，淑芬欺身過去，將一隻乳房湊向他的嘴，男人撇開臉。假正經。淑芬硬要他吃她的奶，男人長嘆了一口氣，突然激動了起來，啊的一聲，便像隻野獸一般開始欺負她。淑芬鬆了一口氣。過去某段日子，自己不就是這樣勾引了許多男人？一切並未如想像中困難，也不複雜。男人一向如此。

草草結束。

淑芬盡快和衣，接著用嚴厲的眼神看著男人，他被看得心虛。待他整裝完畢，淑芬開口：「你可以救我的弟弟？」男人沒說話。淑芬一直瞪著他看，男人結巴：「當然可以，你不是說還有另外一位嗎？」「他不在這裡。」「那，那沒關係，妳還可以再帶幾個人回去。」「什麼？」男人按捺不住，再度欺身強吻，將她強壓在地上，她才明白，他只是想再一次要她的身體。這一晚，他們不斷歡愛，淑芬並不在意，只要能救人，她什麼事都能做。直到男人力竭，兩人並躺而臥，沒有擁抱，沒有入睡，眼睛都直盯著天花板看，各自想著不同的事。突然一聲鐘響，男人驚起，著衣便要離開，淑芬拉著他不讓他走，事情還沒完呢！男人才說，他會安排，請她三天後再來找他。淑芬言謝。男人欲言又止。

摸黑，淑芬憑著有限的記憶，離開這個不祥之地，才發現過去那一大段時間，她根本聽不到外界的聲響，一切轟隆隆的，那是把自己閉鎖在一個密閉空間裡才會發生的事，沒想到外面的世界比室內還安靜。此刻她的感官全部打開，反而更清楚的聽到囚牢內的斥喝聲，哀號聲、忽遠忽近的狗吠聲，還有槍聲。她知道，那一聲槍響，代表一條人命結束。每一聲都教她驚駭、顫抖。她在默數，數到百下，她再也聽不下去，她摀住耳朵，開始狂奔。

淑芬無法入眠，坐在候車的椅上想著剛才的一切，也許是太累的緣故，一合眼便睡去。她發現自己漫無目的走在海灘上，穿著破爛，淌著眼淚，低聲啜泣，冷的感覺揮之不去，一位身著藍衫的老婆婆迎面而來，她還不清楚發生什麼事，老婆婆便賞了她一巴掌，「妳才救一個人啊？」淑芬便驚醒。總覺得有什麼不對勁，說不上來。還是覺得很累。才想到這男人可真會耗時間。但她知道，大部分的時間，他是不行的，他只是依戀她的身體，他時而像個莽漢撕扯她的頭髮、拗折她的身體，瘋狂占有她，看來應是很久沒碰過女人，但比起彼時那個採花賊阿燦對待她的殘忍手段，那粗暴實在不算什麼。更多時候，他輕撫她的每一吋肌膚，默默欣賞，一賞一嘆，然後，不時有水珠滴落在她的身上，她不想去分辨那到底是汗還是淚。她快被這些多愁善感的男人煩透了，能忘掉一個算一個。一切不容易，也似乎很容易。也許有朝一日，要她去賣身，也並不難。他會反悔嗎？看他的眼神及話語，不至於開這種玩笑，但，其他人，都怎麼救人的呢？也是靠身體嗎？還是靠錢、黃金？還是，只需某位要人的親筆信，就馬上過關？

親筆信？淑芬忽然想到，對方只是口頭答應她，卻沒給她任何憑據，到時她靠什麼把人帶走？更糟的是，她連這人的名字都不知道，要是他臨時有別的任務，或跑到另一個房間，跟另外一個女人胡天胡地，她總不能就這麼一直等著，等他把事辦完。像他這樣耗時間，可知會耗掉多少人命？她只要一想到那槍聲，就不寒而慄。不對，好歹要他留下白紙黑字才行，過了這天，天知道會發生什麼事！淑芬又狂奔了起來，這回倒像條會認路的狗，哪處該拐彎、哪處該迴轉，都難不倒她，只覺得這條路比來時還更長，而且，開始下起雨來。雨不大，卻毛，十分擾人，像有無數的蟲子不斷朝你飛來，卻不螫咬你，你一揮手，牠也不飛走，只是不斷滲透入你的身體，然後便消失得無聲無息。

她心煩，伸手抹去唇間的雨水，竟發現那味道奇苦，有一種無患子的澀味，又帶著幾分黃麻的酸味，甚至還帶著魚腥草的血腥味，這味道教她委曲，只能深呼吸強自鎮定。

終於又來到營房門口。

「請問……」淑芬才開口，卻不知該問什麼。她愣住了。

「妳找誰？」

真的不知該找誰？

「妳是誰的家屬？」

聽不懂的話語，讓她更心煩，她盡可能不讓恐懼襲上心頭，她相信事情不會到那麼糟。

「鄭明賢。」

「什麼？」

她現在只能一再重複這個名字，但對方似乎聽不懂她的話語。

後來來了一位聽懂她話的人。

「鄭明賢？帶走啦。」

淑芬腦中一片空白，耳朵又開始出現轟隆隆的聲音，但這時還不容她崩潰。

「借問，我昨天晚上來的時候，有一位大人說，我可以把我弟弟帶走，但我不知道他的名字。」

「誰人這麼大膽？敢答應這種事，這些人要帶走，都要蓋官印的，都要戴帽子的人同意，不可能有這種事？」

「可是那個人答應我的！」淑芬含著淚，耐著性子說。在這節骨眼，可不是她撒野的時候。

「這個營區進出就我們這五個人在管，妳自己看看是誰答應妳的？」然後轉身用北京話對他的夥伴們說，「喂，你們誰認識這個女人？強姦民女可是要軍法審判的啊！哈哈哈哈！」眾人也跟著笑成一團，但那笑，不是開心的笑，也不是鄙視人的訕笑，而是一種充滿不屑的笑。

淑芬這才發覺，一切都完了。她被騙了。那人是誰？也許只是一個來跑公文的小兵，也許是另一個來救人的絕望家屬。不，他身上穿著制服，也有官階，但，跟眼前這幾個人的服色完全不同。早該向阿慶求助的，一個沒讀過冊、半字不識的女人，還想來救人，她是在向天借膽。真的是好大的膽。

絕望。

但淑芬不忘再問一句：「請問，鄭明賢，被槍殺了嗎？」聽到槍殺兩字，眾人靜默下來。那人起身跟她說，「現在風聲很緊，很多事不能亂說，今晚整營的人都被帶到別的地方去，但帶去哪裡，是軍事機密，妳就別再來找我們麻煩了。」

淑芬明白一件事，人不是不能救，只是要找對方法，找對門路。她再耗下去，也只是浪費時間，難保再被另一個人，或另一群人騙了。當初，她還覺得那個人，是個正直的人不是嗎？她沒了自信，開始懷疑自己的眼光。頂著苦雨，她又再度離開這裡。感覺自己的魂，又快要飄離自己的身體。

破貓

產婆淑芬經常覺得這肉身不是自己的。回魂那年，她才十八歲，一切記憶都回來了，連關於之前接生出了意外的記憶也回來了，餘悸猶存，她害怕看到血，害怕看到女人陣痛，害怕看到女人哭，嬰兒剛出世的模樣，總是讓她想到那對死去的孩子。一開始她只敢跟著阿撿嬸出巡，當個助手，重回出師以前的日子，倒也落得輕鬆，但阿撿嬸年紀大了，又愛偷懶，才不到兩個月，就找種種藉口要淑芬獨自出任務。她很快克服了恐懼，熟門熟路，一樣的俐落手腳，一樣的火爆脾氣，她想起自己是有任務的，不容她怕事。

她想起自己的堅持，堅持沒卵脬的都得留下，誰都不准抱走，不過畢竟大病初癒，不似過往盛氣凌人，頭一次遇到生女兒的人家，她心懷忐忑，照例詢問：「孩子不會送走吧？」在場卻沒一個人說話，男人板著臉，女人垮著臉，淑芬傻眼，忘了下一步該怎麼做。她沒有罵人，沒有特別對誰下功夫，她不再像以前那樣精力十足，總是奮戰到底，不知是年紀到了、結過婚了，還是那次事件衝擊的結果。她沒繼續追問下去。她感到洩氣，魂魄若即若離，就算了吧！

出到門外，她深吸一口氣，不知何去何從，那戶人家的男人也跟出門來，沒理會她，自顧自的去張羅瑣事，淑芬沒好氣，往前走幾步路，走到村口，卻又停下腳步，不自覺回望，好巧不巧，那男人也望向她這邊來，兩人四目相接，有些尷尬，淑芬快步走開，要是讓這男人以為她在勾引他，那就糗了，真是臭美啊！我怎會看上這樣的男人。但她卻沒立即離開，她又回頭望，那男人正巧又回望。她竟看到自己的魂魄離開她的身體，不由自主的走向那個男人，去牽那男人的手，男人也不由自主的任由她的魂牽引，朝她的肉身走來，她的肉身還有一些知覺，覺得不妥，便動身起步，急著離開，這一來更像在勾引他了。

他們很快在林子裡交歡，草草結束，但男人神魂顛倒，力氣放盡，一年來未曾碰過女人，他的體內住著一頭猛獸，理應頑強蠻橫，不可理喻，但不知是淑芬更野，亦或誘人的女人總是讓男人沉淪得更快，這頭猛獸在她體內沒竄兩下，就一溜煙的跑開。

淑芬的身體沒有什麼感覺，倒是她的魂有些意猶未盡。她速速回魂，頭腦清醒而冷靜，就像做那回事的是別人，不是自己，也許是身體暢快了的結果。她記得要緊的事，對著男人嚴厲的說：「女兒不能送走，知道嗎？」男人愣了一下，緩緩點頭，像做錯事的孩子被抓個正著，「你要是敢把孩子送走，今天的事，所有人都會知道，我是不要臉的，如果你也不要臉，那就沒差，咱們走著瞧！」男人背脊發涼，涼到整個腳板，全身不能動彈，連褲子都忘了穿上。淑芬很快和衣起身，整理行囊，準備去另一戶人家走動，走沒幾步路，又回頭看，這次回頭，沒特別的意思，只是提醒那男人：「不要再來找我！」

這女孩果然沒被送走。但淑芬後悔自己的行為，這是出賣自己的身體，就算出發點再偉大、再高尚，也是出賣。她對不起自己，對不起父母，對不起心所愛的人，她有嗎？阿慶不會在乎吧？阿燦死了吧？就算沒死，此刻恐怕身邊還擁著別的女人，一個換過一個。阿榮不算個男人。此刻她是沒人愛的。但她是規矩人家的女孩，這樣做，別說自己不允許，別人也要看笑話，她會教那些沒把女兒送走的人家怨恨，還以為妳是多了不起的人，還以為妳的道德操守有多高，結果還不是個低三下四到處胡搞的女人，還有臉來說我們連骨肉都不要；那些早早把女兒送走的家庭，更要對她冷笑、狂笑，袂見笑，這女人，以為自己是聖女，還不是一天到晚等著被人幹，假仙假觸，卸世卸情。

怎麼辦？下次不可以再這樣了，一次也就算了，兩次、三次，事情就傳開了，還威脅人家不可說，真是不要臉。這事還怕人說嗎？若要人不知，除非己莫為。淑芬重重賞了自己兩個耳光，大聲喊：「下次不可以了！」像是在對自己的魂魄喊話。

卻一再身不由己。淑芬總是跟男人發生關係，之後再跟自己喊話，再傷害自己，還把自己打得鼻青臉腫。後來她放棄了，何苦呢，自己也想要不是嗎？就跟著自己的感覺走吧，那畢竟還是自己，那是自己心底的聲音，她哪是什麼貞節烈女、少女媽祖婆，她骨子裡就是個不三不四的女人，就別裝了。她放開了。浪蕩度日，好不快活，每一次接生，都充滿期待，她幹得比以前更起勁。

往後一年，果真沒半個女孩被送走。淑芬不再疾言厲色，每次都只悄問：「女兒不會送走吧？」若答案是「不會」，她便放心走人；若不置可否，她通常不會猶豫太久，馬上故計重施，勾引男人，立下誓約，強加威逼，然後目的達成。屢試不爽。後來這件事逐漸傳開，男人們總是等著她來，等著她問，等著沉默不語，等著互相引誘，然後等著辦好事。這事之所以會傳開，起因於某個人食好鬥相報，「你就等她出門，你也跟著出門，不要跟喔，這女人不好惹，沒幾個男人打得過她，別討皮痛，她如果沒回看，你千萬別跟上去，她若回頭看你，你才可以跟上去，再來就有好康的了，包你卯死！」

她心甘情願。自此，若產婦生的是女的，她不再像過往那麼擔心，反而花更多時間照護這孩子，從剪完臍帶開始，把一個孩子從一個全身髒穢、擠眉弄眼、神情痛苦、驚惶失措的小野獸，擺弄成眼神清亮、滿身油光的紅麵龜，她就是有這本事。但這些女人卻開始變得不安，女人總是知道女人在想什麼，不必聽傳聞，就能嗅到某種不尋常的氣息，淑芬有時覺得是自己心裡有鬼，但這些剛生完孩子的女人，就是有股不一樣的生氣，眼睛就是能看穿妳心裡在想什麼，知道妳要來偷我的東西了，知道妳要來偷我的人。淑芬看女人的眼神總是閃爍，女人看她的眼神變得怨毒，逼得她只得草草了事，她想快點投到另一個男人的懷抱，把一日來的疲倦都拋去，哪管妳是誰的誰？妳就好好照看孩子就是了，這一趟，我保管妳母子平安，永不分離。她這麼一想，心情便輕鬆了。而這些剛生完孩子的女人，也的確不能拿她怎麼辦。

終於有一次踢到鐵板。她接生的女人一再翻白眼、咬舌，她得用厚棉布讓她咬著，免生意外，搞得手忙腳亂，身邊卻沒一個人幫忙，她嘴巴不停碎念著這家人都死到哪去，到廚房準備燒開水，灶裡卻沒半點柴薪，到柴房，卻發現男人正在跟他的小姨子交歡，小姨子嘴裡也咬著布條，卻是怕自己的呼喊聲洩漏了祕密。淑芬心頭涼了半截，悄悄掩上了門，暗自祈禱千萬別生個女孩，否則無計可施了。卻果然生了個女孩。後來，男人也忙完了，滿頭大汗的進房裡來，淑芬屏氣凝神，問他：「女兒不會送走吧？」男人撇了她一眼，沉默不語。這下淑芬倒失了方寸，這男人讓她迷惑了。接下來的戲該怎麼演？她可沒把握，她知道此刻這男人的心思應該是在別的女人身上，暫時對她不會有任何慾念，剛辦完事的男人，很難馬上投入另一個女人的懷抱。但她也只能照著過去的方式，且戰且走。

詭異的是，偏偏這男人也跟著她出到門外，也跟著到了隱密的林子裡，淑芬心神不寧，男人卻先開口要她脫光衣服，自己也脫光了衣服，她還沒見過要得如此急切的男人，她還沒見過如此貪得無厭的男人，他的慾望似乎永無止境。他對待她的身體極為凶殘，幾乎要撕裂她的身體，在此之前只有阿燦教她見識過這樣的力量，那倒也不是肢體上的粗暴，也不是拳打腳踢，而是某種永不止息的堅持加上發自體內深處暴竄而出的怒氣，不把一個女人逼到死處絕不停止，淑芬開始知道他的小姨子何以必須咬著布條才能度過，那不只是怕洩露祕密的羞恥心而已，而是性命交關的不得不然，當肉體交纏到快死了的恐懼蓋過了感官的歡愉，一條咬在口中的布不再單純只是一條遮羞布，而是救命的繩索。淑芬卻不怕人聽見，她也不怕死。她盡情的叫，叫聲如同鴟鴞，在空中無盡迴盪，越過好幾個山頭仍不止息。這下倒好，男人怕了，妳這破貓這般不知羞恥，如此驚天動地的叫聲，只怕引來好事者前來一探究竟，妳不想做人，可別把我也牽連下去。他動作漸緩，終至完全停止，淑芬也立即聲歇。男人全身癱軟，只是怒氣未消，怨氣未消，他顯得悶悶不樂。兩人併躺在夾竹桃林裡。

淑芬差點不能喘息，很久未曾如此盡興。她想對男人說話，但還未開口，男人倒是先說話了，依舊滿頭大汗，渾身是汗：「妳想幹什麼我都知道，妳還不夠出名嗎？閒事會不會管太多了？誰不知道妳在變啥魍。」淑芬一聽，倒盡胃口，火氣冒了上來，本來還想輕聲細語回饋男人的奮力搏拚，這下倒好，連客套都不必了，便回嘴：「我是好心幫你們留下女兒，你不領情那是你的事，別以為我不知道你的好事，你跟你小姨子做了見不得人的事，我都看在眼裡！」男人反脣相譏：「我的小姨子要跟我要好那是她的事，我的女人也管不了，誰要走誰就走，誰要幹誰就來幹，哪有那麼多嚕嗦。妳要是以為我會因為跟妳幹了，就必須留下女兒，那妳就錯了，別人會怕，我可不怕，妳的醜事誰不知道，大家只是讓著妳，給妳面子，這個村子誰不知道妳是一個不要臉的女人，到處跟男人鬥陣，妳去說吧！別指望我會把女兒留下，我要送就送要留就留，妳管不著。也別指望我來幹妳，除非妳來求我，像妳這種垃圾女人，誰幹到誰就衰，沒什麼了不起！」男人愈說愈憤慨，說完便拎著身旁的衣物起身，全身光溜溜的離開，淑芬只見他朝溪邊走去，邊走還邊使勁捋動著私處，動作粗鄙令人作噁。

淑芬沒想到這男人這樣厲害，不但將她的肉體逼到牆角，也把她的自尊心逼到了絕處，淑芬無法回嘴，完全被他說中痛處。這男人是柑腳一帶最有名的閹雞人，他最拿手的絕活不是閹雞，而是閹了雞以後直接生吞雞睪丸，一次兩個，從不浪費，也從不留給養雞人家，他從來沒有吃膩了的時候。淑芬討厭他擁有這職業，他不該有，不配有，因為她心愛的外公也是個閹雞人，她幼時偶爾陪外公出巡閹雞，這清脆爽口的雞睪丸便是她的點心，她至今仍懷念這味道，有股淡淡的杏仁味，襯著魚腥草的生甜，外加香椿的濃郁奶香，以及玉蘭花的誘人氣氛。但現在她討厭這味道了，此刻她身上就都是這股味道，卻又帶著一股魚肉腐爛的惡臭，她知道那是男人的口水留在她身上的味道。這味道彷彿也在譏刺著她，真的，妳有什麼了不起？妳就是一個垃圾女人，妳就是甘心讓男人玩弄之後，再被人吐口水在身上，也不擦拭，就讓它這樣自然風乾，味道就此停住，久久揮散不去，妳的身上不只有這男人的味道，還有更多男人的臭味，妳就是這樣臭，妳就是這樣不要臉。

淑芬氣得全身發抖。她被這男人打敗了，她被自己打敗了，不，她是被自己的魂打敗。豈有此理，這輩子從來沒被這麼羞辱過，她在溪畔狂哭，哭得肝腸寸斷。都是她害的，她要找自己的魂談判。

她想辦法見自己的魂。過去只有在緊要關頭，自己的靈魂出竅，她可不想再出狀況。上次遇到接生的意外而失魂，實在是迫不得已，總不能自殘、跳崖，那風險太大，她想到阿撿嬸教她的咒語，用來和女人肚子裡的孩子溝通，讓接生順利些，也許可以用來和自己溝通。她念了咒，喊了自己的名，她的魂果然出現在她面現，嘴角斜歪一側，似笑非笑，眼神很賊的與她對望，淑芬二話不說，上前重重甩了她一巴掌，差點把她的魂打散了，自己也跟著眼冒金星頭暈目眩。

她的魂說：「按怎？不服啊？再來啊，要打，我可是不會輸妳的！」

淑芬說：「妳夠了吧，這麼愛跟男人作夥，是有這麼哈嗎？」

「我只是做妳想做的事，別推得一乾二淨，好像跟妳一點都沒關係似的！」
「妳敢說不是妳在作怪？三番兩次勾引男人，妳去牽男人的手，別以為我看不到。」
「妳失神的時候，跟那個男人玩得那麼開心，我在旁邊什麼都吃不到，現在總該換我開心了吧！」
「我失神的時候什麼都不知道，妳以為我喜歡這樣嗎？」
「那現在我幫妳找機會讓妳開心，不好嗎？妳自己不也喜歡嗎？妳不謝我，還罵我！」
「我的臉都丟成這樣了，我還要不要做人啊，妳倒好，什麼都不必面對！」
「別我我我妳妳妳的，妳就是我，我就是妳！」
「那妳說該怎麼辦？妳想怎麼辦？還能這樣繼續下去嗎？」
淑芬的魂收斂起笑容，靜了下來，嘆了口氣：「人都是會變的，妳也會變，我也會變，只是什麼時候變，為什麼變，誰也說不準，誰也無法控制。」
「為什麼會變這樣？我們以前不是這樣的！」
「都怪那個男人吧。」淑芬知道，她的魂說的是阿燦，她的魂又說：「人是會變，但也不是像魚那樣，過鹹水就變鹹魚，過淡水就變淡魚。咱不想變，就改回來啊？」
「怎麼改？」
「就變恰查某啊！」
「那些孩子怎麼辦？以後那些女人生女兒怎麼辦？都不救了嗎？」

「妳怎麼那麼傻，咱們以前都怎麼救的？我想找男人是我的事，是妳自己把兩件事情連在一起，我們可以把兩件事情分開，不要再笨了，本來就應該分開的！」

「我為什麼為變這麼軟泍？我以前不是這個樣子的。」

「我們以前不是這個樣子，說到這個，我才會吐血，妳知道妳出事的那陣子，我有多痛苦嗎？每天看著妳變成另外一個人，對每個人都逆來順受，百依百順，一點點小事就掉眼淚，十足小女人的樣子，妳還問妳是怎麼變的？我還要問妳是怎麼變的？」

「我真的都不記得了，那還真是不能怪妳。」

「知道了吧，我不這樣整妳，看妳什麼時候振作起來！」

「看來我還得謝謝妳。但妳不就是我，我不就是妳，計較這麼多。」

「妳不謝我謝誰？我要是不回來，妳還在那邊當少奶奶，看了就噁心。」

「當少奶奶不好嗎？」

「不好，我又享受不到。」

「那我還真是虧欠妳太多，妳打我好了，重重打我一巴掌。」

「我真打喔！不要以為我不敢！」

淑芬的魂一拳打過來，淑芬很快閃開，兩人在林子裡追打，像青春少女一樣快活。

從此，淑芬和自己的魂攜手，一點一滴找回那個凶悍頑強的自己。

她不再靠出賣自己的身體去拯救女孩，畢竟還是能達成目標，只不過，過去這段為期不算短的荒唐日子，終究為她帶來不好的名聲，遊走幾個村落，難免被指指點點，淑芬聽在耳裡雖然不舒服，但錯誤是自己造成，個人造業個人擔，不能怪別人的嘴巴。所幸她個性開朗直率，很快便不放在心上。唯一帶來的後遺症，只剩肚子裡的孩子，麻煩的是，她竟還不知是誰的種。

也就是從這時開始，她將這股壓抑下來的怨氣，發作到男人身上，既然不跟你們胡搞了，你們就得給我聽話些，這些男人若對孩子的去留有任何猶豫，淑芬一律巴掌伺候，一掌一掌扎扎實實的打，出乎意料的，效率竟比過去那些年獻身換取來得高。久而久之，人人知道這產婆的凶悍及手段的厲害，遠遠超過她的淫亂放蕩。這是她與自己的魂魄攜手的結果，淑芬與自己的魂，都感到相當滿意。

半年後，淑芬又到那個讓她踢到鐵板的男人的家，去為他的小姨子進行產檢，原本心裡還想著，大白天，男人應該各自去幹活了，不會待在家，偏偏這人就坐在自家的大門口，一手抱著還不會走路的女兒，一手拿著竹竿恣意舞弄著，嘴巴說著不著邊際的話，似在逗弄自己的女兒。淑芬與他四目相對，有些尷尬，男人抱著女兒，轉身便進屋裡。淑芬感到溫馨，心想，你口口聲聲要人家別管閒事，終究還是把女兒留下，不枉我出賣靈肉，與你露水夫妻一場，想到這裡，眼眶竟熱了起來。後來進屋去看另一個大肚子的女人，幫她算了預產期，檢查胎位，大致沒什麼問題，正要閒話家常，想到對方身分尷尬，竟不知該如何問起，倒是女人大方，反問她：「妳要說什麼？」「沒啦。」「妳要問我會不會把女兒送人嗎？」淑芬點頭。女人回答：

「不可能啦，這孩子不管是男是女，我都會留著自己照顧，妳放心。」「自己照顧是什麼意思？」「我做出對不起自己姊姊的事，怎麼還能留在這裡，要不是我腳扭到，我早就搬出去了。」「妳是要搬去哪裡？」「哪裡都好啊，天無絕人之路，我又不是沒手沒腳。」淑芬想到二嬸和三嬸的處境，不禁感到女人難為，覺得不好再問下去，便逕自告辭。沒想到數個月後再來，女人還在這個家，還是跟她的姊姊與姊夫住在一起，沒人趕她走，她自己也沒走，後來淑芬幫她接生，果然是個女兒，她也信守諾言，留下了孩子。淑芬才知道，有些情分，不是說聚就聚，說散就散，強求或挽留，都在一念之間，唯有珍惜相知相守的每一刻，命才不算白活。

銀角仔

產婆淑芬不知自己身在何處。她步伐沉重，身體卻輕飄，不知不覺來到一個熟悉的地方，卻也是這趟行程她最不想來到的地方。她的身體背叛了自己的意志。熟悉的街道，熟悉的街坊，熟悉的門。從柵欄望去，那方小庭園，曾充滿她與那男人的笑語。那棵山茶花，是兩人在清明時節親手種下的，那時才只是一株小樹苗，此刻卻與她等身高，綻放著巴掌大的豔紅花朵。阿慶總愛坐在庭階前看書，一如她第一次去找他時的模樣，她不知書中寫的是什麼，卻總是陪著他、挽著他的手，靜靜陪他讀書，陪到自己依偎著他而睡，幾次竟賴著他不醒，他只好抱著她沉重的身軀進臥房。

那年淑芬到大坪為人接生，產婦難產，一屍三命，她驚嚇過度，狂奔回家，昏迷數月，醒來便失去記憶，同村的有為青年阿慶，早在基隆執業行醫，聽聞她有難，不顧家人反對，娶她為妻，悉心照顧，她卻在回復記憶後，執意離婚，只因她不要被同情的愛。她等於拋棄一個對自己有恩的人，所有人都覺得她瘋了，但她知道自己並非絕情之人，說實在，至今她也無法解釋，自己為何要離開這麼好的男人？卻知道在彼處有一個真心對自己好的人，在某個角落等待著她，就是這顆真心，引領著她疲乏的身體，以及就快散逸的魂魄，來到這個溫暖的所在。那才是她的心靈避風港。

她曾不屑那個嬌弱的自己與小女人模樣，但也許那才是真正的自己？那才是自己所渴望的心靈狀態？那個蠻橫、驕縱、霸道的鄭淑芬，只是在掩飾自己的不安與自卑罷了，明明不如人，卻硬要裝作一副事事比人強的樣子，其實不過是一隻紙老虎。

她在門前站了許久，往事歷歷，就像昨天才發生的一樣。一陣風吹過，有個熟悉的身影出現，她該避開嗎？她的腳卻不聽使喚。公公不會這麼早起床，婆婆此刻應該在誦經，只有阿慶偶爾會在這時起身，陪她一起整理庭院。是他沒錯。他驚訝，眉宇間原來的哀愁，在見到她之後便煙消雲散，不，那雲沒散，那雲變成他的頭髮，淑芬這才發現，他竟滿頭白髮，似老了廿、卅歲。她自責，一定是自己的無情，讓男人變成這個樣子。他該怪她的，但他沒有，他笑了，歡迎的笑，歡迎女主人回家。她看到他的笑，自己也笑了，心上的石頭放下，知道有人可依賴，這個人會幫她解決一切問題。石頭放下，她的身體也放下，昏了過去。她隱約看到門後有另一個女人，怨恨的看著她。

一覺好眠。其實只是累了。這裡是客房。依然舒適。舒適會教人軟弱。她一再想流淚，卻不知是擔心庭叔的生死，還是感念前夫的多情。想起阿嬤總是動不動就掉淚，莫名所以，此刻終能明白那是什麼樣的心情。阿慶一直守在她身邊。看她醒來，也只是默默的看著她。

「妳好嗎？」他其實是問，過去這段日子，妳，過得還好嗎？這話，淑芬還真不知該如何回答，當然不好，非常不好，否則也不必趕來找你。但她不知如何啟齒。開口就來求救，那向來不是她的行事作風。一時徬徨，眼淚再度流下。真是不爭氣。

阿慶過去抱她。「有什麼困難，妳儘管說，我一定會想辦法。」這話還真是教人安慰。淑芬定了神，這節骨眼，沒空當小女人，救人要緊。

「阿賢被警察抓去，我怕是被人槍殺了。」

「怎麼會這樣？妳看到他的人了嗎？」

「有，但我不會處理這種事，後來又去找他，那裡的大人說，他被帶走了，我不知道他是被帶去哪裡？會不會有生命危險？」

「我來處理。我認識一些朋友，應該有辦法，妳不要擔心。」

「你會受到牽連嗎？」

「不會的。妳放心。妳就在這裡靜養，不要走開，等我的消息。」

阿慶正準備起身出門，一位女人端著水進房來，她跛著腳，一拐一拐的走進來。阿慶對她說：「雪子，我跟妳介紹，這位是鄭淑芬小姐，請妳幫我照顧她，我去辦點事情。」說完便急著出門，但雪子看得出他對淑芬的關切，他從頭到尾都一直注視著她的一舉一動，卻未曾正眼瞧她。雪子將水杯放在茶几上，心情如那杯水一般浮動。淑芬坐起身，向她點頭，她感覺得到對方的敵意，大概也猜得到是怎麼回事。以阿慶的身分，愛慕者恐怕不少，要再多出現幾個像當年郁芬那樣的偏執女子，也不足為奇。她是護士？管家？佣人？還是另一個表妹。

「我是阿慶的妻子。」

出乎意料。

「廖太太妳好。」

「妳好。」雪子一身淡藍色的洋裝，大家閨秀的模樣，她的皮膚極白，面無血色，彷彿受了一點刺激就會暈倒，讓人心生憐憫，說話不疾不徐，卻聽不出情緒。

「我知道妳是誰，妳就是阿慶念念不忘的女人。」

話一出口，卻帶著刺。淑芬這輩子就是不能被激，聽到雪子這麼說，便沉不住氣。

「廖太太，我跟妳實話實說，我的確有要緊的事要麻煩阿慶，但事情結束，我馬上就走，絕對不會再和阿慶見面。其實我現在就可以走，我在外頭等，一有消息，我馬上就會離開這個地方。」話說得倉促，結結巴巴，倒像作賊心虛似的。

雪子微笑：「妳也不用這麼急，妳這一離開，阿慶會怪我沒招呼好客人。」

她一拐一拐的走到窗邊將窗簾掀開，朝陽初現，趕走房內曖昧的氣氛。

「你們的事我都聽說了。我不會怪妳，雖然當初要不是妳，我早就是阿慶的妻子。我本來以為他是嫌棄我殘廢，如果真是這樣，那我嫁給這樣的男人也不會有幸福。後來聽說他娶妳的時候，妳也在生病，而且病得不輕，我反而對他有好感。只嘆自己的命沒那麼好。妳知道嗎？阿慶是我阿兄的好朋友，換帖兄弟，他取消婚約的那天，阿兄跑來把他打了一頓。阿兄從小就非常疼我，經常抱著我東跑西跑，帶我爬樹，帶我去溪裡游泳，就算結婚了，也還是照顧我，嫂嫂好幾次為了我而吃醋，還跑回娘家，他也不去把人家勸回來。真是的！」淑芬驚訝雪子竟對她敞開心扉聊心事。

「阿兄對我好，我很開心，但我知道他是自責。我五歲的時候，跟著他到處玩，有一次玩得太瘋，回家以後便發高燒，連燒好幾天，後來才知是得了小兒麻痺，阿兄一直以為我是被他害的，大人雖不怪他，他卻內疚不已，從此發誓要照顧我一輩子。但他知道這樣下去也不是辦法，他有他的家室，若能找個可靠的男人照顧我，他才能放心。原本他想將我託付給他的好朋友，就是阿慶，幾經游說，也論及婚嫁了，後來阿慶卻毀婚，哥哥跑去打了他一頓，兩人就此絕交，不久我聽說你們結了婚，又離了婚，我反而跟阿兄說，我要嫁給這個男人，阿兄覺得不可思議，我說，你也沒看走眼，這樣有情有義的人，要到哪裡找？阿兄才恍然大悟，但當初解除婚約，讓家族非常沒面子，要說服我的父母親，是很困難的事情，我一連絕食十幾天，他們才投降，我和阿慶才能在一起。我阿兄就是這樣，為了我，什麼事都辦得到，我很好奇他是怎麼說服阿慶的，但他就是不肯說。總之我們結婚了，過程怎樣，我不在乎。」

淑芬若有所失。她要是有一個這樣的哥哥，也算不枉此生了。

「後來，我才發現事情不像我想的那樣，我以為既然他願意結婚，總得心甘情願，但他人是我的了，心卻不是，雖然他對我很好，也盡了一個丈夫應盡的責任，但就像妳看到的，他的眼中沒有我，他連正眼都不瞧我一眼，心卻都在妳身上。我不是敏感，也不是吃醋，有些事，就是天注定了，但我不會因此怪他，反正我這輩子就是他的人了，也許我們有了孩子，事情就會變，也許再一段時間，他就會死心塌地的愛著我，畢竟他是一個惜情的人，不是嗎？」

淑芬感到愧疚，她的出現，顯然帶來麻煩。

「我相信妳說的話，事情結束，妳就會走。我相信妳。希望妳也記住妳所說過的話。」

雪子話說完，便又一拐一拐的走出房門。淑芬心裡感到一陣涼意。她之所以不願一開始就來找阿慶，就是不想再欠他一個情，畢竟欠這個男人太多了，根本無法償還。見到他的那刻，一度還奢望兩人就此廝守，看來是自己太過天真，沒想到還造成他的麻煩。介入人家的家庭，實非她所願。心煩意亂。

淑芬開始覺得待不住，在這個房裡待超過一秒鐘都不自在，房門外一點風吹草動，都惹得她神經緊繃，一開始期盼阿慶歸來，帶來好消息或壞消息，她也擔心阿慶自身的安危，不要人沒救到，他自己倒出了事。後來，她似乎更在意雪子的一舉一動。雪子在做什麼？她在掃地，聲音聽得一清二楚。雪子的步履有一個特殊的重音，很容易分辨，掃得慢，掃得輕，但因為跛足的關係，總會在一段時間後，出現一席重踏的聲響。雪子在煮飯，那熟悉的水流聲、起灶聲，是從廚房發出來的，她總是獨自一人。鍋子偶然發出哐噹巨響，淑芬猶如驚弓之鳥，不會是在生氣吧？雖然不是每個女人都像母親阿珠一樣，脾氣一來便摔鍋摔盆摔筷子，但細心的人，很容易從這些不尋常的聲響，聽出一個女人的情緒。到後來，她很確定這棟房子裡，只有她們兩個女人。

公公呢？婆婆呢？怎麼都不見動靜。他們若在，看到她的出現，會欣喜若狂的歡迎她？還是大發雷霆將她轟出去？畢竟當初出走時，並未向二老當面拜別，一來怕尷尬，二來怕橫生枝節。其實是因為，過去那個粗枝大葉的淑芬回魂，壓根就忘了這些禮數。既然要走了，說這麼多幹嘛？難不成還要十八相送，之後根本走不成？

但她知道，二老對她是疼愛的。該不會因為太在意她的離去，傷心欲絕，染了重病，因而故去？難不成是因為雪子的關係？豪門之女，從小嬌慣，也許當初入門的條件，竟是不與公婆同住？但也還不至於將公婆趕走，要搬，也是小倆口自己搬出去住吧？還是公婆體諒他們，自行退讓，不想擾亂新人的生活？一再胡思亂想，度日如年。

忽然，淑芬聽到銀角仔撒落一地的聲音，此起彼落，那是從另一個房間傳來的聲音。她整個人神經緊繃，寒毛直豎，直到最後一枚硬幣旋轉止歇，她才敢呼吸。顯然是有人不慎將零錢掉落，此刻正一塊一塊的撿拾，再一塊一塊投入另一個容器裡，慢條斯理，撿拾者若有所思。漫長的等待。有人敲門，淑芬起身恭候，是雪子。她手中拿著一個零錢包。淑芬隱約想起，阿慶似乎曾經送給她一個這樣的包包，上面繡著她的日文名字「淑子」，離開時卻不及帶走，應是收納在床頭旁小櫃的第一個抽屜裡。顯然雪子發現了這個零錢包。

「這是妳的東西吧？」

淑芬不知該如何回答，她依舊無法知道雪子的真實情緒，生怕任何言語，都會讓她產生妒意，破壞他們夫妻之間的感情。

「這個包包，裡面有一封信，是給妳的。」雪子緩緩將信取出，交給淑芬。這信折了又折，折了又折，最終成了一個硬幣大小的方塊，折信的人費盡心思，才將這封信塞進這個零錢包，希望有朝一日，零錢包的主人打開這包包，發現這信，再來展讀。這信紙從雪子的手中伸展開來，表面崎嶇，字在其間峰迴路轉，倒似兩人的情路一般坎坷。淑芬並未接過信，猶豫了一會兒，接著說道：「我不識字啦！」雪子的手停在空中，並未縮回，淑芬意識到自己的失禮，難不成要讓人家為她讀這封信？這太難堪了，於是又迅速搶回這信，動作顯得粗魯慌亂，這下倒像是怕人知道裡頭有什麼不可告人的祕密，零錢包卻還留在雪子手中。

淑芬連忙道歉：「失禮啦！」卻不知所為何事。雪子沒露出一點不悅之色，表情一貫冰冷，轉身帶著零錢包離開。淑芬這才鬆了一口氣。

就這樣，淑芬在這個房裡住了五天，每天都想奪門而出，卻又忍住。出了門，就一切都完了，憑她的本事，絕對救不了人，最起碼也該確認阿慶平安，才不算失禮。她數得出有多少人進出這屋宇，雪子上下樓的次數，雪子為她送餐至房裡的次數。她不好意思，每次都想開口，表示自己不餓，不用麻煩，或者自己可以到飯廳吃飯，也可幫忙料理家務，但想到雪子的面無表情，這些話都吞回肚裡，生怕自己這麼做，會惹得女主人不高興，索性什麼都不說、不做。這輩子做事從來未曾如此綁手綁腳，以前總是想做什麼就做什麼，但為了阿慶的幸福，她不能莽撞。

終於，阿慶回屋，兩個女人奪門而出。阿慶神情疲憊，但見他臉上有笑意，淑芬也跟著笑出來，她知道他辦到了。「來，妳快準備一下，阿賢平安，只要去辦一些手續，就可以把人帶回家，他並沒有惹出什麼事，要帶人走並不麻煩。」淑芬的眼淚奪眶而出，無盡的謝意。她飛快進門簡單整裝，取走包袱，便急著跟阿慶出門，臨走，才想起該跟女主人道別：「雪子小姐，感謝妳的照顧，這幾天打擾了。」雪子向她點頭示意，眼神堅定，沒有哀怨，沒有嗔恨，倒似在告訴她：「請妳記住妳所說的話。」而淑芬也發現，從阿慶進門到此刻，這對夫妻的眼神，竟從未交會。淑芬感到愧疚，卻也無暇多想，此刻救人要緊。

搭上人力車，一路晃進鬧區，兩個人的心情都非常複雜，阿慶大膽握了淑芬的手，淑芬連忙掙脫甩開，阿慶卻去吻她，淑芬這回卻沒抗拒，邊吻邊流淚，那已不只是謝意而已，她感到安慰，連日來的受辱、委屈，也都不算什麼，此刻她的心，完全屬於這個男人，只怕下了車，兩人分別，就再也不能見面。要謝，就只能靠這一吻了。

吻得無盡纏綿。

阿慶果然是有辦法的，但時局紛亂，人人自危，一切得更小心謹慎，他靠幾個在政界吃得開的朋友幫忙，很快與相關單位搭上線，發現抓的不過是一個毛頭小子，什麼事都沒做，加上先前濫殺過頭，官方派人來關切，制度才使得上力氣，贖人、說情，也還算順利，只要沒有具體作亂的事證，有人作保，一切好說。

淑芬見到阿賢，想到那天的生離死別，此刻竟能再見面，百感交集，兩人相擁而泣，久久不能自已，阿慶邀兩人到家中作客，休養幾日，別急著回鄉，淑芬卻堅辭，認為此行打擾太多，怎能得寸近尺，其實是在意雪子的感受。阿慶失望，但知道淑芬急著帶人回家報平安，也就不便留人。只是這次能短暫相聚，阿慶連作夢都想像不到，雖仍遺憾，心中卻十分滿足。臨別，淑芬主動執起他的手，含情脈脈，含淚相望，說道：「多謝你，我欠你太多，這一世人也沒辦法還了！」阿慶說：「妳不用還，妳沒欠我什麼。我愛妳。」阿賢身心俱疲，卻也聽得莫名其妙，他知道兩人之前的關係，既然這麼愛，幹嘛分開呢？實則他雖已像個小大人，但情竇未開，什麼都不懂。阿慶還派了人護送兩人到車站，一起上了火車回牡丹，以免再發生意外，中途要在瑞芳轉車，也交待來人盯緊，不可走失或換錯車。他自己則只送到車站便止步，臨行前掏出一個信封，裡面有一疊鈔票，要讓淑芬帶走。淑芬表示萬萬不可以，兩人推了半天，淑芬才脫口而出：「不然你給我一些銀角仔好了，阿賢肚子餓了可以買些東西止飢。」阿慶一愣，卻笑了，才發現口袋裡也沒幾個零錢，掏了又掏，再一塊一塊的交到淑芬手中，心頭備覺溫暖，淑芬也覺得幸福，可惜這幸福很快被火車的鳴笛聲打斷。隔著車窗，揮手道別，兩人都不知，這一揮別，何時才能再見面？

阿慶從未懷疑過自己對淑芬的愛，淑芬卻到此刻才覺得，如果不能愛這樣的男人，還能愛怎樣的人？只可惜，他已再娶，而她雖未再嫁，家中卻有個痴心的男人等著。身邊的阿賢早已鼾聲大作。淑芬摸著口袋裡的零錢，感受到阿慶身上的餘溫，不禁出現笑意，手不自覺在口袋裡掏了幾下，零錢發出清脆的聲響，卻令她想到雪子冰冷的容顏，笑意立即退去。

第四章　交織的命運

風聲

阿蘭。

我不敢相信，我竟然還能再見到妳。我醒來，妳我相擁而泣，但妳竟叫我：「阿兄。」我一把將妳推開，大夥都感到訝異。也許是身體虛弱的關係，我從來不曾感到如此絕望，需要別人安慰、哄騙，乃至呵護。身為堅強的男子漢，本不稀罕任何同情，而我竟淪落至此。你們見我鬧脾氣，便暫時離開，讓我冷靜，反正我已成廢人，再鬧也不過小吵小鬧。我跟你們嘔氣。我聽到兩位兄弟叫妳「阿姊」，更感到不快，搞什麼鬼，心情糟透了，我鎮日不語，不吃不喝。那晚你端著稀飯到我床前，向我解釋一切。妳說，兩位兄弟救妳不成，想到即使先救了重傷的我，反倒成為累贅，不如先打探妳的消息，再來想辦法，果真在基隆港口的一處貨倉找到妳，只差一步，妳就要被賣到東瀛去了。妳又說，兩位兄弟怎樣神不知鬼不覺把我救走，這段我一點興趣都沒有，聽都聽不進去，倒是聽著妳的聲音，內心備感安慰、踏實。

妳說，原本兩位兄弟叫妳「大嫂」，妳說不可以，因為打從我餵妳第一口水開始，妳就把我當成救命恩人，妳是覺得我像妳的兄長，親如手足骨肉的兄長，只求再見一面時，能叫我一聲「阿兄」，因此希望兩位兄弟也與妳兄妹相稱，結果年紀相比之下，妳竟比他們還年長，只好以姊弟相稱。我聽了才知道是我自己搞錯了，也知兩位兄弟的分寸及義氣，但對於妳我只能當兄妹一事，依舊耿耿於懷，我還是不願說話。我這輩子竟然不知自己是這麼小家子氣的人，不說話就不說話吧！手腳完好、體魄強健的時候，別人還會當你一回事，現在你不過是個手腳殘缺的廢人，乾脆當個啞巴算了，乾脆連眼睛都別看東西了，當個瞎子算了。順便連耳朵也讓它聾了。

但妳始終順著我。也多虧妳心細，對我百般照料，一直對我說話，安慰著我，像個母親照顧小孩一樣，我該滿足了，不該繼續任性下去，實則我的身體虛弱，元氣不足，根本連說話的力氣都沒有。妳愈是對我說話，我愈是賭氣不想說任何話，卻無法克制自己去聽妳說話，尤其每次見妳一笑，就像見到一朵花綻放，心情大好，我的元氣便回復一分；妳笑十次，我的元氣便回復了十分。

這讓我想起被囚禁的那段悲慘日子，我記得上林花的大人陳敏盛來看我一次。他是我敬重的人，即使在我重傷、半死不活的時刻，依舊對我客氣有禮，當然，把人打成重傷，百般虐待之後，再來用客氣的態度跟人說話，那實在也不算什麼禮數。

言談間他頻說可惜。我還以為是在說我們三兄弟，後來才知道他可惜的是妳。他說，要不是我的出現，假以時日，妳定能成為酒國名花，人間極品，甚至到東瀛、唐山發展，成為政商名流競相追逐的對象，有朝一日足以左右時局。說著說著，他整個人竟然恍惚了起來，他沉吟了好長一段時間，魂魄不知飄到何處，我當然知道他的心裡在想些什麼，也知道他曾經對妳做了什麼，心中憤慨，卻也無能為力。他繼續悠悠的說著妳的各種好處、神處，倒像是在對著一位知己好友無私分享自己最珍貴的收藏，彷彿我之對妳情有獨鍾，是一件多麼了不起的品味。

他談起妳的笑。他說，從未看過一個女人笑得如此好看、自然。那笑，不是裝出來的，永遠是那樣輕輕、淺淺、發自內心的歡喜，更神奇的是，妳不是對著客人、有錢人、尊貴的人才這樣笑，就算是販夫走卒、乞者遊民，妳都一視同仁。妳無時無刻都保持著一種嘴角輕揚的神情，真不知是怎樣辦到的。妳的笑，彷彿隨時都能揚起一陣又一陣的春風，讓見了妳的笑容的人，一整天心情都跟著飛揚了起來，有病的人，病也好了；沒病的人，精神變得更好。他說他原本不信這是天生的，有時還以為那是嬉皮笑臉，或在嘲笑著某些事，但不用幾分鐘的相處就可以發現，妳是天生如此。

他說，妳真是百年難得一見的極品，都說風塵女子是出來賣笑的，但笑要能賣，也是有分等級的，怎樣的笑可以賣得好價錢，教有錢的沒錢的有地位的沒地位的，都不惜一擲千金也要爭著來看美人一笑，妳，就是這樣的極品。

我聽傻了。他見我傻傻的望著他，專注的聽他說話，有些得意，卻突然露出輕蔑的表情。話鋒一轉，說，像我這樣癩蛤蟆想吃天鵝肉的俗人他見多了，因此早就在妳身邊派了許多人盯著，少說也有廿來個，只因最早看守妳的那個人，跟我一樣從第一天就對妳產生非分之想，然後將妳綁走，雖經救回，卻逼得他得想出一套複雜的方式來運作，一天派三個人輪班盯著妳，以及妳周遭人的一舉一動，再派另三班各三人監視這些盯梢的人，最後再加一組人隨時待命，如此層疊交錯如螳螂捕蟬，只求萬無一失，所有可能發生的事情，都要在第一時間就讓它消失得無影無蹤。如此心思，真教我佩服得五體投地。

其實這些手段計謀再高明，我原是不屑一顧的。我本是不怕死之人，人只要不怕死，就沒什麼事能困住他，只怪我對妳動了真情，心腸變軟；心腸軟等同怕死，不是怕自己死，而是怕別人死，怕死，一切就完了，我甚至差點賠上性命。但我不怪妳。我的心早在見到妳的第一刻起，就完全屬於妳，就算要付出任何代價，我也無怨無悔。

我只恨我自己此刻像個廢人，不能說話，手足無措，連想要開口叫妳留在身邊都不可得，我多想告訴妳，妳就這樣留在我身邊不要走，我便心滿意足了，怕只怕妳這一走，便天人永隔，我這半條命，閻王隨時可能派黑白無常來將我取走，但我這半人半鬼的樣子，恐怕妳也吃不消吧！恐怕妳也討厭吧！所以總是要離開我身邊我不怪妳，甚至巴望著妳走，別看到我要死不活的樣子。但每次妳一離開，我便又盼著妳再度回來，就算只是一下子也好，就算只是隨便看看也好。

想到這裡，我的魂又離開我的身體。一虛一實的兩個我，像兩隻禽獸一樣，開始對著妳做瘋狂的事，一發不可收拾。我本以為，我是如此愛妳，該懂得憐香惜玉，但我骨子裡畢竟是個粗人，是隻沒有人性的禽獸，禽獸做的事，還有道理可說嗎？我恨我如此傷害妳，讓妳感到羞辱，讓妳遍體鱗傷，但此時此刻，就在我不知生命會在何時結束的徬徨時刻，我也只能由著自己，用這樣殘暴的方式，率性表達對妳的愛意。也許妳終將被這兩個我折騰至死，但也或者我低估了妳，我錯估了妳對我的感應能力，也許妳也是愛我的，就在妳瀕死哀號狂泣之際，妳同樣化為一實一虛的兩個妳，回應我對妳的每一次撕咬、扭打、摧折與戮刺，妳化身為一波一波的浪潮，迎合我的一舉一動，我們再也分不清彼此，一生一世不再分離。

我快樂，我憂傷。原來，妳也是愛著我的，我此生無憾。也或者，妳對每一個男人都是如此，一如，妳總是對每一個男人都展露同樣迷人的笑容，而賣笑本是妳天賦本能，妳天生就是生來對每一個男人好。我說得對嗎？

阿蘭，妳是這樣的嗎？

相怨

消息傳得很快，淑芬和阿賢才出車站，就有人通風報信，兩人累到幾乎走不動了，還沒到家，就見家門前擠滿了看熱鬧的人，二叔遠遠看到他們拐進村角，就點燃鞭炮，接著便聽到一陣歡呼，笑聲此起彼落，倒像在辦喜事，好幾年了，鄭家從來都沒這麼熱鬧。阿賢失魂落魄，一切由人擺布，先是跨過烘爐，馬上有人遞上豬腳麵線；沒吃兩口，有人又遞上香要他先拜祖先，他拜了兩下、將香交出去；有人又要他跪下再拜一次，「要講話啊，跟祖先講，感謝祖先、感謝神明保佑，讓你平安回來……大聲一點啦！」阿賢跟著念出聲來，但眾人代他祝禱的聲音整齊畫一，早就蓋過他的聲音。一堆孩子看得有趣，跟著嘻鬧，也沒人阻止。一個十歲出頭的孩子跟著到基隆看熱鬧，卻胡裡胡塗的被當成判亂份子逮捕，能撿回一命，大難不死，家人都感到慶幸，真是祖宗保佑。淑芬在一旁看得無趣，正待轉身回菜園，卻撞見母親阿珠，凶惡的眼神教她大吃一驚，看得出已經好幾天沒睡好，整個人瘦了一圈，黑眼圈都跑了出來，頭也沒梳，像個瘋婆子一般。淑芬正納悶發生何事，母親卻已開口：

「人呢？」

人？不是回來了嗎？

「我問妳人呢？妳小弟人呢？我殺死妳！妳把人還來！妳把我的心肝還來！」說著便整個人撲向淑芬，緊掐著她的脖子不放。淑芬還沒回過神來，才想到，原來她一直以為小弟沒被關進去，應該就是逃回家了，其實並沒有。完了，人沒被抓，不表示沒意外，也許被其他大人抓走，早就槍斃了，丟到港裡去了……她盡可能不往壞處想，但母親愈打愈凶，她就愈發自責，也就不掙脫、不回手，阿珠則像發瘋了一樣，勸也勸不住，即使手腳終於被拉住，也還不願罷手，嘴上也不饒人，突然間又甩開束縛衝向前去，甩了淑芬一巴掌。淑芬猛然醒來，心想，她這一路奔波辛苦，為的是什麼？這樣的大事，為何是她一個女孩子來扛？其他的男人都死到哪去了？人沒救到，是她的錯嗎？

她暴怒，連日來壓抑的情緒終於爆發。

「恁囝黑白走，是我的代誌嗎？明明知道他會黑白走，為何不把他的雙腿剁掉？妳早知道他會亂跑，就連他的腳都不要生啊？怪我？恁囝死去，干我什麼代誌？」

「妳好大膽敢跟妳的老母應嘴應舌！妳人沒幫我帶回來，妳就是該死，妳還應嘴應舌！」

「我就是不帶他回來，我連找都不想找，就算找到了，我也會把他剁成兩塊，攪成肉醬，看他怎麼跑！」

「妳再講，妳這個死查某囡仔，妳這個袂見笑、討客兄的死查某囡仔，我生到妳撿角了，我該死啦，生到妳這個破膣屄給人黑白幹，破媌，破膣屄，白生了啦！」

「妳兒子死了啦，妳不會再生了啦，妳絕子絕孫啦，妳死了以後我的兒子也不會拿香拜妳啦，妳餓死算了啦，妳若變成鬼，我天天放鞭炮把妳嚇死，嚇到魂飛魄散，不能投胎做人啦！」

「妳這個畜牲，死沒良心，破貓，破膣屄，眾人幹，袂見笑查某……」

「妳兒子死了啦！」

「破貓！破膣屄！」

「妳兒子死了啦！妳不會生了啦！」

沒人勸得住這兩個瘋女人，他們的言語已非常人所能想像，每一句都帶著惡毒的詛咒，彷彿勸的人也會被流彈掃到，帶著這份詛咒，永世不得超生。這樣火花四濺、棋逢對手的罵戰，在這個村子裡，只有這對母女辦得到。

突然，房裡傳來一個大男人的哭聲，哀號得淒厲綿長，像吹狗螺一般讓人不寒而慄，低沉而響亮的哀鳴，馬上蓋過兩個女人尖銳的聲音。是淑芬的父親阿枝在哭。

兩位嬸嬸衝進房裡看他，「阿兄，你是哪裡不爽快嗎？有哪裡痛嗎？」阿枝還是繼續哭，哭聲一波接著一波，比方才兩個潑婦吵架還令人難以忍受。看熱鬧的人已散去一半，畢竟吵架有好戲看，尤其是兩個女人吵，況且還是母女，但一個大男人哭，教人坐立難安，何況又是一種哭墳似的哭聲，教聽的人感到不祥。淑芬覺得慚愧，她完全沒顧慮到父親的感受，她是父親疼愛的女兒，但弟弟又何嘗不是他的寶貝兒子？她只顧跟母親鬥嘴，卻忘了每一句話傷到的不只是母親，也傷到父親，不，她的話根本傷不到母親，她早就刀槍不入了，但父親卻是豆腐做的，尤其重病以後。

跟著，阿珠也哭喊了起來：「是啦，妳真了不起，妳真勢啦，會詛咒妳的親生老父老母啦，沒白生妳了啦，乾脆我也死掉算了啦！」說完便衝出門外，頭也不回，不知去向。其實是一泡尿實在憋不住，急著跑到竹林裡小解。

淑芬進房去安慰父親。「阿爸，是我不孝，你不要再哭了，我會友孝你，恁孫也會友孝你，好否？」

果然止住哭聲，但還是啜泣。「恁孫的竹槍不見了，你不是要幫他再做一支嗎？做了沒？」倒像在怪罪他似的，這下連啜泣都停住了，阿枝轉身便向大姪子說：「阿坤啊！門口那支柴刀幫我拿來！順便折一枝竹子來給我。」擦了鼻涕，就像沒事一樣，竟打算立即上工。還是女兒有辦法。

淑芬像隻戰敗的公雞一樣垂頭喪氣，她覺得她累了，真的很累了，幾日來一刻不得放鬆，連回到家裡都必須戰鬥，但總算告一段落了。就是這麼神奇，這個家，這個院落，這個山村，不管發生什麼大事，最後總會塵埃落定，一切恢復寧靜，井然有秩，草繼續長，花持續香，雞鴨在田裡覓食，水牛踩踏大地。誰管兩個潑婦吵得翻天覆地？吵過以後，造化依舊。她看到炊煙升起，家裡的女人們正在煮飯，幾個男孩繼續玩他們的彈珠，女孩們也有各自的事做，阿嬤拿著榕枝在阿賢身上垂打，為他驅邪。淑芬心想，不知阿嬤何時有空能抱抱她？多想讓阿嬤抱抱，教她揉一把不知名的藥草，帶她到另一個世界去。

她漫步回菜園，阿榮背著孩子在劈柴，假裝沒看到她，倒像在避著她，他知道淑芬此刻心情不好，最好是別去煩她，免得被掃到颱風尾。淑芬只打算回房裡睡它個三天三夜，什麼事也不管，說真的，這些事，本不該落在她頭上，想到這家的大人、男人如此不濟事，心裡就有氣。卻看到被窩裡躲了個人，不見頭不見尾，正納悶到底是誰？莫不是阿榮偷藏個女人到家裡來？諒他沒這個膽。家裡的孩子也少有人敢到這個凶惡的姑姑的地盤上撒野。一把掀開棉被，這不是添財嗎？

「什麼代誌啦？」被吵醒的人發出怨言。

淑芬一把無名火上升，便去菜園裡抽了扁擔進房裡打人，添財被打到唉唉叫，跑出門外，卻哪裡躲得開淑芬的追打。原來那日他在火車上小便，卻一陣腹痛，一併解決肚裡的一泡屎，待探頭出來，看車站外一片肅殺，便躲在某節車廂的機房裡，一動也不敢動，軍隊上車搜人，也教他躲過。他連躲了數日，火車原車開回瑞芳，他餓得受不了才跳車，再沿著鐵枝路返回牡丹，沿途採摘野果及農家的蕃薯裹腹，一路回到家裡，卻不及向家人報備，只顧躲到淑芬的臥房。這阿榮粗心大意，只道是哪一房的孩子跑來這裡睡覺，也不予理會，就讓他在這裡睡了好幾天，卻讓丈母娘誤會，全家人擔心。

「阿姊，嘜擱打了啦，打死人了啦！」

淑芬什麼話都不說，就是死命的打，眼淚不住飆出，連日來的委屈，都要在這一頓毒打中消失殆盡她才甘心，沒打死這個畜牲，她誓不為人！

白蜘蛛

打從產婆淑芬發誓不再和男人胡搞開始，她便習慣將為新生兒洗澡的責任交給初為人父者。過去淑芬總是嫌男人笨手笨腳，擔心他們稍不留神便將孩子滑入盆中，吃水甚至溺斃，直到有一回到大埤為產婦護理，那時她因月事來潮，又染風寒，整個人如同虛脫一般，一到那戶人家，便叮囑其家人自行料理，之後便窩至屋間一處角落，睡得不醒人事。半夢半醒間，卻見男人嘗試為女娃洗澡，雖然洗得綁手綁腳，卻也沒釀成大禍，女人在一旁看得心情大好，眼神滿足，充滿愛意，不時輕念著：「嘸晟猴！」亦褒亦貶，更有調弄之意，男人一不專心，大手一撥，水竟湧進孩兒口中，孩子被水嗆到，不及哭喊，便在水中掙扎，水花四濺，弄得男人狼狽不堪，不知所措，女人卻放聲大笑，一點也不擔心孩子的安危，臉上掛著不知是喜還是悲的淚水。男人洗完孩子，小心翼翼抱給女人餵奶，一面吻著女人臉上的淚。淑芬本想起身接手，身子卻不聽使喚，就這麼半瞇著眼把這齣好戲看完，自此相信，愈早使喚男人辦這些瑣事，對女人愈好，一來拉近父女距離，女孩家將來若要被送走，自是多了一份羈絆；二來教以責任及體貼，於家庭幸福有益，夫妻感情更親密。

淑芬想起已多日未曾幫父親洗澡，也好幾天未親餵自己的小兒子。父親阿枝自殘廢以來，總是窩在房裡，足不出戶。他幾次遇礦坑落磐，死裡逃生，卻又遭逢淑芬重病，身心受到極大衝擊，總是悶悶不樂，後因五叔在平溪鬧事，官方查到家裡來，被押到派出所嚴刑拷問，灌食臭油，左大腿骨被硬生生打折。那時還是日本人的時代，刑警雖是台灣人，配戴著長柄拖地的武士刀，隨時可以砍殺平民，對於大人的作威作福，老百姓敢怒不敢言。阿枝獲釋後，雖然保住性命，卻已不能走路，當時淑芬遠嫁基隆，仍屬失憶狀態，家人怕牽連夫家，未敢通報，待淑芬清醒後，離婚返家，父女重逢，抱頭痛哭，從此淑芬便將照料父親當成自己的責任。

淑芬知道母親嘮嘮叨叨，嘴巴厲害得很，若有一兩日因接生之故不能返家，母親也只會出一張嘴，任憑枕邊人渾身發臭也不願動手，幾次還乾脆去和兩位未出嫁的小姑擠在一起睡，淑芬氣炸。

「那是恁翁呢，不是阮翁呢。」

「那是恁老爸呢，不是阮老爸呢。」

「那是恁翁呢，不是阮翁呢。」

「那是恁老爸呢，不是阮老爸呢。」

都是重複的話語，一字一句，兩人都不甘示弱。

「袂見笑，妳不洗，就不要回來跟他睡。」

「妳這麼不孝，妳不洗，妳就不要叫他老爸。」

「卸世眾，不曾看過這麼無情的查某，有才調就不要回來跟他睡。」

「我要跟誰睡，輪不到妳來管我，妳到處跟人睡，我也袂癮管妳。」

「自己的翁婿放給他臭，沒良心！」

「妳這樣不孝敢罵妳的老母，妳才沒良心。」

這樣的爭吵也只是出出怨氣，倒不致釀成多大的災難，很快便結束。淑芬與母親從小吵到大，過去還會擔心被母親用藤條抽打，八、九歲時，總是嘴上逞口舌之快，腳下便跑了起來，之後成人了，幾乎天天吵，卻總是沒兩句便吵完，倒像是彼此間的問候。但關於幫父親洗澡這件事，淑芬實在氣不過，早知當初回娘家以後，就不該這麼雞婆插手這件事，父親又還不到全身癱瘓的地步，自己這樣勤快，養成父親的依賴、母親的懶散，搞不好還壞了他們夫妻之間的好事。這下，只要她一兩天沒幫父親洗澡，倒成了她的錯。這一次出門五日，父親竟然五日未曾洗澡。

「妳不要跟妳老母計較啦！她這個人就是這樣，嫁來就歹命了，還要照顧一家老小，很不容易，妳嘴巴不要這麼壞。」父親倒向她替母親求情，淑芬聽了更是不快，「不是我愛說，她不洗沒關係，她可以叫她的寶貝兒子洗啊，最好是娶一個來幫忙洗，都多大人了，一點責任感都沒有，以後怎麼照顧這個家？一天到晚見不到人影，看我下次怎麼修理他。」「添財這個孩子其實也不壞啦，就是愛玩！」「愛玩就慘了，以後變成嘸晟囝就了然了，打死較省事啦！」

淑芬用菜瓜布認真刷洗著父親身上的汙垢，愈說愈氣，也就刷得愈用力，刷得父親全身紅通通。父親阿枝只有在她面前裸身時，才不見失智現象，不只為自己的妻子、兒子求情，幫他們說話，頭腦清楚得很，有時還與她暢談往事，許多細節都精準無比。

「妳還記得有一次阿爸工作到很晚才回家，天都黑了，妳還堅持不睡，要在客廳等阿爸回家，妳阿母罵妳兩句，妳就跑去門外躲起來，躲到阿爸回家都還不出來，全家都跑出來找也找不到，妳知道後來阿爸在哪裡找到妳嗎？」

「我記性哪有這麼好啊？這件事我早就忘了！」

「妳想一下嘛，妳一定知道！」

淑芬猛搖頭。

阿枝偷偷瞄向房門，一副怕別人知道的模樣，「妳過來一點，我跟妳說，這事讓妳老母知道就完了，她那時就說妳要敢跑出門，就永遠不要回來了，就算自己回來也要把妳的跤骨打斷。」

聽父親這話，淑芬倒是好奇了，難不成那日一口氣跑到三忠廟去躲？還是繞到丁蘭溪畔連家的船塢？以她的耐性，更不可能大費周章跑到牡丹溪上游的洞窟。

「阿爸你就快講，幹嘛吞吞吐吐！」

「妳就躲到門外那棵龍眼樹上而已啊，然後就睡著，真正厲害，那個地方也能睡？而且還不會摔下來！」阿枝笑到合不攏嘴，淑芬感到沒好氣，「那你怎麼找得到？你不是說很難找嗎？」「這你就不知道我們厝內人的個性了，大家出來找，根本就是做做樣子，其實早就想睡了，走出門外晃一圈就回房了；妳老母也是出來罵個兩句就打退堂鼓，沒半個人用心找。只有妳阿爸最疼妳，怕妳真的不見，妳要是不見了，阿爸會哭死，看著所有人都不找了，我好著急，但人群散去以後便顯得清靜，我馬上聽到一陣細細的打呼聲，我就知道是妳，一下就被我找到了。」「你這麼快找到我，阿母沒找我算帳嗎？」「才不呢，阿爸把妳從樹上抱下來，先躲到柴房去，搖著妳睡，妳還一直說夢話，說什麼阿坤你把我柑仔糖藏哪去？我要吃麥芽膏！我要吃豬血糕！」「怎麼都是講吃的？」「妳看妳有多枵饞！」

淑芬難得看到父親這麼開心，一點小事也能樂成這樣，心中備感寬慰，抓著父親粗糙的雙手，鼻頭一酸，有想哭的感覺，卻又不想掃父親的興，不自覺便將頭倚著父親的肩膀。阿枝轉過身來抱女兒，輕撫她的秀髮，想她一生命苦，遭遇這麼多折磨，又失憶，又離婚，又要帶兩個孩子，實在令人心疼，只怪自己沒用，不能給女兒幸福，還要女兒操這麼多心，忍不住長嘆了一口氣。

阿枝卻嗅到一股熟悉的味道，心中不安，他扶著淑芬的臉頰，仔細端詳，這一看不得了，竟在她的髮際看到一隻白蜘蛛，時動時靜、尋尋覓覓的攀爬著，阿枝像是見到鬼一樣，拖著瘸了的腿，連滾帶爬躲到房內角落，然後大聲驚號，哭得像吹狗螺一般。

這下可把全家人都嚇壞了，全都圍過來一探究竟，卻只看到一個全身赤裸的老頭瑟縮在角落哭泣，不准任何人靠近。阿珠見狀，只是一個勁的罵：「你是要死了嗎？死老猴！三更半夜驚死人了！死老猴！」二嬸、三嬸過來好言相勸也沒用，淑芬一走近，更是讓阿枝驚惶失措，像瘋了一樣四處亂竄。

最後是二叔阿春前來接手，他拿出一床棉被將阿枝整個人包住，這一包，他就像個孩子投入母親的懷抱一般，不再哭鬧了。阿春知道，每到礦坑出事，若有人從坑裡出來，救護者總會做這個動作，這一床棉被不只是為傷者取暖、護身，更像一隻大手般給予受創者撫慰。阿春雖不熟悉坑裡事務，但從小在礦鄉長大，見多了這些事，他心想，大哥在礦場打拚多年，任何的驚嚇多少跟坑裡的事有關，也許只能用坑裡出事的方法才能解決，沒想到竟然奏效。

「阿兄，沒事了，沒事了！」「白蜘蛛，白蜘蛛！」「抓走了，壓死了！」「你騙我？」「我哪敢騙你！」阿春向妻子使眼色，要她進房來幫大哥穿衣，阿枝始終不肯離開那條白色被胎，兩人只好隔著被子為他著衣，那晚竟由弟弟和弟媳倆陪他睡去，結束一場虛驚。

淑芬雖連日奔忙，疲倦得要命，但想到父親倉皇的舉措及表情，竟然睡不著，一人獨坐在龍眼樹下，許多往事從她眼前飄過。想起一回到魚行為一名患癲癇的婦人接生，舌頭幾乎要咬斷了，淑芬在對方的嘴裡塞了厚厚的棉布條，只是不想看到口吐白沫的駭人景象，卻又不住拍打婦人的臉頰要她清醒，用力分娩，一陣手忙腳亂，待孩子落地時，婦人的臉已被打成豬頭。孩子是個女娃，兩斤半，瘦小虛弱，卻無哭聲，淑芬一開始還道活不成了，順手又掐了一把，孩子才像隻初生的小貓一般，有一搭沒一搭的哭著，此後這對母女看到她，就像看到鬼一樣，驚惶失措的模樣，與父親今日的舉動如出一轍。

「睡不著啊？」阿春待兄長睡去，正準備與妻子回自己的房間，卻見大廳柴門半掩，便出來尋查，看到淑芬一人在門外發呆。

「阿叔，阿爸為什麼會這樣啊？」

「這事說來話長，我也沒見過阿兄這麼害怕過，我以為他最怕的事，應該是被抓去刑求、灌臭油的那次，但他剛才提到白蜘蛛，我才恍然大悟，原來他是怕這個。」

「白蜘蛛？」淑芬不解，阿春卻近身去撥弄她的頭髮，抖弄她身上的衣裳，像在找什麼似的，卻遍尋不著。

「奇怪？」

「阿叔，這到底是怎麼回事？」

阿春重拍自己的額頭，發出清脆的響聲，似乎想通了一些事。

「妳知否，我們家阿公以前是做礦的。有一年，礦坑出事，阿公在裡面出不來，阿嬤起痟也跟著下去救，兩人都不見了，那年妳阿爸才十七歲，我也才十五歲，妳根本還沒出生，家裡出這麼大的事，實在是很麻煩的事。那時妳阿爸為了我們這七個兄弟姊妹，一肩扛起，實在非常了不起，妳阿母也是一樣，雖然一天到晚詈詈叫，捀碗捀筷，但是對我們這些弟弟妹妹，那是用心計較，就像老母一樣疼惜大家。出事那日隔天晚上，阿兄就把我和阿謙叫來，說：『你們兩個年紀最大，你們要幫我扛這個家，還有，以後不准有人下坑作穡，被我抓到，一律打斷跤骨。』他為了避免家人再出事，才會不准大家去做礦，所以後來我和阿謙就先到大坪學做木，老四啟俊十三歲就出海抓魚了，老五明雄去學算帳。只有阿兄自己一個人繼續做礦，因為做礦還是最好賺，十天就可以領到錢。我那時雖然也想跟阿兄說，我也可以下坑，但想到阿兄說要打斷跤骨，就打消念頭。後來我去大坪學師仔，每天都被師父打，後來實在受不了，就逃回雙溪，又不敢讓阿兄知道，就去找我以前的死黨黑狗，他就帶我去坑裡做事。那時才十五歲耶，實在有夠大膽，想到錢就什麼都不怕了，但老實說，一個人如果在走衰運，人家叫你不要做什麼，你就不要太鐵齒，『老爸死，衰七年，老媽死，衰三年』，我那時老爸老母都不見了，加起來也有十年，還敢不聽話，實在很敢死。果然，第一天就出事了。我是真的看到白蜘蛛，爆炸以前，地底下什麼都看不到，只有幾個老鳥頭戴著乾電池的燈泡在照光，然後底下又非常熱，大家根本都不穿衣服的，我因為怕見笑，還是把衣服褲子都穿著，其實全身都濕透了，後來也不知道是頭暈還是地震，感覺有一陣晃動，然後也不知是我的腳步太慢還是迷路了，根本不知四周圍的人在哪？只感覺鼻頭有點癢癢的，然後就看到有兩三隻白色的、有點發亮的蟲子在我眼前飄，一開始只有兩三隻，然後沒兩下，突然跑出來幾百隻，不，應該有幾萬隻吧！非常嚇人，然後就聽到有人大喊：『白蜘蛛啊，快跑啊！』我才聽到這一句，接著就發生大爆炸，我根本來不及跑，就昏過去了。

「後來一下子又醒來，只覺得頭好痛，然後就看到眼前一片火海，我從來沒看過這麼驚人的場面，整個人呆在原地不知道要逃命，以當時的狀況，我早該被燒死了，後來突然又聽到碰的一聲，我又不省人事了。眼睛一睜開，好亮，原來被甩出地面了，妳看那力量有多大！怎麼出來的？老實講，我也不知道。出來時，全身都是爛泥巴，也許是這些泥巴救了我，上面的人看到我，也被我嚇到，不知我是人是鬼，後來發現我還活著，都說是菩薩保佑、祖公保庇，但我其實整個人就是失神，呆呆的，就這樣一路走回家，怎麼走到的我其實也不清不楚。

「才到門埕口，看到阿兄手裡拿著藤條，怒氣沖沖，我雙腿就軟了。我很傻，在地底遇到爆炸都不知要怕，看到阿兄才開始發抖。阿兄衝到我面前就是一頓毒打，我聽到大嫂尖叫，對阿兄說：『你不要把人打死了！』後來就一直哭，但沒人勸得了他，他就這樣一直打我，打到藤條都打爛了，又再去折一根竹子來打，我因為知道自己錯了，不敢掙扎，被打得皮開肉綻。大嫂一直大叫，說你怎麼這麼傻，你痛就哭出聲啊，再不哭，你阿兄會打死你啊！我才放聲大哭，我哭不是因為痛，而是覺得有人關心我，我不是無父無母的孩子；阿兄聽我哭，自己也開始在哭，我一開始嚇一大跳，後來阿兄把竹子扔掉，跑過來抱我，兩個人一起哭。父母出事的時候，我們所有兄弟姊妹沒有一個人哭，因為不知發生什麼事了，也不知人是死是活，連靈堂都沒設，誰敢亂哭，到這天，大家才把各自心中的委曲哭出來，所有人都跑出來哭成一團。但我覺得心裡好實在，大家是同心的，大家是有情的。

「後來阿兄先是看我臉頰的傷勢，接著看到一隻白蜘蛛在我的肩上跳啊跳的，就伸手去挑牠，不挑還好，一挑卻跑出一堆來，而且四處亂竄，阿兄就驚叫出聲，那叫聲跟今天的很像，但沒那麼害怕。我聽他叫也跟著害怕，在原地亂跳亂跳的想把這些白蜘蛛抖掉，這些蜘蛛反而跑到阿兄身上去了，阿兄突然大喊：『快跳到水裡去！』我們兩個就往溪裡跑，雙雙跳進去清洗，但半夜的水實在太冷，那天氣就跟今天晚上一樣，我們才跳進去就大叫，兄弟倆竟然玩鬧了起來，然後放聲大笑，笑得非常故意，愈笑愈大聲，想把連日來的鬱卒、害怕都笑走。」

阿春說畢，望著無邊月色，淑芬也跟著陷入沉默。

「想一想，妳老爸老母實在很了不起，妳知道嗎？我可以理解，阿兄不准弟弟們下坑工作，是怕再失去親人，可是我們也怕失去他這個大哥啊！有一陣子，大家都覺得他這樣做實在很自私，還以為他真的是很愛錢。如果是為了這個家好，應該大家一起打拚才對嘛，不然他也得以身作則才對啊？但這些話，我也只敢放在心裡不敢講出來，反正他這個大哥也做得起了，幾十年也這樣過來了。

「後來大概幾年前，他把我叫到房裡來，捧出一堆錢跟我說，這些都是他這幾年省吃儉用，拚老命賺來的，本來想讓我去鎮上開一間家具行，但現在這些錢都沒用了，妳知道嗎？那堆錢至少有四萬塊，但那時四萬塊的舊台票只能換一塊新台票，聽說那時有很多老人家都想不開，有的人自殺，有的人就傻了，魂魄都失去了，像行屍走肉一樣。

「我其實也滿怕妳爸爸看不開，因為這幾年他是這個家最拚命在賺錢的人，那真的是在拚命，而且又受了這麼多折磨，幾乎是殘廢了，但那時我看到他拿出那堆錢來，再想想他過去這麼堅持，還有我莫名其妙被毒打的那一頓，我不禁怒火中燒，為什麼？為什麼？這不是在開玩笑嗎？老天還有眼嗎？我就把那堆錢抱起來丟，丟得滿屋子都是，以洩心頭之恨。阿叔也不怕妳笑，我都快五十歲了，很多想法還是跟孩子一樣，做人做事還是很衝動，也不想阿兄把我養大，幫我成家，犧牲這麼多，但那時我才沒想那麼多，只是對他大吼：『你看，你就是愛錢嘛，現在這堆錢有什麼用！有什麼用！』那時阿兄很虛弱了，已經不是當年那個會打人的阿兄了，被我這麼一吼，眼淚馬上就掉下來，然後跟我說：『你真的以為阿兄這麼愛錢嗎？』我看到他掉淚，就更生氣，回他說：『不然你幹嘛這麼愛下去坑裡做礦，你自己都會說，那裡很危險，不准我們下去，自己卻下去，那不是愛錢是什麼？』

「阿兄沉默很久，才說：『你知道嗎，我是去幫你們找阿爸阿母。我每次下坑，都會對著坑裡說，阿爸阿母，阿枝來找你們了，你們如果有聽到，就讓我這個不孝子再孝順一次，弟弟妹妹都很乖，但每天都在等你們回家，阿枝給你們求了。後來，求了十幾年，阿母先回來了，我又繼續求，到這幾年，我腳不能走了，但若是有時間，我還是會去坑口走動，叫阿爸回來。你說我愛錢，阿兄也不會生氣了，反正阿兄已經是廢人了，這些錢要是還有一點用，你就都拿去吧，一塊也是錢，你要是怨嘆阿兄對你太苛薄，阿兄在這裡跟你回失禮，但阿兄若早一步先走了，你要幫我孝順阿母，把我的份一起孝順，阿母也是很命苦的。』

「聽完阿兄這麼說，我非常的後悔，深覺自己很無恥，很不應該，竟然誤會這樣一個大哥，他這輩子已經夠苦了，到老還要被自己的兄弟誤會成這樣。我當場就跪在他面前，不停的磕頭，磕到頭都出血了，那天我們兩個抱頭痛哭，就像又回到廿年前我從坑裡撿回一命的那天晚上一樣，只是大家頭髮都白了，阿兄仍是我的阿兄，我還是那個長不大的孩子。」

淑芬聽得淚漣漣，二叔鼻涕都掛到下巴了，看了十分噁心，淑芬索性用衣袖幫他擦去淚水與鼻涕，兩人相視而笑。

「阿叔，那我問你，白蜘蛛只會在礦坑裡，還是自己會跑到地面上來？我又沒下坑，沒道理身上會有白蜘蛛啊？」

「這就要看妳有沒有碰到什麼人了，也許有人剛從坑裡出來，就被你遇上了也不一定。但通常出坑的人，都會在工寮的浴室就沖洗乾淨了，也很少會把上工的衣服穿回家，其實在坑裡作穡的人，很少穿衣服的。」

淑芬滿腹狐疑，卻見二嬸前來催促二叔該回房休息，明早還要上工，言語似有責備，眼神卻充滿關愛，兩人進房，闔上門去，不再言語。淑芬看在眼裡，不免失落，那一屋子夫妻恩愛、兒女成群，雖有遺憾，卻仍見圓滿。不似她雖然生了孩子，男人死心塌地，她自己的心卻始終紛亂不定。

二嬸與三嬸

產婆淑芬與二嬸較疏遠，與三嬸較親近，或許是因為三嬸的孩子跟她較有緣，二嬸卻沒一個孩子由她接生。事實上，二嬸自嫁來鄭家後，便接連生了三個孩子，之後淑芬才出世，淑芬就算有心想為她接生，除非等她老蚌生珠。後來雖然又生兩個，卻也都與淑芬無緣。她並不討厭二嬸，知道她與三嬸雖姊妹相稱，卻不是親姊妹，而是同被送到別人家當童養媳的苦命女，身世令人同情。

二嬸月桃在石碇出生，未滿足月就被送到坪林，五歲時又輾轉送到雙溪鎮上，這趟過程走了快兩天的路，翻了好幾座山，小孩哪吃得消？才到寄養的人家便生了重病，發燒不止，兩個多月才痊癒，鎮日病懨懨的，養父母嫌棄，怕成為累贅，便又送給了遠在大坪姓葉的人家。從雙溪到大坪又得走一整天的路，月桃知道自己又要被送走，心中害怕，卻強忍著情緒，不想被大人嫌棄，換作是別家的孩子，早就哭鬧不休。待到大坪時，月桃只記得帶她來的那個人咒罵個幾句，向人討了口水喝，什麼事也沒交待，便頭也不回的離開。月桃望著那個人的背影，眼淚不聽使喚的滾了下來——那個人，她或許該叫他阿爸，也許是因為她沒叫，這麼多天來連一聲都沒叫，所以才被討厭，這回受人照顧，雖然才沒幾天的時間，她卻連一聲謝也沒說，一定是因為這樣，所以對方生氣了。她打定主意，日後一定要做個乖巧聽話嘴巴甜的孩子，她再也不要被人送走了。卻哪知她逆來順受的結果，依舊討不到養父母的歡心。

葉家有四個男孩，聽說將來月桃是要嫁給老二，但其實這四個男孩她都不喜歡。他們總是作弄她，不是那種玩樂戲耍無關痛癢的作弄，最嚴重的一次，四人聯合起來偷了錢，卻異口同聲說是月桃偷的，害她被養父吊起來毒打，逼問錢的下落，卻無一人出面救她，不是沒人敢說實話，而是看到大人發狠的模樣實在嚇人，四個孩子都嚇壞了。無奈月桃氣硬，不是她幹的就不是她幹的，就算三天三夜不給吃喝，也問不出個結果，大人沒好氣，只得放了她，從此對她再沒有好臉色。

月桃不在意養父母不對她笑，沒半句關懷，卻在意大人對那四個孩子的隻字片語，有時雖是不好的口氣，卻聽得出來是某種叮囑及鼓勵，而這些哥哥們，人人都敢回嘴，回嘴之後再逃開，卻洋溢著一種任性與自鳴得意。月桃每每看到這樣的情境，都看得出神，先是傻笑，然後想到自己無父無母、沒人疼愛，心情便沉重了起來，總是要大口喘氣，將氣吸到肺底，才能平復心情。然而愈是生性樂觀的孩子，愈是知道命運是掌握在自己手中，月桃似乎很快就明白了一些事，知道在這裡再怎麼低聲下氣也沒有用，她就算嫁給了二哥當媳婦，養父母變成了公婆，也不會有人給她好臉色，日子也不會好過。她下定決心，總有一天要離開這裡，過自己的日子。

七歲時，又一個女孩被賣到葉家，她叫阿秀。初到時一臉徬徨，臉上還掛著黃鼻涕，骨瘦如柴，幾乎跟她當年到葉家時一模一樣。她一樣得看人臉色，一樣得受四個男孩的調戲，永遠都有做不完的家事。月桃對阿秀充滿同情，看到她就好像看到當年的自己，她想保護她。但她連想對她好一點的舉止都不被同意，連笑都不行，四個孩子輪流監視著她們，不准兩人交談，不准兩人一起吃飯，工作時也要維持一段距離，自由被剝奪到這等程度，籠中的鳥兒也沒那麼淒慘，好歹能叫個兩聲。但小阿秀卻知道誰對她好，從第一天見到月桃開始，她就從她的眼神裡看到善意與關懷，阿秀像呼吸到新鮮空氣一樣暢懷，她對月桃這個大姊姊百般依賴，無視這些壞人莫名其妙的規定，總是想盡辦法跟前跟後，到後來這家人也莫可奈何，只好由著她。月桃喜歡聽她叫她「姊姊」，彷彿這一聲姊姊，讓她在這世上不再孤苦無依，讓她這個一出生就不受父母疼愛、急著被人送來送去的賠錢貨，終於有了一個比血緣還親的親人；阿秀喜歡聽她叫她「妹仔」，彷彿被叫這麼一聲，她就能對這個姊姊永無止境的耍賴。

月桃總是抱著阿秀入眠，兩人緊緊相依。過去阿秀尚未來到的日子，月桃總是夜半惡夢，都是夢見自己又被送走，走在沒有盡頭的黑暗道路上，夢醒時總是一身冷汗。但打從阿秀叫她姊姊的那晚起，她總是一夜好眠，白日受到再大的委曲，只要兩人睡在一起，她便能睡得好。當然，她也害怕這樣的依賴，有一天會被破壞，大人會以拆散兩人為懲罰，凌遲兩人。月桃愈想愈害怕，一日便跟阿秀說，我們來玩一個遊戲：白天的時候，誰都不可以笑，誰都不可以看對方，都不可以跟對方說話，輸的人，她晚上就不跟她說話。「那若是妳輸呢？」阿秀可聰明了，「我輸了我願受罰，你輸了卻不來理我，吃虧的還是我。」月桃跟她說：「我輸了，便欠妳一顆糖。」聽到有糖可吃，小孩便來勁。從此兩人便維持這樣白天冷漠、晚上相擁溫存的日子，倒也平安的過了許多年。

直到月桃十一歲那年被三哥強占，三哥威脅她不准說，否則有她好看。她當然不敢說，她完全不解這是怎麼一回事，只覺得自己沒了尊嚴、沒了羞恥，快丟死人了。後來不知怎地，老三的壞事被老二知道，兩人打了一架，老二仍不甘心，便起了非分之心，反正月桃遲早是他的媳婦，這回先被老三占去，不如自己也先玩玩，將來還要不要這女人，再從長計議。豈知這事也被老大知道，也要來占月桃的便宜，月桃三天兩頭被幾個男孩玩弄，苦不堪言，有時三人還輪流欺負她，最小的那個才十歲，想玩而不敢玩，只在一旁觀看，對著月桃冷嘲熱諷，說些無恥的話。

月桃身心俱疲，回床倒頭就睡，阿秀是個心細的女孩，打從月桃第一次被玩弄，她就隱隱感覺到她的不快樂，這種不快是她從未在月桃身上感覺到的，以前月桃再怎麼受委曲，夜裡總是先抱著她，然後開始掉淚、啜泣，壓抑著不哭出聲，哭到全身抖動得厲害，阿秀感覺到她的傷心，也跟著哭。只要月桃哭，阿秀便覺得自己像個姊姊，反過來擁抱、撫慰這個大女孩，隔天一覺醒來，月桃便什麼事都沒了。這次卻不一樣。月桃不哭，卻睡不著，常常一整夜瞪著大眼，眼神空洞，什麼話都不說。阿秀感覺得到她身上有傷，有無數個大大小小的傷口，卻不知傷在哪裡？她知道她心裡也有傷，而且在滴血，涓滴似的，毛毛細雨似的，雖聽不到聲音，卻感覺到血在滲透。問她什麼事，月桃卻都不說。這樣的不確定感，更教阿秀感到不安，連帶跟著睡不好，好幾次白天精神不濟，大錯小錯不斷，一再被處罰，阿秀卻不在意這皮肉之痛，因為她更在意的是月桃。

終於，她發現了這個祕密，她看見四個男孩在距老宅不遠處的相思林裡欺負月桃，終於知道月桃連日來心神不寧的原因。她知道她被傷害了，震驚不已，開始尖叫、大哭，聲嘶力竭的哭，哭得驚天動地，哭得四個男孩不知所措，拔腿就跑，彷彿自己幹了天大的壞事被人發現了，三個大孩子各自躲到山裡不敢回家，最小的那個則跑回去窩在被窩裡不敢出來。月桃鎮定的整好衣衫，然後牽著阿秀的手，步行回家中，阿秀依舊哭個不停，月桃卻連哄她莫哭的力氣都沒了，只能由著她，阿秀的哭聲驚醒了睡夢中的大人。養父母先是發一頓脾氣，叫兩人在神明及公媽面前罰跪，問何事？阿秀一逕的哭，月桃只是瞪大眼睛不語，心中有委曲卻強忍不發，夫婦倆雖然氣憤，卻怕山中夜裡聲音傳得響，驚動了好幾個山頭的人家，到時不好收拾，便未祭出家法，只盼阿秀快停止哭泣。然而折騰了半個時辰卻仍問不出個所以然，便進男孩的臥房找人問話，才發現臥房裡四個男孩只剩一個，僅剩的那個還在被窩裡直發抖，夫妻倆大致猜到是怎麼回事，卻不敢往下猜，只好打發兩個女孩快去睡覺。隔日直到傍晚，男孩們餓了，陸續逃回家中，沒人責罵，沒人過問，這事也就像從沒發生過一樣。但阿秀這驚天一哭，卻成了月桃的護身符，男孩們自此不敢再欺負月桃；阿秀則再也不敢讓月桃落單，連睡覺都要緊握著月桃的手。

十三歲那年，家中來了兩個學徒，跟著養父學手藝，白天挑水、砍柴、剖竹，幹各種粗活，養父對他們動輒拳腳相向，十分粗暴刻薄，月桃看了於心不忍。知道兩個人睡在柴房，夜裡趁阿秀熟睡，便悄悄起身，潛入柴房為兩人上藥，包紮傷口，一方面是出於同情，覺得兩人的命運跟自己一樣；一方面也是好奇，隱約覺得自己的命運跟兩人綁在一起。兩個男孩心存感激，便對她心生好感。這兩個男孩，大的叫鄭明春，小的叫鄭明謙，是對雙胞胎兄弟，卻長得很不一樣，阿春塊頭稍大，身體也較厚實；阿謙卻骨瘦如柴，總是咳嗽，咳起來驚天動地，也因此兩人犯錯，養父只對阿春動手，對阿謙才打了一次，便發現他咳個不停，而有所顧忌，日後只是責罵。

月桃很快對阿春動了情，某夜主動拉他到林子裡去，兩人脫得一絲不掛，像夫妻一樣恩愛，一開始他們小心翼翼像做賊一樣，只敢趴在對方身上溫存，互相撫慰親吻，終至慾火焚身，阿春從月桃身後交纏不休，兩人快活不已，月桃至此方才明白，男女之間的歡愉，終究始於對彼此的迷戀與關愛，而非來自單方如禽獸一般的強占。忽然阿春停下動作，月桃轉頭望著他，不知何事惹他不快，心中充滿焦慮，生怕他這一停，轉身便走，從此不再理會，阿春卻用粗糙的雙手撫弄著她的右臀，喃喃自語：「是誰把妳打成這樣？」月桃看不見自己身上的印記，便自己用手去抓，不痛也不癢，便說：「沒啊！」又再用力抓了幾下，阿春感到疑惑，便將月桃抱至亮處看個明白，才知那是一塊卵形胎記，在月光映襯下猶如一塊暗色的翠玉，涵養在乳白色的絲綢之中，玲瓏珍巧，不可方物，阿春撫觸再三，不忍捨棄，彷彿此刻這塊寶玉只屬於他，一如他對月桃的感情。

春宵一刻，都被阿秀看在眼裡，她依舊似懂非懂，但覺得這回姊姊是開心的，雖然像是在做壞事，姊姊開心，她就開心。但她不喜歡姊姊半夜偷偷離去，跑到別人身邊，有時鎮夜都不回來，也不怕被發現。一次，她試著裝睡，待月桃進了柴房去，她也悄悄溜了進去，見月桃窩在阿春懷裡，阿秀也鑽進月桃懷裡一副理所當然的樣子，兩個小情人不知該如何是好，徹夜難眠，一動也不敢動，怕吵醒阿秀，也怕身邊的阿謙醒來，更怕驚動葉家的人。到最後，阿秀睡到半夜，小手摸到阿謙的手，竟然握了起來，然後繼續睡，這回換阿謙一動也不敢動，卻心動。四人同眠，只有一人進入夢鄉。

月桃覺得再這樣下去不是辦法，一日提議四人一起離開。四個人的心都差點炸開。這提議雖然大膽，卻沒人反對，他們心跳加速，接著興奮，心亂。就這麼一走了之，不會有事嗎？月桃卻知道，葉家老大老二惹了女孩家的事，對方三天兩頭前來興師問罪，兩老心煩意亂，一個頭兩個大，一時半刻不知如何解決。月桃心想，此時不走，就再也沒有機會了。就這樣，四人共同決定當晚便出走，事不宜遲。那晚，阿謙和月桃先行離開，個頭大的阿春護著阿秀墊後，四人約在村口一株苦楝樹下相會，一同邁向未可知的未來。阿春與阿謙從小就愛惹事，卻從未冒這麼大的險，一路上直想放聲大笑，月桃與阿秀卻百感交集，此生從未如此慌張，亦未曾感到如此輕鬆愉快，有一種從崖上跳下山谷的感覺，就這樣一了百了吧！卻對不見底的深谷沒任何把握，兩個女孩只能握著兩個男孩的手，一路狂奔，時而急停慢步，時而放聲大笑，時而竊竊私語，彷彿此生再也不能如此決活。四個孩子完全沒料到，這四雙手這麼緊緊牽著，從此便糾纏了一輩子，再也分不開。

第五章　無聲的所在

風聲

阿蘭。

聽說我昏迷了十日有餘。我活該如此，身軀都已經殘廢了，還這樣任性胡搞，這下不只肉身頹了，連魂都散得不成樣。但我感覺到妳一直在我的身邊，時而低語，時而哭泣，妳哭的樣子，竟然也是那樣好看，一樣的輕輕、淺淺、淡淡，微微抖著身子，我的心感到無比安慰。我向來恨透了哭得呼天搶地的女人，那樣的哭，根本就是虛情假意，倒像是幸災樂禍般的叫好。

半昏半醒間，我知道兩個兄弟背著我四處逃竄，還得帶著妳同行，真是苦了他們，但他們從不曾有怨言。換了幾個地方，估計還都是在平溪、鹿窟一帶的山區。我沒有太多知覺，只感到四周圍一切都是綠的、濕的，彷彿隨時都在下雨、隨時才剛雨停，到處都冒著新芽，青草的芽、作物的芽、老藤的芽、青苔的芽，連枯樹也在冒芽，我的感官所剩無幾，只能感受到這些。最後我猜我們躲在一處石洞，外頭總是有水聲。妳總是能弄些特別的吃食，清蒸苦花、炸蟋蟀、炸筍龜、涼拌角菜、刺殼炒蛋、汆燙豬母乳、油燜月桃心，隨時都有新花樣，我雖然食不知味，但知道那是妳的心思，沾在嘴邊，心就飽了。

來了一個叫阿撿的女孩，手腳非常俐落，經常將我全身裹滿了藥草，總是念念有詞，有時是說髒話，有時是一些聽不懂的怪腔怪調，搞不懂她到底在搞什麼鬼。兩兄弟總是對她姊姊長姊姊短的，她不只身上有些真功夫，還有幾帖祖傳的神藥，聽說有起死回生之效，但她真正的職業是產婆，這些功夫平日不隨便顯露，只有最親近的人，或一些救命時刻，她才肯出手。總之是個奇怪的女人。我想你們應該照過面才對。

我很快恢復了元氣，能站起身來，雖然整個人還是搖搖晃晃的。人有了精神，連心情都是愉快的，能天天跟妳在一起，能不快樂嗎？每晚妳都陪著我睡。妳不在我身邊，我無法入睡。妳卻不讓我親近妳、侵犯妳。說是為了我的身子著想。我怎能按捺得住？只能緊緊抱住妳，好幾次妳見我睡不著，只好遷就著我。妳總是顫抖，我知道妳害怕，害怕那日的事再度發生，其實我也擔心，明明是愛著妳，卻反倒做著傷害妳的事，我極盡所能的克制，溫柔的對著妳，我像喝醉了一樣，沉醉在妳的懷抱中，無法自已，妳卻痛苦不堪的呻吟，每次都哭了，都掉了眼淚，讓我非常自責。我終於問妳，妳痛嗎？妳不喜歡這樣嗎？妳卻搖頭，緊緊抱著我、吻我，然後，妳笑了，看到妳的笑容，我就寬心，我知道妳是愛我的，妳愛我的溫柔，妳愛我的身體，我們像真正的夫妻一樣恩愛。

只是這麼一來，便常討阿撿的罵。她每次診脈，都像能看透我的身軀一樣，過去幾日吃了什麼，做了什麼，幹了什麼好事，一清二楚，她總是吐痰之後，對著地上那口濃痰說：「治一條痟豬哥是有什麼用處？」我還聽見她對妳說：「不許再跟他睡在一起了！」我聽了竟然不生氣，心中充滿甜蜜。

不到半年，我終於活了過來，像個真正的人，連身手都恢復了，連脾氣也恢復了，有時還會動手打妳，我知道那是我不對。但我一心只想著要復仇，整個人被仇恨之心所占據，妳卻始終勸我別心急，兩兄弟也苦勸，卻也莫可奈何，我脾氣一來，便對妳動手動腳。誰教我太有自信，自信得看不清身邊的一切。終於，我又再度落於奸人之手。

後來我才知道，要跟上林花的大人交手，我是完全不夠格的，他們早就掌握著我的一舉一動，就連每一次我們所換的住所，都有他們的人監視著，他們卻不急著出手。直到那天，我貿然行動，單槍匹馬闖入大人位在瑞芳的宅院，便馬上被上百人團團圍住。此刻他們要將我碎屍萬段，可說輕而易舉。所幸兩兄弟始終在遠處等著接應，並未落入圈套，但，我還有機會讓他們再救我一次嗎？我懷疑。

大人露面了，他說我變瘦了。我沒答腔，我在發抖。也許是身體太過虛弱，也許是害怕，但我是不怕死的，我擔心的只有妳。我對他說，放了阿蘭。聲音小到我幾乎聽不見。他說不可能。我本來也只是試探性的問問，但聽他這麼回答，心頓時涼了半截，那口氣倒像是妳早就落在他手中一樣，而事實也是如此。就在我離開那石洞不久，他們就對妳下手。

我懊惱，沒想到又一次害了妳。我感到憤怒，他何苦一定要拆散我們這對鴛鴦？我的怒氣澿然暴漲，我再次發狂，放聲吼叫，叫聲如雷，這不是人的叫聲，而是魂魄的聲音，來自地獄的聲音。這一叫，嚇壞了許多人，我的魂又再度出竅，衝向天際，一陣天旋地轉，我的魂又回到地面。這回，一虛一實的兩個我，心意相通，聯手出擊，一口氣殺了幾十個人，迅雷不及掩耳，我不知這股力量從何而來，殺人從未如此容易，殺得異常順手。上林花的大人也死了，怎麼死的我竟不知道，但他扭曲的表情告訴我，他死得很痛苦。大快人心。一切很快恢復了平靜。兩兄弟並沒有過來接應。我知道再不久，很快就會有另一批人馬趕來，這短暫的寧靜很快會被破壞，我得盡速離開。我一心只想著去找妳，去解救妳。我回到咱們原來躲藏的地方，但妳已不在了。我到底在想什麼？我到底在幹什麼？論武功，我天下無敵，此刻兩個我聯手，誰能阻擋得了我？但論智計，我何其笨？根本就是無計可施，有勇無謀，一點想法都沒有。我絕望，這次我以為再也見不到妳了。我的眼淚瞬間落下，魂與人都在流淚。我無力、癱軟，昏倒在地。之後發生什麼事，再也記不得了。

抵命

產婆淑芬萬萬沒想到，阿撿嬸會因為自己而喪命。

那日她去澳底接生。房子離海邊好近，硓𥑮石蓋的。女人生產時，外頭的風浪正大，不時拍打著房子，屋內頻頻進水，藏在石縫中的游蛇紛紛躲進屋內，亂鑽亂竄，產婦驚聲哀號，一家人忙著趕蛇抓蛇，搞得雞飛狗跳，淑芬強自鎮定，只怕壞了大事，其實內心驚嚇不已。想到阿撿嬸屬蛇，心中有不祥的預感，才接生完，便急著趕去探望阿撿嬸。一切安靜得不尋常，沒有女人餵孩子的氣息，淑芬有個本事，就是大老遠就能聽見嬰兒心臟跳動的聲音，但此刻她聽不到，走進屋了都還聽不到。女人和孩子都不在了，也許人早就送回去了，真是的，一定是阿撿嬸嫌照顧人麻煩，早早把人趕走。卻見到阿撿嬸躺在大廳的地板上，一動也不動。氣絕多日。淑芬感到恐慌。本想將連日來的委曲一次訴盡，卻沒想到連她最後一面也沒見著。她想哭，卻無淚，嘴巴張得好大，不知所措，只能在阿撿嬸的身旁來回踱步，六神無主。她忽然聽到嘆息聲，轉過頭去，看到阿撿嬸的魂魄正在一旁悠閒的看著自己。

淑芬趨向前去，一把將她抱住，痛哭失聲。

「輕一點輕一點，妳會把我抱散的，死囡仔！」

「妳到底死了沒？」淑芬問。

「死了啊。」

「那怎麼還在這裡？」

「我不能走啊，還有事情要交待。」

「到底發生什麼事？誰幹的好事？」

「這個難說了，總之，那批人終於忍不住了，他們來找我，說一定要有個交待，否則有人不會善罷干休，這幾年他們來找我很多次了，都被我打發走，這次卻說什麼都不肯走。」

「妳叫他們來找我啊！」

「事情沒這麼簡單。妳以為他們為何不直接找妳，卻要找到我頭上來？」

「因為妳是我師父啊？」

「倒也不是這個原因，總有一天妳會知道的。那天他們來找我，說，既然動不了妳，就動妳的家人吧，妳有小孩，有老爸老母，隨便找一個開刀，也夠教妳受的了。他們又說，如果我甘心代妳頂罪那是最好，至少他們可以交差，但如果妳繼續找他們的麻煩，他們還是不會放過妳。我說如果我死了，她會明白是怎麼回事，一定會收斂的，你們放心吧！所以就讓他們下手了。」

淑芬忍無可忍說：「他們錯了，我不把他們的賊窩翻過來我就不姓鄭！告訴我到底是哪些人幹的好事？我先找他們算帳！」

「淑芬啊淑芬，妳跟了我這麼多年怎麼還學不會？妳還要讓我白白犧牲嗎？妳以為妳真的鬥得過他們嗎？妳今天殺了那些小嘍囉有什麼用？妳殺了土虱又有什麼用？土虱是最大尾的嗎？最大尾的妳永遠不知道是誰啊？我死了有什麼可惜，就是老骨頭一把，早該入土了，妳只要這陣子避避風頭，別再處處跟他們為難，也就沒事了。妳真要搞到妳老爸的另一條腿也被打斷、妳的孩子被抓去餵狗才甘心嗎？這些人什麼事都幹得出來啊！妳以為我在跟妳開玩笑嗎？」

聽到父親的另一條腿可能被打斷，淑芬心頭一震，想到那時父親被抓去刑求，或者跟她有關，畢竟她得罪的人可不少，要藉此報復也不無可能。他們傷不了她，只好傷她的家人。然而阿撿嬸不能白死啊，好歹也要為她討個公道。

「公道不值幾個錢啦，我這十幾年什麼都教妳了，就沒教妳認清這個社會的黑暗，妳總是莽撞行事，先衝了再說，手腳快到我都跟不上，也許傻人有傻福，也許妳就是有媽祖婆在保佑，才能度過這許多難關，但該遇上的就是會遇上，妳是躲不掉的，今天我幫妳擋了這一劫，下次就沒人幫妳擋了。妳也是兩個孩子的老母，妳的男人軟汫，妳那一大家子幾乎都要靠妳發落，妳不為自己想，也該為那一大家子想一想，至少也該為妳老爸想。」

淑芬雖憤恨難平，但只要想到家人的性命可能受到威脅，膽子忽然就變小。阿撿嬸說得沒錯，這些人要整她實在太容易了。淑芬感到萬分無奈。這輩子還未曾這麼無助過。

「他們是怎麼殺妳的？」

「他們給我吃一種藥，心臟會很快麻痺死掉，其實不怎麼痛苦，感覺很快就過去了。妳不用對我感到虧欠，當然我也不覺得我有欠妳什麼，或上輩子欠妳什麼。我只是覺得妳這個女孩不簡單，做很多事都不是我想像得到的，雖然很多事我也不同意妳這麼做。我跟妳說過，妳是媽祖婆找來幫她救人的。」

「那妳還阻止我？」

「妳就聽師父一次，這次真的很不一樣，時局在亂，不能小看，這些人太平的時候為非做歹，打仗的時候也為非做歹，現在好不容易不打仗了，他們更要為非作歹，而且會做出更恐怖的事來，不能不防啊！」

「連報官都不行？」

「當然不行，妳怎知官府沒有他們的人？」

「都沒王法了嗎？就讓他們這樣無法無天嗎？」

「先忍一忍，日子會過去的，這陣子先不要工作了，反正女人不用人接生也會自己生，妳不接生，也會有人幫忙接生。妳就回家帶孩子吧，多久沒抱妳的孩子了，多久沒跟妳的男人作夥了，不要老是管別人的小孩，到時自己的孩子都不認得妳，連男人都跑掉了！」

淑芬完全說不出話來。這是她人生最重大的挫敗，事情不該是這樣的，她卻無能為力。阿撿嬸拍拍她肩膀說：「找妳來，是要託妳幫我一個忙，請妳去澳底找一戶叫張火木的人家，那是我弟弟的孩子，請他來幫我料理後事，別跟他們說太多，以免牽連太多人。妳最好也什麼都別管。」「說得這麼輕鬆，我是這麼絕情的人嗎？」「以後隨時都可以來找我啊，我又不會離開這裡太遠。別不開心啦，我這樣很好耶，以前拖著那個肉身，走都走不動，現在我用飛的都可以，只可惜吃不到好東西，妳要記得帶好料來孝敬我喔，妳知道我喜歡吃什麼。」「吃吃吃，妳就知道吃，我快被妳氣死了啦。」「別氣別氣，我倒覺得解脫了，這是好事。」「那，那對母女呢？」「放心，她們都平安無事，在我這裡待了五天，我就陪她們回家了，這種事我最清楚，待太久會出事，有人會報官，到時惹麻煩；就算不報官，到時人家要休了這女人，不更麻煩，我們能養她一輩子嗎？」

見淑芬意興闌珊，阿撿嬸嘆了口氣，「來，我有東西要交給妳。」她喚淑芬到屋內，走進廚房，淑芬搬開一具五斗櫃，打開一扇小門，點燃火炬定睛一看，竟然別有洞天，裡頭晾著上百具女人的胎盤、不知名的內臟，以及數不盡的胞衣、臍帶及囊膜，周邊還有幾十個瓶瓶罐罐，裡面裝著什麼東西？淑芬連想都不敢想。接生多年，這些女人生完孩子留下的髒穢，她從來都是交給阿撿嬸處理，若遇死胎，除非家屬自行埋葬，否則也是由她帶回，她從來未曾過問阿撿嬸的處理方式，一來覺得噁心，二來覺得麻煩。她見過阿嬤為幾個嬸嬸處理過這些胞衣，總是找一處乾淨的林子，以棉布包妥，口念咒語，鄭重其事，待將其火化之後，再加以埋葬，手續並不繁雜，淑芬卻嫌費事，卻沒想到可能有其他的用途及去處。

「這些值不少錢，但若沒人處理，很快就都廢了，我這一生沒留下什麼財產，連棺材本都沒有，妳去頭城幫我找一個叫盧金財的人，他會處理，到時看多少錢，交給我弟弟，應該足夠辦我的後事。」

淑芬想起十三歲那年，她為了阿撿嬸總是急著將女嬰送走的事，和師父攤牌，阿撿嬸告訴她一段不堪的過去。阿撿嬸的母親在生完第七個妹妹之後即往生，她身為大姊，必須擔起家計，十二歲開始到處為人接生，收入比出海討生活的父親還多，父親愛賭，賭輸錢，喝得醉醺醺回家，就嚷著要賣女孩，阿撿嬸勸了幾次，與父親激烈爭吵，竟被父親強姦，父親酒醒後雖然後悔，沒多久卻又故態復萌，父女間不可告人的事，成為彼此逃避及宣洩壓力的深淵。對阿撿嬸而言，如果做這樣的骯髒事，可以保住自己的手足不被賣掉受苦，自己的犧牲也算不了什麼。卻在一次接生過程，改變了她的想法，一回接生了一對雙胞胎，都是女的，隔天生母便將兩個孩子都掐死，旋即上吊自殺，她的男人瘋了，不見人影，他們還有七個孩子，也莫名其妙失蹤。阿撿嬸知道之後傷心不已，不知道女人這麼辛苦把孩子生下來，是為了什麼？許多人像她一樣這麼辛苦維繫一個家，不讓女孩被賣掉，被人虐待受苦，是為了什麼？連日子都過不去了，維繫一家的圓滿，又有什麼意義？於是她再也不阻擋父親賣掉自己的妹妹，她甚至主動勸人將女孩送走，與其養大了，感情糾纏得更深，離別時更痛苦，不如在一開始就痛，就一了百了，就算孩子送給人了，命不好，也好過長大後送人的牽腸掛肚；若命好，將來嫁了好人家，還知道回來探望生父生母，那才是真正的福氣。

淑芬自此知道阿撿嬸的苦心，佩服她的用心，死心塌地的跟著她，卻也更加深她留住女孩的決心。對淑芬而言，阿撿嬸比自己的母親還親，她教她許多做人的道理與生命的智慧，一些心煩的事，也只能對著她說，彷彿什麼事到她這裡都能解決。然而阿撿嬸卻總有教她吃驚的事。淑芬常懷疑她跟人口販子有勾結，但查無實證，阿撿嬸也矢口否認；她身上總有來路不明的錢，甚至藏有金條、金角，淑芬知道接生不可能拿這麼多，她必定做了什麼生意才可能有這些財寶，卻也不見她揮霍無度。如今真相大白，原來阿撿嬸把這些廢物都當成藥材來賣，不只胞衣、胎盤，天知道那些發育不全的嬰兒，也有人高價收購。淑芬知道，這就是她跟阿撿嬸的不同。有些事她就是做不來。她說不上來把這些東西拿去賣有什麼不對，雖然這跟把女嬰送人、賣人，是完全不一樣的事。她也完全不想去思考這件事，反正阿撿嬸已死，以後這些廢物，頂多費點心處理就是了。

告別式那天，她哭到差點斷氣。來了許多人，淑芬大半不識，許多是由阿撿嬸接生、並認為契子的孩子，但她很驚訝，不少當初被勸、送給別人當養女的女孩，也來致意，難道她們的日子過得比較好？命運果真因此被改變？她想起阿撿嬸說的：「生的請一邊，養的較大天」，她總是不敢苟同，此刻想來，卻漸漸明白一些道理，不禁感慨萬千。

淑芬從未想過，與阿撿嬸的緣分會這麼短，原本以為還可以再跟著她十年、廿年，如今陰陽相隔，從此在人生路上闖盪，她再也沒有一個強大的靠山可以依傍。以前天塌下來有阿撿嬸幫她頂著，再怎麼任性妄為，也都還有個人等著教訓她，她的心頭是踏實的。從今天開始，她沒有師父了，她真正獨當一面了，她卻感到孤獨。她害怕，害怕的感覺，教她的魂魄飄離自己的身體。

待法事結束，一位年輕的男眾師父現身為阿撿嬸開釋、誦經，旋即不見人影，他並未隨著眾人送山、前往安葬處。淑芬大驚，卻不敢確定究竟是不是她所想的那個人，她去問阿撿嬸的弟弟，對方推說不識，她也就不好再問下去。日子久了，也就過眼雲煙。

阿嬤

產婆淑芬曾經以為，阿嬤的遭遇，是一段令人羨慕的愛情故事。那年她尚未出世，礦坑落磐，阿公失蹤，阿嬤不顧一切下坑救夫，這番舉動，一如多年以後，阿慶排除萬難迎娶失憶的她一般，有情有義。不過阿嬤重回鄭家之後，卻又帶著另一個男人及孩子回來，不久又懷了孩子，淑芬曾對阿嬤的愛有所懷疑，認為她並非真的深愛著阿公。直到跟著阿嬤回來的男人無故離去，她未見阿嬤掉淚、煩惱，也未多說什麼，她才又重拾對這段愛的憧憬。

直到那天，二叔來傳話。

「妳阿嬸說，有人來請妳去鳥鼠病院走一趟，說是有女人要生了，大概就這幾天，要我跟妳說一聲。」

「喔，知道了，多謝阿叔。」

二叔轉身離開，回頭卻又補了一句：「那，妳會去嗎？」

淑芬一愣。

每個人都道淑芬膽子大，但她膽子再大，也從未去過鳥鼠病院。五十年前，日本人在蝙蝠山麓蓋了一處療養所，收容漢生病人，有時連一些罹患不知名怪病的人，也被莫名其妙丟進來。某年鼠疫流行，療養所人滿為患，說這裡是療養所，其實更像監獄，別說人手不足，實情是連個醫生也沒有，管理者把病患丟進這座紅磚搭建的牢房之後，便急著把門栓上，任憑生者鬼哭神號、自生自滅。說也奇怪，一個月後，官方前來清運患者屍體，原先住在這裡的十多位漢生病人，竟還奇蹟似的活著，完全未受惡病波及。不只如此，他們自發協助善後，將亡者集中一處空房，以帆布覆蓋，定期灑上石灰消毒，不令發出惡臭，同時每日誦經超渡，安撫亡靈。官方去而復返，名為清運屍體，實則虛應故事，卻只照著名冊逐一核對清點，在院生協助下，將亡者火化，來人唯恐受到感染，一刻都不敢逗留，只顧點了火種，便急忙跳上軍用卡車離去，留下這些遺世獨立的難民，圍在焚化爐旁沉默悼念，目送亡者最後一程。

從此村人戲稱這裡「鳥鼠病院」，倒忘了原居者是為了什麼住在那裡。人們只要聽到鳥鼠病院，不管大人小孩都噤若寒蟬，彷彿聽到史上最惡毒的詛咒一般，心情變糟，頭暈目眩，呼吸困難，雙腿發軟。其實人們怕的不是鳥鼠病，不是漢生病，而是發生在那裡的一些奇怪的事。鼠疫退去的第一年，有三個孩子無心闖入，回家後卻都沒了耳朵；有一婦人因與鳥鼠病院的住民交談，隔年生出畸形兒；有幾名礦工下工後買醉誤闖，隔天醒來竟不能說話，身上還出現莫名的潰瘍。這些怪事幾經渲染，搞得人心惶惶，更添鳥鼠病院的神祕色彩，人人聞鳥鼠病院而色變。

其實那些住在鳥鼠病院裡的人，並非人人都患痲瘋，有些是不忍家人被遺棄，自願住進院裡就近照顧；有些女性在院裡生養孩子，後代卻未必遺傳；有些是被誤打誤撞送來隔離，後來痊癒了，索性便住了下來。但外人卻無從分辨，也懶得分辨，只要得知是從鳥鼠病院出來的，管你長相如何，穿著如何，總是敬而遠之。久而久之，住在這裡的人，知道自己是不受歡迎的，也就懶得跟外人打交道，最後乾脆都躲起來不見人。自此，鳥鼠病院人煙罕至，倒似一處靜心修行的化外之地，曾有幾位出家師父前來超渡亡魂，竟就此住了下來，幾年後才復離去，且平安無事，卻也無法除卻村人的疑慮。

要不是那天那位中年婦人來鄭家拜訪，這個村子已經廿年沒人提過「鳥鼠病院」這四個字。她帶著簡單的伴手禮，在廳中稍坐，那時男人都外出工作了，只有淑芬的二嬸出來奉茶，婦人表明來意，說是請淑芬前去為家中女眷接生。二嬸本來也不以為意，待聽到是住在鳥鼠病院的女人要生產，也不顧客人的感受，竟獨自跑到房裡躲了起來，後來又跑出來把在庭院玩耍的小孩全都趕進各自的房裡，自己再度進房，把門栓上，獨留婦人枯坐廳堂。

二嬸自此稱病五日，最後還是透過二叔把這則口訊傳給淑芬。

淑芬沒什麼想法。

雖然二叔是私下告訴她這件事，全家人卻都知道發生了什麼事。以淑芬的個性，她想怎樣就怎樣，硬是叫她幹嘛或別幹嘛，只會自討苦吃，在這個大家庭裡，她誰的話也不聽，誰的話也不信，愈是強迫她做什麼，她只會反其道而行，萬一勸她別去，她反而意氣用事的去了，豈不壞事？反正她自有主張，不如什麼都別說。全家人卻還是擔心，連日來心神不寧。淑芬知道，這不是鬧著玩的事。她雖鐵齒，卻也非不信邪之人，她知道那個地方總是透著邪氣。

她去找阿嬤拿主意。她與阿嬤情緣之深，不只是為她接生，還幫忙將尪叔帶大。

她還長年幫阿嬤帶回來的那位畸形的叔叔洗澡。阿嬤重回鄭家那年，淑芬才八歲，阿嬤問她：「妳可以幫他洗澡嗎？」她竟無法拒絕。他是她第七個叔叔。一開始，淑芬為他搓身子、沖澡，他倒也安分，偶爾調皮戲水，或因為舒坦而發出獸叫聲，淑芬不以為意，就當他是個無知的嬰兒。後來青春期來臨，男人的慾望現形，他總在淑芬為他寬衣的同時，私處開始出現變化。一日，他本能的用手捋動自己的慾望之根，白色體液瞬間傾洩，弄得淑芬一身狼狽，她暴怒，將整桶水奮力往他身上傾倒，一次而盡，七叔宛如五雷轟頂，雖飽受驚嚇，卻也來不及呼救，淑芬索性再去挑水，一桶接著一桶往他身上傾倒。往後這便成了淑芬伺候七叔的固定方式，省事、乾淨，距離遠，又有震撼效果，他被治得服服貼貼，從來不敢造次。

但撇開七叔不談，淑芬與阿嬤情緣特別深，她被惡少欺凌，遍體鱗傷，靠著阿嬤為她招魂，安頓身心；阿嬤生產遇險，靠她相陪鼓舞，度過難關；那年失魂落魄，昏迷不醒十多日，阿嬤費盡心思，總算為她撿回幾許魂魄；淑芬回魂後繼續為人接生，不必外出的日子，便在菜園子裡幫阿嬤的忙，祖孫兩人一貫相視而笑，幹著瑣碎的活，十多年來如一日。她們總在忙完之後的空檔，細數著好幾個山頭的炊煙，彷彿各種煩惱便能隨之煙消雲散。

不過淑芬始終記得，當年為阿嬤接生，她的魂曾伴隨著阿嬤經歷了一段不堪回首的過去，從此成為她的惡夢。她知道阿嬤面對過什麼，也許她可以教她一些事。

淑芬開口：「阿嬤，鳥鼠病院的人拜託我去幫忙，妳覺得我該去嗎？」

「去啊，妳煩惱什麼？」

「我煩惱會帶給家裡什麼不好的事情。」

「傻孩子，妳是去幫人家的忙，又不是去害人，菩薩會保佑妳的，就算妳碰到什麼不好的事，老天有眼，一定會幫妳討回公道的。」

「阿嬤，妳，都不會怕嗎？」

「怎麼不怕？阿嬤本來就是一個膽子很小的人，什麼事都怕，什麼事都會擔心。妳出事的時候，我怕得不得了；你爸爸被人抓走了，我每天都在哭。妳說，我怎麼不會怕，阿嬤的膽子很小，我怕死了。」

祖孫倆雙手緊握，阿嬤主動提起那段往事：「我還記得，那年出事，天空下著毛毛雨，還沒到晚上，外頭就什麼都看不見了，我那時只想著，一定要找到人，一定要找到人，然後就進到坑裡去了，之後發生什麼事，我就都忘了，好像身體也不是自己的，人也不是自己的，一切都像在作夢，卻又都很真實。我知道我在裡面生了孩子，跟幾個男人一起生活，但一直到出到外面的世界，呼吸到外面的空氣，感受到外面的陽光，我才真覺得自己活了過來。說實在，要不是為了那個孩子，我可能到現在還活在裡面，或者早就死在裡面。」

淑芬聽著聽著，忽然悲從中來，也許是亟需安慰，也許是對阿嬤的遭遇感同身受，阿嬤以為她害怕，便安慰她，要她別擔心：「來，我教妳一套咒語，妳認真記得，遇到有事，可以派上用場。」

字句從阿嬤口中輕聲徐緩吐出，淑芬卻愈聽愈驚奇，這些內容她何其熟悉，竟與十年前阿撿嬸所教如出一轍。待念畢，阿嬤說，這是一位加里宛的女人所教她，大意是：尊敬的大地之神，寬容的大地的母親，滿天照顧女人小孩的充滿智慧的神明，流著眼淚的女神，請用妳的慈悲心及威神力，幫助這個女人，順利走過這條荊棘之路，幫她帶這些孩子一起走過這條路，他們會感謝妳，尊敬妳的，這些孩子跟他們的母親會永遠敬拜妳，用歡笑跟眼淚為妳祈福。

過去十年，淑芬沒一次去認真想過咒語的內容，這繁瑣的咒語，對淑芬而言簡直狗屁不通，什麼叫流著眼淚的女神？那鐵定是個愛哭鬼、沒用的鬼；什麼叫荊棘之路？走完不痛死了？再說，什麼這女人和孩子會感謝妳，這不是騙人嗎？她從來不見有生過孩子的女人及小孩在拜這些沒有名字的神，何況是用笑跟淚來為祂祈福？這咒語太唬人了。但此刻由阿嬤口中念來，卻充滿說服力，何況過去的時日，每到緊要關頭，不都是靠這些咒語平安度過？

此刻，淑芬充滿信心，別說鳥鼠病院，就算是十八層地獄，她也無所畏懼，她本是天不怕地不怕的女人，怎可為了一點小事退縮？她感激阿嬤帶給她的力量，恍惚間，卻看見一隻白色蟲子在阿嬤的髮際若隱若現。

鳥鼠病院

產婆淑芬獨自一人上蝙蝠山，一路不住打寒顫，分不清是緊張還是冷，就是不願承認那是因為害怕。行到半路才想起，她連人名都不知道，該找誰也不確定，來這裡做什麼？但半途而廢從來不是她的行事風格，總是得親自走一趟才放心。這段路其實並不難走，且離鎮區不遠，往南眺望，鄰近山村景致一覽無遺，丁蘭溪畔洗衣浣紗的婦人清晰可見，打鐵鋪不時傳來鏗鏘清脆的節奏，即便在霧靄濃密伸手不見五指的片刻依舊能感覺到人氣，卻在拐入一條小徑之後，彷彿進到另一個世界，那是通往冥界的入口，直到見到那棟紅磚屋時，淑芬心頭一震。第一眼感覺，那房子有古怪，像有生命，外牆布滿厚厚青苔，少見綠意，黝黑暗沉，四處窗台芒草叢生，有一窗緣還寄生著雀榕，細碎的枝枒與氣根繞著磚砌的窗框而生，倒似建物本身別出心裁的飾樣。陰冷的東北季風吹來，不只菅芒、雀榕跟著搖動，連剛冒出芽的苔痕都在顫抖，彷彿這房子不是房子，而是一頭蜷縮在山腰避寒的野獸。大門前石階一處新破損的地方露出紅磚顏色，如同長途跋涉的野犬，一條腿破了皮淌著鮮血，又像血桐被發情的山羌刨去了樹根。

她覺得這房子在注視著她。愈走近，才發現是一直有個少年站在門口看著她。淑芬鬆了一口氣，她對著少年點頭，少年也跟著回禮，她卻大吃一驚，因為少年點頭的同時，背後出現了好多人的身影，這門後還有許多隻眼睛在看著她，這一屋子的人，都在注意著她的一舉一動。

淑芬想起位在番仔坑有一戶姓連的人家，住的地方根本就是個岩洞，裡頭竟然住了廿來人，雖然別有洞天，但不見光，加上陰寒濕冷，又不時有怪風吹拂。這樣的洞天，她無福消受，要不是為了接生，打死她也不肯走進來。但之所以印象深刻，還不是這洞，而是孩子實在太重，手長腳長頭又大，生的過程拖得頗久，淑芬幾乎所有功夫都派上了用場，才把他帶來這人世，這孩子沒什麼頭髮，皮膚倒是十分白皙，身材雖然壯碩，哭聲卻細聲細氣，八斤四兩重，有卵脬的。淑芬拭著滿頭大汗，咧嘴大笑，一邊咒罵：「你要是敢對你老母不孝，看我把你的膦鳥剁掉！」

淑芬沒料到，這一屋子裡的人，會以這樣的陣仗歡迎她。他們盯著她看，不停打量著她，畢竟這裡太久沒有生人靠近，他們知道外界對他們是不友善的，築了一道看不見的牆把他們圍困住，外人不進來，他們也過不去。外人的不友善，並非以暴力、憤怒來對待，而是對他們的另眼相看，一如人們對待囚籠裡的雞鴨豬一般，對外人而言，他們是下等人。他們長久以來感到無奈、無助，對外人未必怨恨，卻心存戒心，誰知那些人有多厲害，他們既然可以用一道無形的牆，把一群活生生的人困在這裡長達數十年，必有更厲害的手段，可以一再凌遲這些帶病在身、手無寸鐵的人。

他們沒有武器，唯一的武器就是一雙眼睛，那是生命之刀，在完全無力反抗的同時，只有這把刀可以派上用場，以發自心靈深處的力量，奮力一搏，但這樣的刀，只有對良心未泯的人，才能夠產生作用，對那些沒有同情心的人、不知人命為何物的人，則毫無用處。淑芬倒是對這樣的眼神十分熟悉，那是無助的人最擅長的把戲，那是被壓落底、被欺凌到牆角的人、欲作困獸之鬥卻懷疑自己勇氣的人，利用僅存的一絲尊嚴，用以傳達自己的憤怒的力量。這種眼神她看多了，只要不惹事，不看也就是了，在她面前裝模作樣是沒用的。

但這次她不是被一個人、兩個人看，而是一群人，而且，一直看，卻什麼話也不說，淑芬被看得心裡發毛，渾身不自在。「我又不欠你們什麼，別搞錯了！」淑芬心中碎念著，不禁回瞪了這群人一眼。

淑芬逐一掃過每個人的臉孔，不禁倒抽一口冷氣，這才發現，這些人，有些少了一隻眼睛，有些沒有耳朵，像是被野獸啃咬過似的；有些人的脖子上有奇怪的傷口，似乎從未曾癒合過，還汩汩流著濃汁；有兩個人的上唇是缺的，兔脣的孩子她見多了，卻沒見過可見到整排牙齒的。他們的皮膚普遍是粗糙的，卻保有一種潔淨感，沒有濃重的油脂味與酸腐味，衣服都是漿過的，沒有縐爛紋亂的摺痕，比起某些失了魂的、失心瘋的人，這些人心智至少是健全的，只是長期離群索居，有些難以捉摸，嚴格說來，還比某些正常人正常、堅強，而且精神奕奕。

只不過，淑芬的眼神實在太過銳利，這麼橫掃一遍，沒有一個人受得了，淑芬身上也有一把刀，相形之下，這把刀厲害多了，傷人傷慣了，這下，人群開始往屋裡退縮，她甚到聽到啜泣的聲音，「你們別走啊！我有事問你們！」淑芬不耐煩，有些心急，總是要搞清楚這裡到底發生什麼事，她可是來幫忙的，不是來鬧事，卻沒想到這群人如此莫名其妙。她不開口還好，這一開口，屋裡的人更是躲的躲、藏的藏，一晃眼便完全不見人影，躲人本是他們的拿手好戲，躲避危險更是，淑芬情急之下，索性一把抓住那位少年的手，「你別走！」這一觸碰，她卻馬上鬆手，感覺像是碰到一條剛上岸的魚，弄得她滿手濕黏，又沾著幾片鱗片，她本能的甩開手，一股不祥的感覺油然而生。

淑芬想起某次接生死胎，待她將孩子洗淨身軀，再依民間習俗安葬，但孩子身上的惡露總洗之不去，其中一隻小手握得特別緊，她細心搓揉，竟發現那隻手長滿了鱗片，後來竟像魚一般張嘴呼吸，令她驚駭不已。這少年的手，摸起來正是這樣的感覺。淑芬躊躇，呆在原地不動，少年雖然同樣感到吃驚，卻不像其他人一樣退縮，他像個守門人一樣嚴守門戶直盯著淑芬看，卻也不讓她進門。直到一位婦人從房裡探出頭來。

「妳來了喔，我等妳好久了喔，就說要等妳來才生，太好了，麻煩妳了，我就知道妳會來。」婦人笑語盈盈，熱情如火，見到淑芬，便去拉她的手，邀她入內。這一碰手，感覺卻不同，淑芬知道這婦人跟那群人是不一樣的，不只是皮膚更細緻，連溫度也讓人舒服，身上又帶著玉蘭花和柑橘的甜香，是個體面的女人，感覺和這個房子就是格格不入。淑芬還未回過神來，已進到一間小屋，裡頭擠滿了人，都圍著一張床，沒人說話，沒人交談，沒人發號施令，也沒有產婦痛苦哀號。眾人閃開一條路，讓淑芬靠近產婦，她長得清瘦，瓜子臉，幾乎看不見眉毛，人中頎長，像刀子刻上去似的，見淑芬靠近，連忙坐起身，點頭微笑，若沒人指引，連淑芬這樣的老江湖，都看不出來她有孕在身，畢竟她臉上的哀戚與悲傷，和這一整個屋子裡的人並無太大分別，也沒有即將臨盆的女人那股巨大的生氣。

淑芬不顧在場有老有小有男有女，二話不說，掀去她身上的生囝裙，露出那渾圓的腹部與殷紅的陰部，她倒抽了一口氣。產婦的肚子充滿龜裂的紋路，有些似新的傷口，有些還淌著鮮血，有些似已癒合卻仍含著膿汁，很難想像這樣粗細不一卻緊密相連的痕跡，竟能存在一個活人的身上。透過窗子灑曳進來的淡薄陽光，還能看見肚子裡的嬰兒，她終於明白，婦人不用心、不動氣的原因，或者不是沒有任何感覺，只怕隨便用點力氣，整個肚子都要爆裂開來。

這要忍受多大的疼痛？淑芬難以想像。

「幾天了？」淑芬問。

「十二天了。」異口同聲。

淑芬無暇探究這十二天怎麼計算的，又何以所有人都這麼清楚，但眼前的狀況緊急，分秒必爭，孩子早一刻出世，母親就能早一刻脫離痛苦，至於過程中會出現什麼意外，她不敢去想。她先掏出行囊裡的特製傷藥，全部倒出來還不及一個手掌心大小，接著便往產婦的肚子上抹，但淑芬的手才碰到產婦的身體，對方便露出極為痛苦的表情，額上馬上冒出斗大的汗珠，房子裡的人也跟著深吸了一口氣，彷彿都能感覺到她身上的痛苦，使得粗手粗腳慣了的淑芬不免顧忌，只得放輕手勁幹活，好不容易將所有的藥都均勻塗抹在腹部，雙手卻顫抖不已。

「你來。」淑芬在人群中找到那個男孩，「你去崩山坑找一個叫金塗師的男人，說阿撿嬸的徒弟淑芬跟他討十七味，至少要兩斤，清楚嗎？」男孩有些猶豫，沒敢應聲，淑芬心急，恨不得過去甩他一個耳光，「我跟他去，我知道地方。」另一個婦人應聲，為男孩解圍，她聽得出淑芬焦慮的情緒，一刻也不敢怠慢。「你，你，你，快去燒熱水，滾了以後再燒一盆，一直燒，涼掉的水也不要倒掉，之後要跟滾水兌在一起。」兩個婦人又被點名，直奔廚房而去，其實這裡並非沒人生過孩子，這些瑣事早有老人交待張羅，但這裡的人似乎不習慣辯解與回嘴，只不過連日來處在不安的氣氛之中，徬徨不知所措，這時有人發號施令，為大家指引明路，人人感到一股說不出來的暢快。

幾個女人七手八腳為男孩加了厚棉衣，再披上一件超大號的簑衣，怕他受風寒，其實是怕他被外人認出樣子，又有兩個男人遞上鐮刀及鋤頭要男孩隨身帶著，淑芬看了又好氣又好笑，又不忍苛責，「帶鐮刀就好了啦，人家還怕你們呢！」但這話一出口，她便覺得失禮，旁人也覺得不好意思，連忙將鋤頭搶回。男孩就這樣帶著六神無主的心情，跟著一老一少兩個女人，踏上未可知的路途。這趟路可是有責任的，臨出房門，他回眸看了產婦一眼，淑芬餘光所及，恍然大悟，才知肚子裡的孩子，是那男孩的。雖然從外表看來，他們形同母子，情同母子。

離魂

淑芬託人去跟金塗師要二斤的十七味，這帖良藥顧名思義，是用十七味藥草精心熬製，不但能立即止血，褪紅消腫，再深的傷口，短則三天，長則十天，必能癒合，但也因為癒合力太強，同樣會將至惡的毒素封在體內，非不得已，絕不使用，更不敢任意拖捨。淑芬想起有一年到龍門接生，一戶陳姓人家的媳婦忍著陣痛爬到屋頂收拾菜脯，淑芬人才剛到，便眼睜睜看著女人從高處摔落，跌斷了大腿骨，所幸命大，未危及母子性命，淑芬只得一面接骨，一面把嬰兒從母親的產道拖出來，靠的就是這帖十七味，迅速止血化瘀。孩子三斤七兩重，哭聲盎然，髮色黝黑，沒卵脬的。善哉善哉。

彷彿沒什麼事難得倒她，這次卻有一種大禍臨頭的感覺，才不到一個時辰，淑芬已滿頭大汗，一方面因為這裡是鳥鼠病院，人人都道這是一個鬼地方，進得來容易，出去卻難，出去以後會帶來什麼壞運，誰都說不準。淑芬人雖鐵齒，心裡還是發毛；再者，這女人的肚子太古怪，從沒看過女人的肚子布滿這麼多的傷口，那不是被打傷，也不是被抓傷，只能是超自然力量的傑作，光看一眼就令人頭皮發麻，難以想像激烈用力之後，婦人會不會隨著這顆炸裂開來的肚子，整個人被撕成血肉模糊的碎片，出來的孩子又會是怎生模樣？

淑芬想都不敢想。才折騰沒兩下，身上的襯衣都濕透，也不顧在場有多少男人，就在人前脫個精光，然後換上自己帶來的衣物。別怪我不知廉恥，不怕見笑，從沒見過接生女人的地方擠進來這麼多人，沒一個一個把你們打出去、趕出去，算你們上輩子修來的福。

眾人悶聲不響，安坐原處，專注欣賞這個慓悍的女人俐落的身手，她身上流竄著一股生氣，是他們所沒見過的，那樣的氣，雖然駭人，雖然充滿傷害性，卻也有一種天塌下來她都能扛的氣魄，讓人感到安全，他們心裡知道，這女人是來幫他們的。幾十年來，他們從沒指望這些好手好腳的人來這裡會安什麼好心，要嘛送些半條命、渾身爛瘡、瞎眼缺嘴的人過來，便不顧他們死活，任其自生自滅，倘若吉人天相，保住性命，多半就此長住下來，若是不幸病死這個化外之地，便由這群外人視之如牛鬼蛇神的人送最後一程。對他們而言，鳥鼠病院以外的人，都不是好人。

然而眼前這位女子卻不同，她似乎有一股魔力，而且充滿善的力量，直來直往，沒什麼心眼，跟外人最大的不同，就是不會先裝出一副害怕或嫌惡的樣子，再做出傷害人的事。與其說，這裡住的都是有殘疾的人，不如說是一群同病相憐、從鬼門關走過一遭的人，他們或者看過生死，卻不一定看淡生死，卻對人世有一股異於常人的感知能力。對他們而言，淑芬雖然看來凶悍，但他們並不害怕，因為他們知道，她是個好人。

淑芬沒好氣的換完衣裳，見現場一片靜默，便開門見山：「這件事我沒有完全的把握，待會發生什麼可怕的事，大家不要怨我，可以的話，請大家盡量祈禱，可以求的都求了吧！祖上的太祖公媽，天頂的天公、佛祖、觀世音菩薩、救苦救難媽祖婆、王母娘娘，都幫我請來幫忙。」一陣騷動，有人暗泣，有人拭淚，但依舊沒人敢大聲說話，領淑芬進房的那位婦人笑說：「妳說什麼傻話，我們怎麼會怪妳？大家感激妳都來不及了，有什麼需要幫忙，妳儘管開口。」

「這樣最好，來，找兩個孩子，我要帶兩個小孩下去，誰家的孩子可以幫忙？」

情非得已。除非生死關頭，淑芬很少起乩離魂，用這種超自然的力量解決問題。畢竟她自己曾數度魂飛魄散，差點回不到人世，這樣做的風險實在太高，但不這麼做，實在也沒其他辦法。

淑芬想起自己第一次幫自己的阿嬤接生，靠著靈界一對小姊妹的幫忙，順利度過難關，之後近百次的接生，也多半靠著她們的力量，將嬰孩騙出母親的肚子，直到她闖了大禍，失去記憶，回魂之後十多年，便未曾再遇見這對小菩薩。此刻念及，不禁感傷，自己竟從未曾當面對她們道謝。

站出來的竟是一對年約四十的婦人。淑芬有些不耐煩，「不是叫你們找小孩子來嗎？」婦人又陪笑：「莫生氣啦，我們這裡老實說，沒什麼孩子啦，生了也都活不了，最大的孩子就妳剛才看到的那位，再說，要幫手，有點年紀的比較可靠吧。」

這也是實話，淑芬二話不說，便起身去抓兩個女人的手，口中開始念起咒語。

過去淑芬穿梭陰陽兩界，來去自如，根本不必靠什麼咒語，但師父阿撿嬸一再告誡，冥途險惡難料，哪天魂飛魄散，或再也回不來了，豈非得不償失？於是教了她幾帖咒語，卻不是大悲咒、往生咒、道教儀軌這類護身法咒，阿撿嬸說，那是她年輕時跟一位加里宛女人學來的，至今妙用無窮，雖然聲調詭異、拗口難辨，但淑芬素來不拘小節，又大字不識一個，也懶得搞懂這些莫名其妙的語言，憑著小聰明死記硬背，這些年來竟也度過許多難關。那日行前，阿嬤又再教她咒語，竟與阿撿嬸所教的雷同，她更深信不疑，知這咒語的神力。

才沒念兩下，只見淑芬左腳重踩，白眼一翻，搖頭晃腦，三個人都跟著昏死過去。

她們很快見到了孩子，淑芬差點沒昏倒，真是所有棘手的事都搞在一塊了，一雙眼睛正凶惡地打量這三個人，彷彿注定眼前那三人，都是遲早要吃下肚子裡的糧食。

淑芬心想，如果是人都好辦，如果是個頑皮的孩子，打一頓也就是了，偏偏他沒有形體，除了那雙眼睛，淑芬只看到渾沌一片的黑氣，那是憤怒與怨恨的結合體。她心想，慘了，這哪是孩子，這根本就是隻惡鬼，出來遲早做惡，還不如讓他死在這裡，只是苦了那女人，孩子若胎死腹中，要怎樣讓他從肚子裡拖出來，也還是個大問題，不管生還是不生，結局也許都是一樣的。但眼前這些都顧不得，因為這胎兒的魂，隨時都可能做亂。說時遲那時快，他溘然衝向其中一名女子，將她撲倒，然後騎在她身上扭打，另一女人見狀尖叫失聲，開始在黑暗中狂奔了起來，胎魂見狀，馬上追了過去，拖著她的長髮狂吼亂叫。淑芬頓時明白，這也不過是個欺善怕惡的鬼，否則怎麼不一開始就衝著她來。她輕笑了兩聲，然後對著他高喊了一聲：「喂！」胎魂停下了腳步。「好膽你就來我這裡！」十足挑釁的口氣。胎魂飛也似的來到她面前，兩人鼻尖對著鼻尖，怒目而視，沒兩下，淑芬突然甩了他一巴掌，胎魂竟被打飛至十幾丈之外。在無明界裡，力氣的大小不是絕對的，淑芬反應快，怒氣足，面對這個怨氣十足的小子，只能比他更強悍，才有辦法壓制。胎魂被這一擊，連翻了數十個筋斗才停下來，他一起身，怨氣更重了，又快速朝淑芬奔來，淑芬沒等他靠近，又是一拳過去，卻被他閃過，連揮了幾次空拳，還險些被他撲倒，她馬上意識到，不能用跟人打架的方式應對，畢竟這裡一片漆黑，依賴眼睛及身體反應，再快也快不過來去自如的游魂。淑芬索性閉上眼睛，調勻呼吸，雖只片刻，卻馬上對身邊一切事物瞭若指掌，那胎魂看來不再那麼可怕，而像是一隻氣急敗壞的公雞，活蹦亂跳的，其實內心害怕得很，他的形體不停在變，時而是一隻黑犬，後來又變成一隻小豬，後來終於變回一個光屁股男孩的可愛模樣。

淑芬不禁笑了出來，她想到自己的孩子調皮的時候，為了躲避她的處罰，大概就是這個樣子，但又心裡不服，硬要裝出一副小大人的嘴臉。淑芬卻不知道，這一切本就無明、沒有形體，她所見、所感，都是由著她內心所想。

她對著孩子說：「囡仔，你來，來啦！我跟你說，你乖，我給你糖吃。」

「我不要！」

「為什麼？有糖吃呢！」

「妳這麼凶，妳會打人，我會被妳打死！」

「你不要滾龍，我怎麼會打你？」

「我不要！」

「你看，柑仔糖呢！」

「我不要！我不要！妳打我，很痛，我會怕，哇……」

孩子開始嚎啕大哭，大出淑芬所料，她出於本能，趨前擁抱，像哄嬰兒一般撫慰他，孩子竟從半個大人高的形體，愈縮愈小，最終竟然變成嬰兒一般的模樣，含著自己的大拇指睡去。淑芬滿頭大汗，對著身邊兩位看得發呆的女人使眼色，兩人快速起身，過來牽著她的手，天旋地轉，又回到現實的世界。

房子裡卻一片哀戚。產婦的周身血流成河，其實產道並未大出血，只是腹部肌肉幾經陣痛收縮拉扯，那些如蛛網般錯雜的傷口緩慢滲出血水，川流匯聚。淑芬從未見過如此慘況，心知大事不妙，靈藥卻又還未送來，只得拿出身邊僅有的膏腴、傷藥及麻油，不停往婦人的肚子塗抹，卻邊抹邊掉淚，最後竟哭出聲來，一發不可收拾。這一哭，出乎眾人意料，淑芬自己也嚇一大跳，這是她第一次覺得沮喪，她並非沒遇過更慘的狀況，只是覺得有負這一屋子人的期望，這一屋子都是可憐人，她要是不能給他們希望，來這趟做什麼？她沒想到，曾幾何時，那個行事果決的少女媽祖婆，已經變成婆婆媽媽的愛哭鬼。

她感覺到有一隻冰涼的手在抓著她，要她別幹活了。產婦的眼睛幾乎要闔上了，卻百般溫柔的看著淑芬，神情中充滿著感謝，彷彿在說：這都是命，我在這裡也夠苦了，就算生命就在這裡終止，也是上天的意思，只是遺憾，死前不能看到自己的孩子，又讓大家這樣麻煩，真是感到過意不去。淑芬才想起那個被她從無明界帶出來的孩子，他也正在看著他苦命的母親，她將他帶到女人面前，「來，你來，你看清楚，這是你的老母，她在為你受苦，你不幫她嗎？她就快死了，卻見不到你的面，你快想辦法讓她看到你，快，你快！」話說得急切，自己說著說著又哭了，孩子卻被弄得莫名其妙，眼睛瞪得老大，此時的他又回復成一個十歲孩子的形體，神情冷漠，桀驁難馴。過去只要胎魂被拉到陽界，一切就大功告成，孩子幾乎都能順利落地，這次情況卻複雜得多，非她所能想像，竟然束手無策。忽然，女人呻吟，產道再開，淑芬再也顧不得女人的疼痛，手指試著伸進去觸摸，果然碰到了胎頭，但要再進一步使力，卻萬難辦到，女人若再使勁，恐怕性命難保。要是有雙小手幫忙就好了。淑芬靈機一動。「囡仔，你來！」淑芬喚著胎魂，「你來幫你阿母的忙，把你自己抓出來，好不好？」孩子一臉狐疑，完全不明白淑芬的意思，淑芬著急，又再問：「很簡單，就像把你自己帶回來一樣，你帶路，走在前面，慢慢把另一個小孩子帶出來跟你一起玩。」他卻猛搖頭，「我不要，我不要，我會怕啦！」淑芬感到惱怒，手抓得愈緊，「你這個孩子怎麼說不聽呢？你老母都已經這麼危急了，你還不會想，你是要氣死人才甘心嗎？」她愈是著急，孩子愈是掙扎，「我不要，我不要，我會怕啦！」竟大哭了起來，這一哭，淑芬更是火冒三丈，出手就要打人，孩子卻又跟先前一樣，身形又開始變小，哭聲也愈變愈細，哭得像個新生兒一樣，淑芬覺得機不可失，一面哄著他，一面拉著他的手去觸碰產婦的身體，一雙小手竟順利滑入產道，孩子一面啜泣，一面聆聽淑芬的指示，竟順利將自己從肚子裡拉拔出來。屋子裡的人終於按捺不住，跟著齊聲歡呼，鳥鼠病院如同辦喜事一般。淑芬將孩子交給母親，女人卻早已氣若游絲，她掙扎起身，要看自己的孩子最後一眼，淑芬無視她身上的傷口，試著讓她餵奶，終於讓孩子含住自己的奶頭，女人露出難得的笑容，眼淚卻像泉水一般，不斷湧出。總算大功告成，淑芬累癱。

孩子的魂，還在一旁看著這一切，他又變成那個十歲大的、陰沉沉的孩子。「你真勢，幫自己帶路。現在你該回去了，很餓了吧，趕快去吃奶。」一把摟住這孩子，抱得緊緊的，又搖又晃，孩子又跟著變小了，這回小到足以進到自己的身體。出乎淑芬的意料之外，他選擇從自己的卵脬裡進去，害她差點大笑出聲。死囡仔，以後定是隻鵪雞。

折騰了半天，已是凌晨，外頭有腳步聲，婦人的伴侶終於回來。後面的活還更麻煩，轉頭卻看到母子二人早已雙雙睡去，更驚訝的是，女人的元氣竟恢復大半，臉上充滿血色，氣息也回復正常，待她揭去她身上的被褥，掀開衣服一看，那些傷口竟都密合，不再冒血。

她的男人將帶回的包袱交給淑芬，淑芬取出膏藥，囑咐他：「用這個在肚子上抹上薄薄一層，早晚一次，不要多，我要去躺一下，我也想睡了，有事再叫我。」淑芬越過人群，待要走出房門，突然想到，這些人也真是莫名其妙，看了一兩夜還沒看夠啊，不禁大喊一聲：「收工了，大家都出去了，人家難得闔家團圓，夫妻之間還有正事要辦，別在這邊鑿目！」眾人經她這麼提醒，也覺得有理，紛紛散去。

第六章　執著的愛人

風聲

阿蘭。

每當我醒來，我便叫著妳的名字，卻不知自己身在何處。我是被救了，還是再度被囚了？一時之間沒有主意。外頭人聲鼎沸，像是條熱鬧的街道，房裡一片漆黑，又充滿霉味，八成又被抓走了，真是漏氣。沒多久卻又見到我的兩個兄弟，喜出望外。大弟說，這是上林花柴房角落的一個小隔間，很早以前被他發現有一處密室，是躲人最佳所在，石堆可藏石，人堆可藏人，與其在山上東躲西藏，不如就躲在這裡安心養病，只求我不要再大呼小叫，一切要忍耐。

真是我的好兄弟。但我一想到妳不在身邊，卻又萬念俱灰。問妳的行蹤，見他們欲言又止，我也就不再問了。

我想我又病了，這次身上無痕無煞，卻病得更重，如行屍走肉。真正的行屍走肉，幾乎一動也不動，卻又能吃能喝能睡。我想是我的魂魄在作怪。一定是上一次離得太遠，又做了太多事的關係。我心想，既然妳不在了，我活著又有什麼意思，我能跑能跳又有什麼意思。不如就再離遠一點吧！能回來就回來，不能回來，大不了也就魂飛魄散，反正我已經死了好幾次，沒什麼好怕的了。

我問兄弟，是誰把妳抓走的。他們吃驚的注視著我的魂，知道騙不過我，便說，其實沒人抓走妳，是妳自己要走的，就在我決定要去殺人以前，妳就想走，卻感念大家對妳有恩，妳不能走得不明不白，就跪下來磕頭，說來生再作姊弟。問妳去哪？妳只說回養父母那裡，一個叫鹿窟的地方。

我不想去追究這件事。來生再作姊弟？妳跟他們作姊弟可以，跟我也是如此嗎？妳我豈止兄妹之情啊？是的，妳至今都還未曾叫喚我的名字，妳甚至連我叫什麼名字都不知道吧？就算在妳我最纏綿的時刻，妳依然叫我阿兄。而我，完全不知道妳的內心在想什麼。但想這些也沒什麼用了。至少我知道妳要去什麼地方。只怕時間一天一天過去，妳不要再被什麼人抓走。至於妳為何要離開我？為何不跟我長相廝守？是否愛我？那都不重要了。

我跟兩兄弟說，在我回魂之前，請照顧好我的肉身。他們沒說什麼。對他們而言，這不是什麼難事。我要化作一陣風，走遍千山萬水也要找到妳。

我用一個最笨的方式找妳。

我回到當初躲藏的所在，試著尋覓妳的味道，知道妳如何循著那條芒花遍開的小徑，穿越那片夾竹桃與相思樹錯雜的矮林，然後順著丁蘭溪谷，一路蜿蜒，閃躲人群，終於遠離這片無情的山城。我試著體會妳所停留之處的溫度，想像妳喝了哪條溪澗的流水，吃了些什麼野果子，一路上妳未曾留下煙火，可惜了妳的好手藝，偶爾遇到一些人，一個、兩個、三個，你們攀談，聊些無關緊要的事，問候，道別，然後趕路，沒有心機，沒有留戀。我忽然嗅到了危險，以妳的姿色，不被垂涎也難，所以他們只是跟蹤，而聰明如妳，早已發現，輕易越過幾處山頭，便將他們甩開。我鬆了一口氣。這樣的路程，少說也走了十天半個月，我感到妳的心情是忐忑的，卻也是輕鬆的，但究竟在想些什麼？我卻沒有底。我以為我是了解妳的，而且了解得夠深，畢竟妳我曾經愛得那麼深，幾乎是一體了，難分難解，但妳的不告而別，又讓一切成為虛幻，或者妳對我只是虛情假意，一如妳在歡場上所遇見的每一個男人，也或者，妳只是怕我，屈服在我的淫威之下，一如妳順從上林花的大人，以及一切有頭有臉的大人。

想到這裡，我便悲傷，悲傷的我，總是能引來狂風，吹得我渾身發痛，如千刀萬剮，我的每一寸肌膚都痛，我所吸到的空氣，像幾千萬根釘子一般從鼻腔進到我的喉頭進到我的氣管進到我的肺，痛得我整個人像蝦子一般蜷曲了起來，我的胃無時無刻像火在燒，那不是餓，而是喝了一斤的烈酒，再灌進一大桶的臭油，然後在裡頭點了一把火，火再燒著心，燒著肝，燒著五臟六腑柔腸寸斷，而我寧可化為灰燼，也不要受這苦，但這魂魄卻似永遠燒不盡的柴薪，怨妒及思念之火，永遠都不會熄滅。我的下體一直流淌著汁液，那不似和妳纏綿時的乾脆噴泉，而是如煮沸的燒燙艾汁在下體汩汩漫流，刺痛的感覺猶如車裂。

但這點痛，又如何抵得過我對妳的思念？我忽然又嗅到了危險。上林花的人終究找上妳了。妳在害怕，妳在顫抖，妳在狂奔，妳在逃，這些豺狼怎可能放過妳？他們兵分三路包抄著妳，把妳逼上山頭，忽然，妳不再害怕了，妳露出笑容，所有人見了妳的笑，都為妳傾倒，整個山都靜了下來，整個世界都安靜了，然後，妳從懸崖一躍而下，我也跟著跳下，那是多深的谷啊？只怕妳早已粉身碎骨。所幸沒有，妳很快被一棵江某樹托住，再彈到另一棵青剛櫟上，最後才跌至溪畔，不省人事，傷得不輕啊！我聞到了血的味道，妳再也沒有醒來。妳應該不會死了？一天、兩天、三天、十天，妳的味道漸漸散去。這不可能，妳被誰帶走了？妳自己醒來了，走了？還是，妳終究還是死了？這不可能。我再聞不到妳的味道。我慌了，我更痛了。全身都痛。

我痛，我無法忍受，我愈來愈虛弱，我就要潰散，永遠無法再與妳相見。我撐起一口氣，大聲吶喊，我不甘心啊！老天，為何要讓我受這樣的苦？為何要讓我愛的人也受苦啊！這一喊，狂風暴雨一般，我卻又有了力量，憤怒才是我的力量的根源，我再喊，風再來，我卻更有力了，我化為一陣狂風，在燦光寮山頭瘋狂盤旋，我發誓，不找到妳，絕不罷休，帶著這股怨氣，我就在幾百座無情的山頭流竄，就不信此生無緣再見到妳，就算妳化成灰，就算妳變成一坯土，我也要找到妳。

戀人

產婆淑芬萬萬沒想到，阿慶會獨自來找她。時間不對，地點不對，連氣氛都不對。那天她在魚行為一戶人家接生，過程十分折騰，產婦力大如牛，叫聲淒厲，拳打腳踢的，非常不安分，氣得淑芬到廚房拿了菜刀威脅。「再不乖，看我把妳剁成肉醬，妳看我敢不敢？再叫，再叫，我把妳兒子的䳁鳥都剁下來！」話才說完，便看到阿慶佇立在房門口，露出尷尬的笑容，眼神卻又透著悲傷，就這麼專注的望著她。產婦也不知是被淑芬的話嚇著，還是看到男人的出現，不再作聲，默默將底褲穿上，同時將髒穢不堪的生囝裙揉成一團，夾在腿間，眼神飄忽，不知所措。

現場一片靜默。淑芬不發一語，持續按摩著產婦的大腿、腰身、腹圍、會陰，嫻熟俐落，卻難掩她內心的不平靜。望著地下那一臉盆的水，餘波盪漾，氤氳飄散，許多記憶紛紛冒出來，這個男人，她欠他太多，一輩子都無法還，一次又一次的恩情，反而讓她刻意躲著他，生怕一見面，自己便無法克制情緒，談報恩太奢侈，為他做牛做馬也難報答，以身相許？當初任性離婚，已屬絕情，此刻再來獻身，她可拉不下這個臉。何況他已再婚，破壞別人的家庭，豈不是恩將仇報？

心煩意亂，他為何不快走？這女人也真夠磨人，拖拖拉拉的要拖到什麼時候？那盆水早早燒好，現在都涼了，是否該叫人進來再去重燒一盆？

阿慶看著她專注的身影，著迷不已。他從未近距離看過淑芬為人接生，雖然傳奇聽多了，也見過幾次產婆出任務，當年家中幾個姪兒出世，他年紀還小，就愛在產婆身旁看熱鬧，被罵了幾次也不願離去，對這樣的景象一點都不陌生，但畢竟是十幾廿年前的事了。後來從醫，多少有些因緣，其實受淑芬的影響最大。若不是在日本讀書時，聽到從家鄉傳來這位少女媽祖婆為人接生的義舉，他不會這麼堅決立志當個婦人科醫生。

只不過淑芬的手法特別不同，根本與西醫理念背道而馳，任由體液在身上橫流是對的嗎？產鉗呢？產墊呢？消毒紗布呢？不用剃陰毛嗎？不戴手套這不足為奇，但這樣東摸西摸的，實在太亂來，印象中不曾見過有產婆這樣亂搞，讓產婦與胎兒都暴露在極度不衛生的環境之中。

他看到淑芬去揉弄產婦的會陰，時快時慢，並經常將食指及中指伸進婦人的陰道裡探觸、按壓，拉扯周邊的肌肉，令他覺得不可思議，不禁深深的吸了一口氣，這異常的景象讓他起了生理反應，不禁面紅耳赤，自行醫以來，見過不少裸體的女人，也接生了不少嬰兒，為女人進行內診，從未曾心生邪念，身為一個婦人科醫生，女人的各種醜態他見多了，對於女性的身體與反應早已見怪不怪。

或者是淑芬的關係。這女人畢竟是他一心掛念、曾經溫存、至今難忘的女人，她的一舉一動，都教他有莫名親暱的聯想，她怎可這樣粗魯對待另一個女人？那是幾近侵犯的行為了，但態度卻又不像在開玩笑，異常認真而投入，換做是我，我會這樣對待我的病人嗎？我會這樣去侵犯一個女人嗎？我會這樣對待我的愛人嗎？想著想著，他以為那雙手是自己的手，而躺在那裡的產婦，則是淑芬。

也許是過度壓抑的關係，那女人不敢叫出聲來，身體卻極盡扭曲，幾乎快要變形，不到一刻鐘，終於忍受不住，破聲尖叫，胎兒的頭部瞬間滑出產道。阿慶猛然從幻夢中驚醒，他撲向前去想幫忙，畢竟照臨床的經驗，這樣突如其來的分娩，產婦要不是會陰破裂，也可能導致大出血。卻是白擔心。或許是淑芬的按摩術奏效，或許是鄉下人的體質特異，卻哪有什麼肌肉撕裂、大出血的慘劇，產婦終於無視身邊男性的存在，放棄矜持，在淑芬的鼓勵下，如下田幹活一般專注使力。淑芬在一旁興奮無比，口中不住高喊：「對啦，就是這樣，慢一點，尻川向前，來，喘大氣，對對對，再一下，像放屎一樣，現在用力……」終於大功告成，是個男嬰，哭聲響亮，產婦及淑芬滿臉是汗，也許是淚，阿慶全身也濕透。

阿慶靜心等待淑芬發落瑣事，直至天色昏暗，才陪著淑芬步行回家。一路上兩人不發一語。淑芬沒想太多，此刻若是他能一把抱住她，她也不會掙脫，事實上，對於眼前這個男人，她完全無法抗拒，此刻她累了，多走一步路都嫌累，隨便一個男人的擁抱都能給她飽滿的能量，更何況是她此生最信賴的男人。阿慶同樣悸動無比，原來他過去擁抱的都是幻影，他愛的只是一則傳說，今天才真正感受到他所愛的女子，是何其堅忍、充滿神力，獨力用雙手將生命接來這個世界，原來，在手術檯之外，生產並未如他所想像的危險。儘管她的一切舉動，在他所受的教育及醫學知識來看，都不應該成立。這個女人用行動告訴他，女人並不脆弱，關於愛，她能承受的更多，如果女人的私處是愛的出入口，男人再怎麼粗暴，再怎麼全身投入，都無法滿足那個充滿韌性、有容乃大的地方。他無法置信自己行醫多年，始終持身以正，卻在鄉間目睹一幕再尋常不過的接生過程，讓他完全失去醫師的尊嚴與專業，變成一個原始的男人。他以為看到的不是女人生產，而是母豬生小豬，原始的力量，何等偉大。他當然知道，這是淑芬的關係，這個令他朝思暮想的女人，施展了魔法，觸動了這一切。他內心悸動，恨不得此刻便占有她，全身彷彿都要爆炸。但他不能。此行的他，是有任務的，有更重要的事要處理。他在找適當的時機開口。

行過三叉港，阿慶與淑芬都停下腳步，十多年前，他們在這裡歷經同一件事。那年淑芬第一次幫阿嬤接生，過程驚險，所幸母子均安，祖孫及新生命都停佇在這棵樹下，累得無法再前進，少年阿慶騎著鐵馬行經此處，受老人家之託，回村通報，前來接應。往事歷歷，就像才發生過一樣。

「妳實在真勢！」

「你黑白講，我哪有你的一半！」

兩人竟然客套了起來。淑芬滿臉通紅，兩人並肩而立，淑芬不小心碰到他的手，索性便牽了起來，阿慶心動，大手跟著緊握不放，就這麼手牽著手，他們看著遠方的夕陽與裊裊炊煙，心中百感交集，恨不得時間完全暫停，幸福留在此刻。卻忽有一群孩童追逐嬉鬧經過，他們只好分手，「淑芬嬸！」「淑芬嬸！」問候聲此起彼落，淑芬破口大罵：「天暗了還不快回去，欠人修理！」孩童一鬨而散。兩人尷尬，相視而笑。

「我有事要妳幫忙。」阿慶開口。

「什麼事？」淑芬收斂起笑容。

「雪子就要生了，還有一個月。」

「恭喜你啊！」這道賀說得言不由衷。但畢竟阿慶對她有恩，阿慶的幸福，就是她最大的安慰。她心中所想或者早已和當年不同，當年任性離婚的理由依然存在，她不要被施捨的愛情，她不要被同情的愛，但事後想想，有一個男人願意在她最落魄的時候娶她、收留她、無微不至的照顧她，這難道不是愛？她真的不愛他嗎？她真的討厭他嗎？討厭到必須以離婚來懲罰他？有時午夜夢迴，仍覺得自己笨，但既然做了決定，覆水難收，再回頭，面子更是掛不住。鄭淑芬就是這樣的笨女人，無緣和這樣的好男人廝守，那也是上天注定。但沒骨氣的事、求饒下跪的事她不會，後悔總是後悔，要她認錯道歉、投懷送抱，她就是沒辦法。

有時想到這裡，她就生自己的氣。她多希望阿慶再來跟她求婚，每年都盼，然後她每年都拒絕，拒絕個幾年後，她終於答應了，風光再嫁。只可惜事與願違，人家可是早早再娶，娶的還是名門之後，雖然身有殘疾，總是個大家閨秀，外貌氣質都遠超過自己，哪像她一介粗俗村婦，脾氣又大，喜怒無常，誰要娶到，就倒楣到家。再說，她家裡也有個男人守著，也生了兩個孩子了。作這種無聊的夢？省省吧。

淑芬感到恍惚，一來是累了，二來是從情感的夢中醒來，顯得意興闌珊。人家來報喜，婚也結了，這下還有喜了，夫妻可是恩愛呢。

「我希望妳來當我的助手，幫雪子接生。」

「為什麼呢？你自己就是醫生，自己來不就好了？」淑芬感到驚訝。

「那不一樣，自己的親人，最難動手術，我怕會失手。」

「你想太多了吧，這哪是什麼手術，女人生孩子跟放屎一樣，沒那麼難啦！」

「不，雪子的心臟不好，我擔心會出問題，有妳在，我會比較放心。」

「你說白賊，我這種手藝你看不上眼的，你不嫌我太亂來就阿彌陀佛了，我才不相信你會放手讓我處理。」

淑芬有些惱火，話說得直接，卻正中阿慶的心事，他對雪子生產的事，是有些拿捏不定，雪子的身體很不好，若真的不放心，理應住院待產，甚至送到東京去，請自己的老師，或更高明的醫師動手才是，來找淑芬絕對是下下策，但他為何要這樣做？阿慶此刻也深感疑惑，他只是不願承認，自那日分手以來，就對淑芬念念不忘，總是想找藉口再接近她，見一面也好，卻一直找不到機會，現在終於有一個明正言順的理由，怎能不親自跑一趟？

「妳怎麼這樣說，我是真心希望妳能幫我這個忙。」阿慶理不直氣不壯。

「那我問你，你要我幫忙，雪子同意嗎？」

「她？她當然願意。」阿慶吞了口水，淑芬聽得出他在說謊。

「你不用煩惱啦，雪子的命好，這關一定會過的，你過分擔心，反而觸霉頭，這不好。我每天會跟媽祖婆燒香拜拜，跟臨水夫人求，保佑雪子生產順利，母子平安！」淑芬這話倒是說得誠懇，只見她面向西方而跪，口中念念有詞，長長一串夾雜著各種咒語，阿慶雖然聽不懂，但感受到她的真心與虔誠，淚水在眼眶中打轉，心中充滿感謝。眼前這女子也許注定與他無緣，但此刻真誠的關懷，更勝實質的名分與肉體的占有。身為人夫與將為人父的他，該要知足。

望著淑芬虔誠的背影，阿慶彷彿看到一尊菩薩金身，散發著光芒，普照眾生，一個也不放過，心中百感交集。

情敵

與阿慶別離不到十天，卻輪到雪子來訪，產婆淑芬訝異，知道她即將臨盆，大老遠跑一趟，必有要緊的事，她大概能猜到幾分，卻又說不準。見雪子大腹便便，一身淺藍色洋裝綴著白色小碎花，頭戴寬緣帽遮陽，手撐一把新式洋傘，十足摩登少婦的模樣，很是好看，雖然一路上走得上氣不接下氣。淑芬心想，一個行動不便的女人，獨自出遠門卻不叫人陪著，還真是好強。見雪子滿頭大汗，連忙放下菜園裡的工作，趨上前去攙扶她，引她至龍眼樹下稍坐。

淑芬進屋裡斟茶。

家裡的人要喝水，多半以口就壺，或舀井裡的水來喝。當年她出嫁時，阿慶特地從鶯歌訂製了兩套茶組送來，就用了那麼一次，從此塵封，收在菜櫥的最下層，家人不想提起傷心事，從不碰那些杯杯盤盤，雖嫌占位置，卻也不忍毀棄。淑芬怕失面子，翻了幾只碗，不是缺角，就是卡著陳垢，一些有花色的，卻又都俗不可耐，平日不覺得有什麼，卻在城市人來訪時，特別顯得刺眼。翻著翻著，翻到那組特別的杯盤，淑芬眼睛都亮了起來，這些茶組非常素雅，象牙白，杯緣漆上金邊，杯身無任何花紋，款式相當脫俗，當年男方來提親，淑芬奉茶，一一端給來客之後，家中竟無一人敢動，大家都被那層金漆所迷惑了，彷彿這些杯子都鑲上了真正的黃金，要是不小心把金子碰壞了、吃掉了，那還得了。

對家人而言，那是一段不堪的往事，對淑芬來說，卻不算什麼，畢竟那時她有病在身，三魂七魄少一魄，很多事根本沒放在心上，見了像樣的杯子，也沒多想什麼，隨便洗洗刷刷，滌淨上面的灰塵，倒了些清水，便急著出來見客。

那是淑芬個性率直，要是她的母親阿珠，一定另行燒滾水，泡一壺桂圓茶，端出時必然茶杯、茶蓋、茶盤連身，一併端出，為了符合這茶組的貴氣，想必連身上的衣著、鞋款，也要細心講究，待這一杯茶端出，恐怕客人早就渴死了。這對母女就是有許多迥異的地方，除了壞脾氣之外。

雪子見淑芬笑容燦爛，反而覺得莫名其妙，完全不能理解這個女人竟然只為了一個杯子而開心成這副德性，明明來者不善，她卻能誠心待客，一點心機都沒有。見她不修邊幅，身上的粗布衣衫因農事而髒穢不堪，也不梳洗就來見客，這樣的赤心，是城市人身上所少見。也許自己的男人正是因此對她傾心。溫室裡的花朵再嬌美，也不如鄉間的野花令人心曠神怡。

她接過茶水，淺啜兩口，但覺沁涼無比，索性整杯都喝光，淑芬馬上接過杯子要再去倒水，雪子卻矜持，示意不必，其實她恨不得再多飲幾杯，只是礙於淑女的禮儀。其實她此刻盛裝坐在樹下的大石頭上，已顯得格格不入，在淑芬面前堅持這些規矩實屬無聊，但畢竟身分不同，加上眼前的人是她的情敵，她不願示弱。

淑芬見她不願再喝，心中雖有疑惑，卻也不多想，自己若從雙溪車站徒步走回家中，若不牛飲半壺涼水，必不能解渴，於是走回屋裡自斟一杯啜飲，並取出前些日子採收的龍眼拿出來待客。

「妳真勢，走這麼遠的路不會累嗎？這段路很遠耶？妳腳又不方便，勢！勢！」淑芬真心讚美，卻沒想到雪子自幼養尊處優、心高氣傲，跛腳又是她此生最大痛處，要不是有求於人，早就掉頭走人。

淑芬一面剝著龍眼一面說話，這龍眼並未曬成乾，肉質嫩白甜美，剝下一顆便急著遞給雪子品嘗，雪子只淺笑，並不接手，淑芬才見自己的手都還結著土塊，覺得尷尬，便往自己嘴裡送。

「很甜耶！妳不吃喔？吃啦吃啦！我再多剝一些。」卻又轉身去洗手。

「妳不用忙，我來是有事要麻煩妳，請妳不要拒絕。」

淑芬聽了這話，心頓時冷了下來，不禁想起那年郁芬來找她談判的情景。她背對著雪子，蹲下身去假裝除草，漫不經心，嘆了口氣，便說：「妳要說什麼我都知道，從今以後我都不會再和阿慶見面了，上次我就答應妳的，算我說話不算話，但這次是他自己要來找我，我可沒答應他任何事喔！妳千萬不要誤會，我們什麼也沒做，我可以對天發誓，妳要是不相信，我也沒辦法，但我向妳保證，他要是再來，我絕對不會見他。」

雪子見她說得認真，反倒覺得好笑，要是別人說這話，她不會相信，淑芬說這話，倒是讓她完全卸下心防。她仔細端詳著淑芬的臉，要不是終日操勞，日曬雨淋，這張臉該是如何惹人憐愛？要是能和這樣的人相處，她是否就不會這樣終日悶悶不樂，心頭鬱悶？她們會成為好姊妹嗎？

淑芬見她不語，倒是慌了起來，她雖個性好強，但面對可憐的人，總是一心袒護，加上害怕被誤會與阿慶有染，對雪子造成傷害，愈是心煩意亂。說狠毒的話她在行，要她安慰人，掛保證，她便拙於言辭。

「妳還不相信？要不然，我帶妳去廟裡發誓好了，我帶一隻雞去，斬雞頭表示我的誠意。」

雪子聽到要斬雞頭，不禁笑了出來，這輩子聽了許多人發誓，卻沒聽過真有人要當著她的面斬雞頭，此時卻正巧林間有一隻公雞啼叫，像在笑話淑芬的語無倫次。淑芬一時惱火，竟衝上前去抓雞，嘴上破口大罵：「你以為我不敢啊？找死！」這公雞大驚，連忙振翅奔逃，卻兩三下就被淑芬逮住，尾椎剎時噴出兩坨雞屎，逗得雪子哈哈大笑。

淑芬見雪子笑開懷，倒覺得不好意思，回身對她說：「我是說真的啦，我絕對不會做出破壞你們夫妻感情的事，我對阿慶虧欠很多，對你們兩位只有感恩，這輩子都報答不完！」

雪子被她的誠意所感，起身握住淑芬的手對她說：「我知道妳不會，我相信妳，但我這次來不是為了這件事。」

淑芬大惑不解，鬆開手上的雞，任牠逃去。

「我來，是來請妳幫我接生。我知道阿慶為了這件事煩惱，怕會失手，也知道他的心意。其實讓產婆接生，我反而放心，我的母親也希望讓產婆來為我接生，如果妳能幫這個忙，我想大家都會安心。妳的事，大家都聽說了，妳真的是一個了不起的女人。妳一定不會拒絕我的請求吧？一切拜託了！」

淑芬大感意外。她其實百般不願意接下這工作。在這個村子裡，再討厭的人家，她都不曾拒絕。對於雪子，她只有同情，雖覺得她陰晴不定，充滿敵意，卻稱不上討厭，但要為她接生，她卻有所顧忌，理由只有一個——她是阿慶的妻子。

表面上，她希望再也不要跟阿慶有任何瓜葛，但心底卻又對阿慶存有幻想。她萬萬沒想到，基隆一會，自己對這個男人竟有這麼大的依戀，若不是礙於他已組成新家庭，她多想重回他的懷抱？日前再相會，又在她心裡掀起巨大波濤，她心中矛盾無比。

那日斷然拒絕阿慶的要求，理由很簡單，這個忙若幫了，以她病後習於勾引男人的惡習，幾乎完全不能克制自己的身體，與阿慶犯下大錯，是遲早的事。到時，那便是恩將仇報，破壞別人的家庭。違背自己良心的事，她辦不到。

這次卻是雪子親自來要求。

雪子臉上掛著難得的笑容，她將帶來的伴手禮交到淑芬手中，也不問淑芬是否答應，便說：「多謝妳了，這份恩情，我不會忘的。」她轉身離開，撐起洋傘，一跛一跛的邁向歸途，這腳步雖然蹣跚，卻比來時輕快、俐落。淑芬傻傻的站在原地，望著雪子離去。此時，那隻公雞卻又再跳上枝頭，從容振翅，引吭高歌，聲音清亮無比，那是勝利的呼喊。這呼喊依舊充滿嘲弄，卻比早前更為惡毒。

冤家

產婆淑芬重回鳥鼠病院，一來探視那位剛生完不久的女人及她的孩子，二來好奇白蜘蛛的線索及來源，三來好奇那個約她來此的女人的身世。女人彷彿也知道她會來找她似的，早早在途中等她，卻帶淑芬走向另一條路。女人說：「我帶妳去另一個所在。」

「妳是誰？我們見過？」淑芬單刀直入。

「我們見過，也不算見過，妳能看到我，我很開心。」女人沒有隱瞞，向淑芬坦誠一切，「我就是那個在大坪過往的女人，那回妳來不及接生，我和我的孩子都變成無緣的人，本來我心中充滿怨恨，後來看到妳為我和兩個孩子所做的一切，非常感動，妳知道嗎？妳為我們梳洗，穿上衣服，我都看在眼裡，本來在死去的那一刻就該散去，妳卻帶給我安慰，我們母子三人緊緊抱在一起，約好下輩子再做母子，兩個孩子很快就去投胎，我卻覺得心願未了，一心想跟妳道謝，後來知道給妳惹了這麼多麻煩，心中一直過意不去。我不是個聰明的人，又怕再給妳添麻煩，只好一直跟著妳，看妳有什麼忙我能幫得上的，但妳的手腳實在太俐落了，沒什麼我可以幫的，就只好學妳去幫別人忙，積些陰德。後來有很長一段時間，我都待在鳥鼠病院，因為那裡有一個我的親姊妹，在那個地方，大家彼此有個照應，過得也還不錯，後來有個女人要生孩子，我第一個想到就是妳，所以就又結緣了，妳真是幫了大忙。」

淑芬打了一個寒顫，心想，妳們母子的事，差點就害死我了，鳥鼠病院的事，我差點半條命都沒了，妳若不是我的剋星，我在這世上便沒有剋星了，真是冤家路窄。女人聽見淑芬心中所想，卻也不介意，依舊滿臉笑容，「來，這件事妳一定得幫。」「為什麼？」「妳去了就知道，妳放心，我不會害妳的，妳是我的恩人。」淑芬心裡想，最好是啦，難道我被妳害得還不夠慘？

這地方，淑芬並不陌生，那是一處廢棄礦坑，父親曾在這裡工作，小時候經常為他送飯，偶爾會在這裡遇見六叔的鬼魂。坑口雖然貼著封條，但其實早被倒塌的木樁堵住，連一隻貓都過不去，那女人卻毫不猶豫的鑽了進去，淑芬本來還有些顧忌，卻被女人的舉動給激怒，心想，妳能進去，我就能進去，誰怕誰？淑芬蹲下身去，整個人緊貼地面，卻仍找不到可容身之處，勉強硬擠，頭卻碰出幾處傷口，眼冒金星，到後來全身都浸了水，惹得她一肚子氣，卻感覺有個人緊抓著她的手，不是那女人，卻是淑芬自己的魂。

「跟著我就對了。」「妳沒事跑出來幹嘛。」「我怎麼知道，妳有事我才會出來啊，妳大概是昏了吧，不然就是太害怕了。」「誰怕了？妳有毛病啊！」「妳沒事，我才不會想出來呢！」「那妳回去啊，誰要妳幫忙！」說完便甩開她的手。

「妳們兩個別吵了，跟上來吧。」那女人快被笑死，還沒見過這麼有趣的人，自己的魂魄還跟自己的肉身吵架。淑芬被自己的魂牽著走，眼睛忽然亮了起來，在這暗處伸手不見五指，還真得靠幽冥的力量才能行動。一進坑，她便一直聽見有水流聲，才發現身邊處處有流泉，時而在坑壁爬行，時而竄上坑頂，微小支流更是錯綜複雜，到處漫流，水流卻不曾氾濫，只是伏著岩壁流往該流的地方。這坑道倒也神奇，看似連一個人都不能容身，走進去卻豁然開朗，而且到處都有通道，只是不知通往何處，有些洞窟竟住著人，窟裡不時有眼睛盯著她看。

「不用怕啦，他們不會害人。」淑芬的魂開口。

「妳又知道了。」

「他們要是要害妳，早就動手了，何必讓妳看到呢？」

「那我問妳，這些人是死是活，還是像妳一樣，也只是個殼子？」

「妳才是殼子吧！我要是不回來了，看妳怎麼活？」

「好啦好啦，回答我的問題！」

「妳很聰明啊，妳都知道了啊！有死的，有活的，也有空殼子，是真的空殼子喔！」

「喔。」淑芬心裡還是發毛。

「怕啦？」

「妳都不怕？」

「我？我怕死了，妳出事那陣子，我就是這樣飄啊飄的，這樣的東西碰多了，能閃就閃，天知道會碰到怎樣的事，主要是他們靠近的時候，妳會變得很虛、很薄、很淡，好像隨時都會不見。他們又會現出不同的面貌，有時很嚇人，有時根本就無形體，如果遇到風雨就會一直變大，反正碰到會倒楣啦！」

「那妳還帶我下來！」

「是妳帶我下來的好不好！」

「好啦好啦，都不要吵了，是我帶兩位下來的啦，跟兩位賠不是。現在有事要麻煩兩位囉！」

不知不覺來到一處洞窟，裡面住著十來人，人人都席地而坐，瞪大雙眼注視著她們。帶路的女人開口：「來，這位就是淑芬嬸，她是來幫你們家女兒的忙，她功夫很好，有她接生，你們就可以安心了。」話一說完，原本嚴肅的氣氛頓時緩和，所有人都展開笑容，不知原來在擔心什麼，倒是淑芬顯得有些彆扭。她的產婆生涯栽的第一個跟頭，就是栽在這婦人身上，這話由她來說太沒說服力，雖說也許對方並不知道這些，但淑芬這人就是直，不喜歡這種浮誇的感覺，因此不答腔，也不打招呼，場面變得有些尷尬。女人又說：「來，是哪個妹妹要生孩子？來給淑芬嬸看一下，你們不要愣在那邊啊，說說話啊，人家大老遠跑一趟，你們好像不歡迎人家的樣子。」經她這麼一說，有一半的人起身，有人去端茶，有人去準備點心食物，小小的洞窟突然熱絡了起來，淑芬倒是好奇，這地底空間這麼狹窄，他們去哪裡張羅東西？卻見幾個女人攙扶著一位女子起身，將她帶到她面前。

這女人初時看來十分嬌小，但隨著她往淑芬面前一站，身形卻不斷長高，那顆渾圓的肚子也不斷膨脹，逼得淑芬一直往後退，奇怪的是這周圍的空間也不斷在延伸，不管這女人的身體如何變大，這洞窟永遠都裝得下她。淑芬被這景象嚇得不知所措，只好對著女人說：「好了好了，免禮免禮，妳快坐下來吧。」說也奇怪，女人一坐下，也就回復跟身旁的人一樣的體型。淑芬似乎知道這產婦的問題是什麼，這些人又在擔心什麼，又為何要找她來？但這情況太過特別了，她不是沒把握，而是根本不知該如何下手，她從未幫過這樣的女人接生，她到底是人是鬼，淑芬都還搞不清楚，若只是個走失的魂魄，找不到她的肉身，接生也只是虛幻，搞不好還會陷她於另一個永無止境的劫難。不過，此刻她已深陷地底，能不能出得去？她都沒個底。一身冷汗。

淑芬忽然感到手心一緊，她的魂魄握緊她的手，淑芬對魂說：「這事還是妳來吧，我應付不了。」她的魂說：「妳都沒辦法的事，我還能有什麼辦法。」淑芬只好硬著頭皮上陣：「這胎懷多久了？」女人說：「我也不是很清楚，三年？四年？五年？我不知道。」「怎麼會現在才想要生呢？」「這陣子肚子收縮得很厲害，我想應該時候也差不多了。」「嗯，之前生過嗎？」「第一胎。」「會怕嗎？」「很怕，不然也不會找妳來了。阿姨說，找個產婆會比較安心，但找了很久都沒人肯來，終於等到一個肯來的，就是妳，真是謝謝妳！」「先別謝這麼快，妳這胎很特別，如果順利的話，就算我不在，妳也不必擔心。」另一層意思當然是，如果不順利的話，就算我在，擔心也是沒用的。「我想先跟妳的孩子講講話可以嗎？」「可以啊！」「妳跟他說過話嗎？」「幾乎天天說話。」「他好溝通嗎？想出來了嗎？」「這就是我擔心的，他們都不太聽我的話，只會吵鬧。」「喔，雙胞胎啊，這麼皮。」她想起她的二叔與三叔，不知當年阿嬤生他們的時候，又是怎樣的光景。「妳假裝睡一下，真睡也行，我要進到妳的肚子裡。」待女人闔上眼，淑芬念了一串咒語，忽然感到整個坑都在搖晃，彷彿地震，有些白白的東西飄落下來，竟是白蜘蛛，淑芬心裡更是發毛，但見坑裡的人都不在意，也就無暇大驚小怪。女人很快睡去，淑芬的魂飄進她的體內，這回不再一片漆黑，因為地底本來就是黑的，女人的體內反而光明通透，她順利找到孩子，卻哪有什麼雙胞胎，裡頭整整住了十個人。淑芬感到暈眩。

「喂！你們都給我過來！」淑芬狂吼。孩子們嘻皮笑臉的圍了過來，還不錯嘛，都還叫得動，「說，為什麼麼待在這裡都不出去呢？」「沒人叫我們出去啊！我們又不知道該怎麼出去！」大孩子開口，其他孩子跟著附和，「那我來帶你們出去，你們不能搞鬼喔。」依舊嘻皮笑臉。淑芬直覺孩子並不是問題。她出來跟女人聊天。

「孩子都很乖，不用擔心，我跟他們說好了，妳想生，他們就出來了。」

「可是有一個人說他不要我生。」女人的淚很快落下，淑芬有底，便執起她的手，「傻孩子，男人的話能聽嗎？妳幫他生了孩子，他高興都來不及。」

「他就是不想生，他說我如果把孩子生了，他就不理我。」

「是誰這麼夭壽？看我教訓他！」淑芬板起臉孔。

「不是的，不是這樣的，他是個好人，他只是一時糊塗。」

「到這時候還在幫他說話。」

「沒辦法，他已經有家室了，是我命不好。」
「那也犯不著不生啊，孩子生下來，自己養自己扛，孩子不准叫他老爸，讓這個男人後悔一輩子吧。」
「來不及了。」
「怎麼說？」
「那天他跟我吵架，說再也不理我了，我求他留下，說我再也不跟他鬧了，孩子不生也就是了。」
「妳好大膽子，妳敢把孩子拿掉？」
「我就是不敢，但我也只能這樣跟他說。」
「很好，妳們誰敢把孩子拿掉試試看，看我用刀子砍妳們，連妳們的男人都砍死。後來呢？」
「他賭氣，就跑來坑裡工作了，我怕他再也不理我，就一直跟著他，趁著工頭沒注意，也跟著溜進坑裡面，後來看到一堆白色的蟲子，我就昏了過去，醒來時，我只記得要找他，後來終於讓我找到，我們卻都出不去了，但我終於可以跟他在一起了。」
「那他人呢？把他叫來讓我好好教訓他。」
「在那裡。」
淑芬只看到一具男人的軀殼，雖然還活著，卻一動也不動，他的魂跑了，如同當年的她一般，只是當時她三魂七魄只減去一二，這男人的魂魄只怕全都散了，行屍走肉一般。淑芬卻懷疑，這女人又是怎麼回事？怎可能在這地底待這麼久？而且還能說不生就不生。

「他還清醒的時候，還一直抓著我的手，我跟他說，等他好起來，一定跟他做夫妻，什麼都聽他的，他流著眼淚說，都是他不好，這是他的報應，一定是老天爺懲罰他。我叫他別再說了，趕快好過來，我什麼都聽他的，也不生孩子了。他卻說，他要孩子，他要我們的孩子，要我等他醒來，一定要看著我們的孩子出生，我聽了好感動，趴在他的身上哭，只是之後他就再也沒醒來了。」

「所以妳就這麼一直等著？」

女人點頭。

「妳也真夠傻的，這男人就是叫妳把孩子生了。」

「可是他要我等他醒來再生。」

「他不醒來妳就不生？」

女人又點頭，又搖頭。

淑芬也搖頭，這種執念，凡人都會有，何況她已經把自己搞得不人不鬼的，能說得通、想得通，早就通了，何必等到現在。但十個孩子是怎麼回事？女人說，她在這坑裡住，很多男人都對她很好。淑芬無言。

「聽著，妳要生也好，不生也好，那都是妳自己的事，妳的男人最終的遺言，是要妳生，之所以會叫妳等，是因為他相信他會再活過來，他要是知道自己不能活了，或只能像現在這樣行屍走肉，他就不會叫妳等，搞不好當時他就已經投胎，變成妳肚子裡的其中一個孩子，等著妳把他生下來。所以別傻了，妳再不生，妳也無緣跟他再見，再撐下去，他也不會再回來了。其實他也不是不回來了，他不就這麼守在妳身邊，難道不好嗎？」

女人似乎聽懂了什麼，卻又不甚明白。

「不管妳懂不懂，自己想清楚，妳若想通了，再叫人通風報信，我馬上下來幫妳接生，這輩子我再也不來這鬼地方了。」女人面有難色，淑芬不耐煩，便扯開嗓門大喊：「我說會來就是會來！」淑芬轉身就要走，卻看到那十多人守著一桌菜飯酒水，雖都是冷菜冷湯，看來卻甚美味，她胡亂撿了幾樣吃了幾口，對著這家人道謝，便快速逃離。這個狹窄詭異的地方，她實在一秒鐘都待不下去，卻想起過去好長一段時間，父親就是在這樣的地方工作，不禁感到辛酸，人是要怎樣才能在這裡活下去啊？是怎樣的力量支撐一個人在這樣無法活人的地方工作啊？

離去途中，她又聽到許多耳語從不同的洞窟傳出。消息很快傳開，這女人是個角色，答應幫忙接生了，真是個夠意思的女人，聽說她在坑外就是個了不起的人，接生好幾千人了，還勸人家把女孩留下，救了許多無辜的女孩，但她也是個不三不四的女人，這幾個村的男人幾乎都跟她睡過了。然後淑芬又聽到有些人為這事吵了起來，意思是，不棄嫌這個地方的人，而且肯助這裡的人一臂之力，這個人就是對這裡有恩，誰都沒資格批評她，除非誰能報答對她的恩情。叫罵聲不斷。淑芬沒理會，只想盡快離開這裡。

她的魂故意揶揄她：「妳的事，無人不知無人不曉，連地底的人都知道了。」「還敢說，要不是妳離我而去，我會變這樣嗎？」「搞清楚耶，妳是等我回來之後才跟男人鬼混的耶！」「妳不走，我就不會變這樣。」「我還沒走，妳就亂搞了。」「妳很欠罵，明明就是妳造成的。」

「好了啦，妳就是她，她就是妳，這樣罵是有什麼意思？」「妳閉嘴！」帶路的女人插了嘴，卻被兩人雙雙罵了回去，不禁伸了舌頭做了鬼臉，真是好厲害的女人，真是全牡丹坑最恰的恰查某。

第七章　生離死別

風聲

阿蘭。

十七年了。十七年來，我像一陣風，飄零無依，如無主孤魂，卻始終沒有妳的音訊。但我沒死，我的肉身還在，我的魂魄還在。我的肉身，被我不離不棄的兄弟，搬到一處廟宇，由一位有道高僧守護，照顧我的日常起居，每天為我誦經開釋，無微不至，可惜我業障深重，冥頑不靈，難以度化，但冤親債主也無法近身，令我墮入無明。我的肉身，就這麼如行屍走肉，存活了十七年；而我的魂魄在荒郊野外受苦，同樣飄離了十七年。

妳知道我的苦嗎？妳不會知道的。我只求再見妳一面，知道妳平安度日，毫髮無損，也就心滿意足。妳我也算做過幾日的夫妻，我早該知足。

也許是上天憐憫我，卻又再給我希望，十七年對我來說像一萬年，像永恆，比起一萬年，十七年又算什麼？總算讓我得到妳的消息！我流落到牡丹坑，聽到有人在叫妳的名字：「阿蘭！」叫阿蘭的人何其多，我卻直覺那就是妳。我果然在一處茅屋旁看到一則熟悉的身影，妳正在幫孩子洗澡，身邊還圍著幾個大孩子，三個？五個？我不知道，十七年可以發生多少事，我心中充滿妒意，但知道妳有歸宿，終究還是感到安慰，總好過被賣到煙花，任由男人踐踏。我看到一個男人出現，打著赤膊，接過妳手邊的孩子，為孩子穿妥衣衫，一面逗弄著玩，孩子卻尿得他一身，妳竟大笑，好久沒看到妳的笑容，不，我從未見過妳笑得如此開懷。

我失落。粗鄙如我，一輩子也無法帶給妳這樣的笑，只能帶給妳永無止境的痛苦，妳我若廝守一生，怕只能見到妳愁容滿面，連要見到妳輕輕淺淺的微笑，也都奢侈。而像妳這樣的好女人，該得到如此的幸福，一個實在的男人，一群乖巧的子女，即便生活清苦，也能苦中作樂。

夠了。知道妳生活圓滿，我該知足，我了無遺憾，就讓一切隨風。我這苦難之身，也該散了。

偏偏我看到了一個大男孩，妳叫他阿枝，他叫妳阿母，我心頭一震，他該是妳的第一個孩子吧？該不會是妳我的孩子吧？他的右臂膀有一塊和我一樣的深色胎記，他的眉骨和我一樣前凸，他的下唇跟我一樣寬厚，連指鼻子的模樣，都和我一副德性。我感到萬分激動。不會吧，不會吧，上天憐我，讓我這樣猥瑣之人留下骨肉，而我何德何能？要是他真是我的兒子，我該如何？要是他並非我的兒子，我該如何？

我感到萬分虛弱，隨時都可能飄走、逸散，卻又不死心，好不容易找到妳的蹤跡，好歹也要與你溫存片刻，聞妳髮梢的味道，聞妳脖子的味道，聞妳身體的味道，知道妳過得真的很好。好歹也要再重溫妳的笑。那一刻起，我告訴自己，我再也不要與妳分開，無時無刻跟著妳，直到我魂飛魄散為止，都不要走。我跟著妳，看妳做什麼，吃什麼，怎麼照顧孩子，怎麼睡覺，怎麼洗衣，怎麼下田，怎麼煮飯。我喜歡看妳下田工作的樣子，喜歡看妳流汗的樣子，真希望能幫妳一把，為妳插秧、除草、施肥、巡田水，每當田裡有人招呼妳，妳回眸一笑，我便醉了，那是如春風一般令人身心舒暢的笑，世間僅此一笑，無人可比。我喜歡看妳教訓孩子的樣子，那其實也不是教訓，而是輕輕念幾句，孩子總是頑皮，妳總是耐著性子，非到忍無可忍才動口，動口時卻依然微笑，孩子卻更頑皮了，妳卻也不生氣。

我數了數，妳到底有幾個孩子？最大的那個竟然可以下坑工作了，不會太操勞太危險嗎？經常看不到他的人影，想必是個很有責任感的老大哥，未來是妳可依靠的支柱。有兩個大男孩長得好像，應該是雙胞胎吧！他們是在樹上生的？為何總是吊掛在樹上不下來，非得請出家法才聽話呢？還有一個男孩，十歲有吧？長得好高，卻為何像個女孩子一樣總愛黏著妳？總是有說不完的話，連吃奶也要跟他的弟弟爭，妳會不會太寵他了點？妳的背上還背一個啊？倒是另一個孩子較懂事，個頭小多了，我猜才五歲吧！眼睛好深好黑，不太說話，總是獨自一人遠遠跟在妳身後，想著自己的事，玩著自己手邊的東西，不吵不鬧，比實際年齡成熟許多，妳永遠猜不到他在想什麼。他竟然看了我一眼。他竟然看得到我？我有些驚訝，這眼神彷彿在告訴我：夠了，你又不是誰的誰，別再來打擾我們了。這孩子以後不簡單。還有兩個女孩，傻裡傻氣的，沒有妳的姿色，沒有妳的笑容，卻有妳的隨興親和與世無爭，她們不和男孩們玩在一塊，燦爛的笑聲卻不輸男孩，聽來讓人心情大好。

我愛欣賞妳的孩子，每個都如此標緻，照顧得妥貼乾淨，是瘦了點，但沒關係，健康就好，長大了就好。我總以為他們是我的小孩，我們的小孩。十七年前，妳我要是能長相廝守，如今也早已兒女成群，也許生得更多也不一定，還是妳會受不了我的壞脾氣、壞德性，而早早與我仳離，一如妳一開始就決定離開我一樣？我沒有答案。

我就這樣跟著妳好幾天，如影隨行，大部分的時刻是開心的，妳開心，我便開心；妳笑，我便跟著笑，但我最不願的，還是妳與那個男人在一起的時刻，妳們每晚都睡在一起。他似是太過專注於工作了，而忽略了妳的感受，幾乎一沾到枕頭就睡著，呼呼大睡，只一晚與妳虛應故事，妳也配合著，妳開心嗎？我不知道，也許是的。我討厭看你們親吻，我討厭看你們擁抱，你們夜夜相擁而眠，我嫉妒，我憤慨，那片刻，妳不再屬於我，而我要妳，要得如此強烈，卻要不到，卻無能為力。一日復一日，我不再生氣，也不再羨慕，就算我化為狂風，在妳身旁大吼大叫，也不能改變既定的事實。像妳的那個男孩眼裡所說的：夠了，你不屬於這裡，別再來打擾我們了。我決定離開，像一陣風一樣飄散，流浪生死，再不回到這個傷心的所在。

卻在我轉身要走之時來了訪客，與妳閒話家常。老人家總是能說許多話，我耐心聽著，期待能聽到些關於我的兒子的蛛絲馬跡，我聽到這幾句：「這個是老大吧？幾歲了？」妳回：「十七了，還是十八？」老人家說：「可以娶某了吧？」妳說：「已經過訂了，媳婦已經住過來了。」老人家笑開懷：「妳真好命！」

妳真好命。不，我們的孩子真好命。我淚流滿面，不能自已。十七，十八，不是我們的孩子，還會是誰的孩子？竟然要論及婚嫁了！我這做父親的，能不開心？能不激動嗎？天旋地轉。我能做什麼？我在做什麼？我只是一陣風，一則無主孤魂，我無能為力啊！不，我的肉身還在，我還能有所作為，我要跟他們母子團圓，我不能什麼都不做，我該擔起一個做父親的責任了。可是我該怎麼辦呢？我該怎麼辦呢？我束手無策。我對著長空放聲吶喊，放盡力氣的喊，眼看整個人就要散掉了，我變成一陣狂風。忽然，我看到我們的孩子，冷冷瞧了我一眼！瞬間，我凍成一陣雨。

甘心

離預產期不到一個月，阿慶託人傳口信，希望淑芬提早搬來基隆住，以便就近照顧雪子。淑芬不同意，而且時間愈近，她愈是抗拒這件事。認為自己從頭到尾都沒答應要幫雪子接生，何以這對夫妻就是不死心？這下可好，她要為前夫再娶的妻子接生的事，傳遍了整個牡丹、雙溪及三貂嶺，連基隆的人都知道了，都說她為了報恩，不計名分，不計利害，實在是有情有義。這故事說來可精采，從淑芬如何失憶，如何離婚，如何到處勾引男人，再談到雪子如何來求情，一整天也談不完，整個村子彷彿都為這件事而沸騰。

淑芬煩透了。她雖無暇理會別人說些什麼，卻大致猜得到，只恨不得割了所有人的舌頭。來人第三次傳話，淑芬懷中的孩子正哭鬧不休，她將氣發在孩子身上，狂吼了幾聲：「你死回去啦！我不會去的，打死都不會去！」對方重聽，竟問：「你說什麼？」「你死回去啦！我不會去的，打死都不會去！」對方只是笑。

淑芬無奈，也不管對方是上了年紀的男性老者，當場就翻出一隻乳房，堵住孩子的嘴，哭聲不再，母子雙方各自被安撫，心情也跟著平靜，老人倒是拿出菸來，好整以暇，靜享鄉間午後的寧靜。

這人在廖家當長工經年，後來成為阿慶大哥事業上的得力助手，淑芬只見過他兩次面，阿慶認為他老成持重，辦事讓人放心，才向大哥情商，否則這種傳話的事，何須叫一個快七十歲的人代勞？他擔心的正是淑芬的脾氣。

心靜了下來，淑芬覺得對老人家不好意思，待孩子睡去，將孩子置於搖籃，心中突然豁然開朗，老娘這輩子天不怕地不怕，怕人說閒話？便跟老人說：「歹勢，囡仔黑白吵，真見笑，請你跟頭家、頭家娘說，這個忙我一定會幫，但其實頭家娘吉人天相，頭家醫術又高明，實在不必太擔心，請頭家娘落紅當日，再拍電報過來，我會馬上趕過去。阿伯你就不要再這樣走傯了。」

「這樣啊，實在太好了，那就萬事拜託了！」老人笑笑離去。

淑芬卻十分鬱卒。幫這個忙實在太怪了。要是阿撿嬸在就好了，她總是能出一堆怪主意，天馬行空，也許會痛罵她一頓，她便釋懷了，然後回復本色，勇往直前。她最討厭自己這種不乾不脆的態度，一點都不像自己。有些事她並不想找阿嬤談，雖然阿嬤跟她更親，而且辦法也很多，但這種時刻，她要的是更強悍的能量。

她帶了些零食跟桂圓去阿撿嬸的墳前祭拜。阿撿嬸生前曾跟她說，若想找她，點個菸，她就來了，那些招魂的步數都不用，因為她跟她心意相通，隨招隨到。淑芬幾次問她為何不回去跟著媽祖婆？她說自己業障太重，對人世牽掛又多，只怕沒跟到媽祖婆，就先被牛鬼蛇神抓走，她還有點法力，知道該怎麼躲避惡鬼及判官，短期間並不會離開這個村子太遠。

淑芬沒帶菸，連火也沒帶。心想，若有緣，阿撿嬸便會出現，點不點菸都一樣。等了許久，卻沒半點動靜，想起阿撿嬸因她而丟掉老命，自己卻連一點孝敬心都沒有，生前只會忤逆她，身後又只會來找她麻煩，實在不義，又想起阿撿嬸對她的種種用心，往事歷歷，一件件浮現眼前，不禁垂淚。

「妳好大膽，來我這裡放屁！臭死人不償命！」

淑芬跳了起來，像個孩子一樣上跳下竄，樂不可支，連日來的煩惱都被趕跑。沒想到阿撿嬸就這麼悄聲出現。見她神情張揚，真氣十足，比生前看來還要硬朗，眼淚瞬間飆出，趨前便給她一個大大的擁抱，差點將老人家撲倒。

「輕一點，別把我抱散了，妳這個死查某鬼仔，這麼久都不來看我，說，一定有什麼事對不對？」

淑芬擦乾眼淚，卻不知從何說起，但阿撿嬸卻似什麼都知道。她去墳頭東摸西摸，竟摸出了幾根零散的菸草，再用枯乾的蓮霧葉輕輕捲起，也不見她點火，就自顧抽了起來。

「去啊，妳怕什麼？妳不是天不怕地不怕？」

見淑芬不回答，阿撿嬸教訓她：「妳這麼愛他，當初幹嘛離婚？就說妳顧面啊！這種男人，找不到了啦，現在好了，人家也再娶了，妳要去當人家的細姨嗎？也可以啊，但就輸人家一氣了。既然要分，就分個徹底，心也要分，妳若真的看破了，也戚心了，去幫還有差嗎？所以妳心裡有鬼嘛！」

淑芬無語。這些事她從未對任何人說起，十年過去了，總是埋藏心中，其實自己根本沒看那麼開，從頭到尾還是面子問題，當初離開，不是不愛，只是腦袋不清，加上賭一口氣，氣對方沒在她清醒時追她，氣他分手後，沒再回過頭來，用力把她搶回去。但這些話，如何開得了口？也是自己做得太絕，事後想破鏡重圓，豈不強人所難？鄭淑芬啊鄭淑芬，妳就是撿角，妳就是該死。

「妳還愛那個男人嗎？」

淑芬沒料到阿撿嬸有此一問，卻猛點頭，這點頭也教自己大吃一驚，情緒一發不可收拾，乾脆倒在阿撿嬸的懷中大哭，阿撿嬸反而大笑，卻被菸嗆到，不住咳嗽，這咳嗽也有節奏，口中含著些字，但什麼都聽不清楚，好似在說：年輕真好，年輕人就該這樣敢愛敢恨啊！

阿撿嬸抱緊淑芬，安撫她說：「莫哭莫哭，愛他就去跟他相幹，但幹這一次就回來了，好不好？」像在哄小孩似的，說的卻是男女之事，淑芬只顧點頭，又繼續哭，哭得像死雞腸一般九彎十八拐，阿撿嬸受不了，狂吼一聲：「好了！哭死老爸嗎？」她才收斂。阿撿嬸續道：「妳孩子也生兩個了，也有翁婿了，做人不要太貪心，知道嗎？」淑芬又點頭。

阿撿嬸又捲了一支菸，無止盡的吞雲吐霧，淑芬知她心煩，想找話搭，便問：「阿撿嬸，我問妳，妳都沒愛過的人嗎？」

「有啊？」

「是誰？」

「妳怎麼這麼笨，當然是阮翁啊？」

「這很難說，我怎知妳有沒有討客兄？」

「妳以為每個人都跟妳一樣啊！」

阿撿嬸輩份高，又是淑芬的師父，不在乎這些話是否會刺傷淑芬，再說，她既然敢這樣沒大沒小挑釁她，她也沒必要為她留任何情面。卻在吞雲吐霧間，娓娓道出自己的往事。

「我十八歲那年去蚊仔坑海邊接生，結束時天色已晚，我堅持要回家，因為擔心弟弟妹妹沒人照顧，那個女人的弟弟就說要送我回家。那晚在路上實在太累，溯溪時我連跳的力量都沒有，他一開始走在前面，後來就牽我渡河，我一路昏昏沉沉，根本不知發生什麼事，醒來後發現我竟然趴在一個男人背上，原來是他背著我溯溪回家，但實在太累了，就由著他背著，我又睡得像隻死豬，醒來時已經是隔天下午，他人早就不見蹤影，問妹妹們他人呢？她們說他把我放到床上，蓋了被子，就離開了，實在是非常君子。

「後來他常來找我，有時是藉口帶一些漁貨來送我，他跟我父親一樣是跑船的，也認識我父親，有時會陪著我去巡村，有他在身邊我很開心，他很會找話聊，討我開心，但我總是不說話，不知該說什麼，他就一直想辦法逗我說話，我現在會這麼多話，都是他害的！」

阿撿嬸放聲大笑。

「後來大概過了一年多，他不再來找我。我大概猜到是怎麼回事，我也跟妳說過，我老爸會藉酒強姦我，我為了怕他對妹妹們下手，又怕他把妹妹們抓去賣，所以委曲自己跟他做袂見笑的事，他後來雖然悔改了，答應我不會賣妹妹，但有時出海太久，回家時又喝酒，就會習慣到我床上來，我也不避開，反正很多年了，也習慣了。我猜應該是某次醜事被他看到。

「本來我也不怎麼在意，有一次無意間碰到他，見他刻意躲開，然後消失，我好傷心，從那天起，只要想到他，我就一直哭。我本來以為我這輩子就了然了，不會再有人要了，他的出現讓我抱著一絲希望，原來還是有人愛我的，只可惜被我自己毀了，我應該在對他有感覺時，就拒絕我父親，不該讓這種機會消失的，只怪我自己心頭抓不定，不能早早把這種父女亂倫的骯髒事斷絕，這是神明都不允准的事，是我自己該死。

「那陣子我總是心神不寧，父親若再來找我相好，我就說我月經來，或病了，他不太敢勉強我，我就更後悔，我早該拒絕的。後來有一次去接生，在同樣的溪仔路上，我碰到他，我嚇了一跳，他整個人都瘦了，瘦到我差點認不出他，一開始還以為是歹徒，但看他這麼消瘦，我心好疼，好疼妳知道嗎？我們對看了一會兒，他忽然跑過來牽住我的手，離開溪水奔向山邊，然後把我撲倒在地，瘋狂的吻我，我一直流淚，他也是，然後他掐住我的脖子問我為什麼為什麼，我根本無法呼吸，但我很開心，我希望他就這樣把我掐死，但後來他放手，然後跑開，卻沒有遠離我，只是大哭，把一大片竹林都折斷，弄得滿手都是鮮血，我無法阻止他，等他冷靜之後，我去跟他說，你要聽我解釋嗎？他說好，我鬆了一口氣，眼淚就流下來，心想，他願意聽，我就沒有遺憾了，說完再死掉也沒關係。很多男人就是不聽人解釋，只顧自己的感受，會聽女人說話的人，就算當他的細姨、查某嫺，也是值得的。

「他聽了我的遭遇，知道我有苦衷，邊聽邊掉淚，幾乎哭到沒眼淚了，不停喘大氣，只說了一句，妳為什麼這麼歹命？我說，我不要你可憐我，我要你愛我。他聽完，就自己把衣服全部脫掉，我也把衣服全部脫掉，那時天快亮了，我們也不怕人看到，就在竹林裡作夥，那種感覺就好像我們是夫妻了，你們要看就看吧，讓你們看個夠，你們夫妻不也是這樣幹嗎？最好連我老爸也來看。

「我很幸運，他回家後，很快請媒人來提親，要把我娶回家，我說我有很多弟弟妹妹要照顧，他說他可以先搬過來一起住，一起照顧家人，我很感動，問他為什麼對我這麼好，他說這沒什麼，當初他姊姊也是為了要照顧他和弟弟妹妹，要姊夫來跟她一起住，他只是學他的姊夫。他們一家子也是很早就沒了父母，也是歹命囝，但碰到好人，命就好。這幾個山頭及漁村的男人我看多了，並不是所有人都像他和他姊夫這樣，懂得體貼女人。我能和他結為夫妻，是我上輩子修來的福。

「不過這種福氣沒維持多久。我第一個孩子出世才剛滿月，他出海遇到颱風，就沒再回來。我每天都揹著孩子到海邊等他，等了幾個月，大家都勸我別再等了，我還是一直等下去，因為身體虛弱，根本就沒奶了，孩子哭了，我只是一直搖晃身體，晃到他累了睡著，我繼續等。孩子一天比一天瘦小，我大姑很擔心我，就叫我把弟弟妹妹都接來海邊住，我就不必每天來回奔波，我答應她，但後來根本是我病了，昏了好幾天，在她家養病，孩子和弟妹都由她張羅。後來我身子漸漸恢復，也想開了，神智變得清楚，才又開始為人接生。妳問我有沒有愛過什麼人，我這輩子就愛那一次，我覺得很幸福。那短短兩三年，是我最幸福、也是最痛苦的時間。但我覺得夠了！

「過去我跟妳一樣沒耐性，個性急躁，但經過這些事以後，我凡事都變得慢，也很耐等，這些孩子都是這樣讓我一個一個等出來的，等他們出世的過程，我就像在海邊等我的翁婿回家一樣，每次孩子一生出來，我就像看到船隻入港一樣，都要叫出聲來，眼淚也飆出來，就像看到他一樣，他每次都搭著這些小船來看我，我非常滿足！」淑芬心想，或者這是阿撿嬸總是勸人送走女孩的原因，畢竟她等的是她心所愛的人，而且是男的。

「那，妳的孩子呢？」

「我後來聽大姑丈的勸，把孩子交給一對老夫婦領養。這是我這輩子最大的遺憾，我非常對不起他，這也是沒辦法的事，我常常偷跑去看他，但我只要看到他，我就會想到我翁婿，我就會恍神好幾天，常常誤了大事，只好忍痛不再去看他。這孩子就變得和我更疏遠了，情分非常淡，後來聽說變成流氓了，到處惹事，我也沒資格管他，只能當作那是別人的孩子。」

「他叫什麼名字。」淑芬一時好奇。

「呂金燦。」

沒想到阿撿嬸的愛情故事如此淒慘，想想自己的處境，好像一點都不算什麼。她很驚訝，原來她有子嗣，只是從未曾聽她提起。

沒人知道雪子心裡在想什麼。阿慶不明白，淑芬不明白，就連雪子自己也不甚明白。這會是引狼入室嗎？阿慶從此便有更多藉口接近淑芬，從此三個人住在一起，她與淑芬情同姊妹，共事一夫，和樂融融。她真的容得下淑芬嗎？淑芬願意做小嗎？還是反過來，她得做小？阿慶會愛誰多一點呢？還是把淑芬再度娶進門之後，就不再理她了，連孩子也不理？

一陣噁心。

她回想自己是如何懷上這個孩子的。一年多前，淑芬來求助阿慶，在家裡住了五天，離去當晚，阿慶來雪子房間，兩人無盡纏綿，雪子一則以喜，一則以憂，結婚五年，他幾乎沒碰過她的身體，何以態度忽然轉變？後來得知她懷孕，阿慶對她的態度更加殷勤，尤其前幾個月孕吐非常厲害，他親自為她診療，幫她開藥、安胎，有時竟在診所裡吻她，他變得非常愛她，阿慶完全變了一個人。雪子雖然百般疑惑，卻不願多想，畢竟她心中盼的就是這一天，她以為自己終於贏得這個男人的心。

卻在某日，阿慶故態復萌，冰冷如昔。雪子輾轉得知他去找淑芬的事，質問他為何這麼做？阿慶不答，雪子大發雷霆，把臥房搞得面目全非，阿慶不作聲，也不安撫，一個人搬去客房靜心。雪子絕望，恨不得將肚子裡的胎兒打掉，舉起雙拳待要捶打，卻感覺到肚裡的胎動，一時心軟，百感交集，癱在床上哭泣。

她從未哭得這樣傷心，過去她哭，她的阿兄必會來安撫、逗她，現在阿兄不在她身邊，她得自助自立才行，她本是好強的女子，不需任何人來同情，更不能自憐自艾。她冷靜分析，發現所有一切，都跟淑芬有關。阿慶為何與她歡愛？因為見到愛人，滿腔的熱情及慾望無處宣洩，她便成為淑芬的替代品。他對她殷勤，怕是想起那段照顧淑芬的日子，移情作用，一發不可收拾，日子一久，熱情退燒，她被打回原形，阿慶不再愛她。想到這裡，雪子便完全氣餒，這樣的夫妻，還算夫妻嗎？她實在不願相信他對她的關愛都是假的。可是，雪子，妳愛這個男人嗎？愛啊！他不愛妳是一回事，可是妳愛他，這就夠了。離開阿慶，妳就輸了，妳可不能輸給那個女人。

雪子擦乾眼淚，到廚房燒了水，端茶到客房，阿慶在看書，沒有情緒，也無視她進屋來，任憑桌上那杯茶氤氳繚繞。雪子沉住氣，雙手從阿慶背後環住他的頸子，左臉頰靠著他的右臉頰，輕輕磨蹭著。

「失禮啦！」她輕聲撒嬌，阿慶未理會，繼續看他的書，雪子吻他，細細的吻，從臉、耳，吻到他的頸，她學阿慶幫她按摩的方式，輕揉他的肩頸，阿慶轉過身來注視著她，去撥她額間的髮絲，雪子知道他原諒她了，不禁悲從中來，見她落淚，阿慶抱緊她，雪子問：「你愛我嗎？」阿慶先是遲疑，接著點頭，雪子鬆了口氣，心中備感安慰，突然慾望來襲，希望男人占有她，唯有這樣，她才能深切感受到他的愛，她不停吻著阿慶，一邊褪去自己的衣衫，阿慶阻止她，怕傷了她和孩子。雪子只問：「你愛我嗎？」阿慶按捺不住，只好相從，雪子哪似懷孕以來病懨懨的模樣，激動迎合他每一次探索，阿慶再也顧不得眼前的女人有孕在身，愛她愛得發狂。

隔日，雪子決定去找淑芬。她知道這是兵行險著，但如果不能正面迎戰，她會一再失去自己的男人，不如讓兩個人都死心，即使讓一個人心死也行。她其實沒有把握，卻不得不這麼做。她好不容易得到這個男人的心，她不想再失去。

雪子求淑芬為她接生，淑芬不置可否。但雪子卻告訴阿慶，淑芬會來，阿慶心喜，心安。雪子其實並無把握，私下求助廖家的長工前去說服，終於得到確定的口訊，雪子感到興奮，一切似乎都照著她的劇本走，其實好戲才正要開始。

她開始陣痛、落紅，比預產期早了十天，阿慶喚人拍電報給淑芬，要她盡快前來診所。他因擔心雪子心臟的毛病，不敢讓她在家中自然產，因此開車護送雪子至診所待產，開始一連串漫長的等待。

淑芬接到電報，倒是很淡定，一切慢條斯理，根本就不急，只要人出現就行了，最好是人到了，孩子也生了，她什麼事都不用做。這跟她平日的作風完全不同，平日她是急驚風，聽到有人要生的消息，她便開始大呼小叫，明明是自己的事，卻好像全家人都跟她過不去，什麼都礙著她，什麼都看不順眼，其實也不過是要找些小東西，而這些東西早都在她的工具袋裡，她只是要藉這些動作發洩，掩飾她的緊張情緒。

這次卻不同，彷彿事不關己，什麼都慢慢來，待她上了火車，還買了便當，轉車至基隆，再搭人力車到診所，整整拖了五個多小時。進產房時，卻被眼前的景象給愣住。雪子全身光溜溜的，手術袍卻丟在地上，她任性的掙扎著，像個孩子一樣耍脾氣，不准阿慶離開她半步，哀號的聲音誇張而作態，有沒有這麼痛？淑芬很懷疑，但她不停喊痛，不停要阿慶吻她，把阿慶搞得滿頭大汗，狼狽不堪。淑芬遠遠望去，才開一指，還早，自己便識相的帶上門，在外靜候。

她終於明白是怎麼回事，這是雪子設的局，要她跳進來，她要宣示主權，要她知道，這個男人是她的，這個男人是愛她的。至於接生什麼的，心臟不好什麼的，根本就是藉口。一陣怒火上來。她這輩子最恨讓人擺布，當傻子一樣耍。要是以前，她會掉頭就走，但這次她沒有。她在候診室外的椅子上坐下來，倒想好好看這齣戲會怎樣收場。

她倒是想通了，她與這個男人，早已緣盡，不要再肖想什麼了。想通了，產房裡搬演的鬧劇就顯得特別滑稽，女人的嬌喘聲，男人的安撫聲，以及乒乒乓乓的各種聲響，倒像是屋裡有對蹩腳又性急的夫妻在洞房。

忽然阿慶奪門而出，對著淑芬高喊，「妳快進來，大出血了！」奇怪了，你把所有人都支開，沒有助手，也沒有護士，連病人都沒有，卻要我來看這場好戲，你的妻子不是心臟不好，還真是放心啊！現在出事了，是我的問題嗎？你不是名醫嗎？你不是最會處理婦人的問題嗎？

淑芬白了阿慶一眼，卻任憑阿慶抓著她的手，直奔產房。見雪子私處淌著血，不住湧出，阿慶手忙腳亂，不知該從何下手。雪子呼吸有些困難，半昏半醒，阿慶一直叫喊：「妳怎麼了？妳怎麼了？」接著竟轉身離去，坐在地上掩面哭泣，口中不住喊著：「都是我害了妳！都是我害了妳！」完全不似她所熟悉的那位可靠穩重的男子。

淑芬覺得無聊，由著他去。她打量著產房，看有什麼可讓她用的。她先去抓了兩件手術袍來，墊在雪子的私處，再取毯子為她遮住身子保暖，接著開始揉弄雪子的肚子，感應胎兒的狀況，她試著讓胎位正些，雪子放聲大叫，阿慶大驚，起身將淑芬推開，對著她狂吼：「妳在幹什麼！」

雪子聽這一喊，跟著清醒了過來，明白是怎麼回事之後，心中大喜，一切都按著自己的劇本在走，她的目的達到了，只是身體實在負荷不了這麼大的痛楚，又昏了過去。阿慶手忙腳亂，平日的醫術全派不上用場，比一個新手醫生還不如，其實他若能鎮定，照著平日標準作業程序來走，一介名醫，何致荒腔走板至此？實在是關心則亂，這時候阿慶方知，學醫以來，師長、學長告誡的事，不是隨便說說。

怎料不知是淑芬的粗手粗腳，還是雪子一時的情緒起伏，血流復大量從產道湧出，如泉水一般，阿慶激動狂喊雪子的名子，像個莽夫一般，淑芬實在看不過去，換她上前將阿慶一把推開，阿慶整個人跌坐在地。

淑芬取出包袱中的榕葉，含在口中咀嚼，然後啜飲一大杯水，再噴吐成霧氣，灑在雪子身上，接著扶鸞起乩，口中念念有詞，翻出白眼，模樣可怖，阿慶看得目瞪口呆。阿慶從未見過這樣的景象，但見淑芬如一位將軍一般發號施令，召喚天兵天將退卻雪子周邊的魔神鬼怪，接著她又變成一位慈眉善目的婦人，蓮步輕搖，她笑語吟吟有請臨水夫人為雪子安胎，好話說盡，臉上卻布滿汗珠，至此，雪子大吐了一口氣，回復活力，產道也不再冒血。臨水夫人退駕，淑芬又回復本色，卻又緊抓住雪子的雙手，開始全身搖晃，口吐白沫，自始至終翻著白眼，不到一刻鐘，雪子驚叫，產道大開，娩出一顆頭顱，淑芬又回神，雙手靈巧的順著嬰兒的頭部進入產道，一面撫按孩子的身軀，一面將他一寸一寸拉出產道，最終順利產下。雪子神智清醒看著這一切，感動莫名，待淑芬將嬰兒抱至她胸前，她以為自己在作夢，呼喊著阿慶：「你快來看，這是咱的囝，足古錐啦！」阿慶起身趨前，一家人相擁而泣。

大功告成。淑芬習慣在此時笑開嘴說點什麼，卻無意間看到雪子瞄她的眼神，不禁打了個寒顫。

她告訴自己，鄭淑芬妳畢竟是外人。妳本來就是外人。接生再多人家，妳也不會是誰家的誰。鄭淑芬，妳也該死心了。

傾斜之地

像失戀一般無精打采，產婆淑芬在家中一連睡了十多天，有人請託接生，一概推辭。家人以為她病了，卻又沒發燒，三餐照吃，有時只吃一餐，吃完便又回房睡覺，見她能吃能睡，也就不以為意。直到第十七天，有人託夢，告訴她坑裡有人在等，淑芬才猛然驚醒，連忙起身準備。

這一年怪事連連，壞事連連，淑芬總是見招拆招，一關一關過，連鳥鼠病院都敢去了，有什麼地方是她不敢去的？這次接生，也許是她這輩子最凶險的一次任務，對方不是人，卻是何方神聖？接生了的孩子，是人是鬼？以後靠什麼活？由誰照顧？這都是她想不通的事，但那地底不也住了那麼多不人不鬼的人，反正上天自有安排。

途中，那位領她去鳥鼠病院的紅衣女子出現，笑臉迎人，「今天就靠妳囉！」淑芬覺得這笑容不懷好意，身上的擔子頓時增加了千斤重。

她們進坑，坑裡彷彿有成群的人在等著，比上回見到的還多，心中有一股說不出來的不安，上回去鳥鼠病院，好歹是在地上，離鎮上也近，有什麼事，要逃也快。這回可是在地底，出了事要往哪逃？她再怎麼天不怕地不怕，對這些不人不鬼的東西，總是沒把握。

她終於見到產婦。她嚇呆，雙腿發軟。女人其實是一塊石頭，已完全看不出人樣，要走近看才看得出一點人形，才看得到她也是有呼吸的。她似在呻吟，百般痛苦，卻手足無措，淑芬沒遇過這種情形，嚇得連翻作嘔，轉身對紅衣女子說，「怎麼變這樣？上次看不是這樣啊？這我要怎麼處理？」紅衣女子卻面露凶相：「妳想逃嗎？妳要像上次把我一家三口都丟下那樣逃走嗎？」淑芬這才恍然大悟，原來這女人是這樣的盤算，上一次拉她去鳥鼠病院接生，也許就有預謀，要不是她吉人天相，誤打誤撞完成任務，恐怕早被困在病院中永遠都不能出來。這回的任務卻更棘手，這不是普通的鬼魂，而是山神、地母、土地婆，也可能是一堆枉死鬼魂的聚合體，是善是惡，她不敢猜想，就算她能幫對方順利接生，這群人恐怕就此要她留在地底。

淑芬閃過幾個念頭，就是想逃，電光石火，卻快不過一則充滿怨念的魂，女子一把便將淑芬推進一處深坑，那是產婦的產道。淑芬尖叫，產婦也尖叫，整個坑裡的人都在尖叫，聲音無盡迴盪。大地跟著瘋狂震動，那是女人的陣痛。淑芬很快被一人接住。是那個男孩，淑芬一把抱住他。好險。

淑芬驚魂未定，卻說：「你到底是誰？為何現在才出現？」男孩傻笑說：「妳一出門我就跟著妳，但半路被那個惡毒的女人趕跑，我追了半天才追過來，差一點就來不及跟上。」淑芬總是心直口快，明明是要謝謝人家，說話的口氣卻壞透了，男孩卻不以為意。

「那現在怎麼辦啦？」「來，妳跟我走就對了。」「去哪裡？」「回去外面啊！」「你覺得他們會放過我們嗎？」「阿呆，我們又不是要逃走。」「不回家啊？」「傻孩子，妳有接生一半就放棄過嗎？」「你才傻孩子，我是這種人嗎？」「所以啊，我來幫妳。」「你行啊？不早說。這狀況我是沒碰過，也不知道該怎麼辦。」「妳隨我來。」

這孩子似對礦坑熟門熟路的。他們不斷往上爬，很快找到一處狹窄的坑道，這垂直的坑道竟有繩索，兩人順著往上攀，不久便出到地面一處山稜線，這窄坑正是當初設計坑道的人挖來供氣，又可兼作逃生之用，若非老礦工，一般人不可能摸出頭緒。淑芬正好奇，男孩卻又開口：「妳看，這座山在動，地母要生孩子了，不幫她生也不行了，如果弄不好，也要大地震，咱們幾個村子恐怕要遭殃。」淑芬卻說：「那好了，先逃命吧，這種事沒這麼簡單。」「不會啦，山跟人不一樣，不像人生那麼快，還有時間。來，我們再下去。」「好不容易才跑出來，你又要下去，早知道就不要出來了。」「不是，剛才那個地方不對，那女人故意帶錯路了。」淑芬聽得一頭霧水，只好跟著男孩腳步，她心裡感到害怕，因為一個不小心便會跌落山崖，粉身碎骨，男孩的腳步卻又飛快，她只能緊緊跟著，好幾次差點失足。

「來，就是這裡了！」他們來到另一處洞口，完全被蔓草遮掩，若不是男孩指路，一般人根本發現不了，卻見有幾隻白蜘蛛從洞口緩緩爬出，男孩猶豫，淑芬反而催促他：「是這裡沒錯吧？那就快點下去啊？」男孩點頭，順著繩索垂降而下，淑芬跟隨，愈往坑底，卻有更多白蜘蛛冒出，與他們擦肩而過。終於來到地底，淑芬鬆了一口氣，不斷甩手，實在是攀爬繩索太過費手勁，正想發幾句牢騷，卻見男孩呆立在原處不動。她看見那紅衣女子瞪著他們看，手中還拿著火摺，地底白蜘蛛正在聚集，這火摺一點，馬上天崩地裂，女子正有同歸於盡的意思。

淑芬傻了。難道就要命喪於此了嗎？卻又聽見有婦人呻吟，卻不知人在何處，對淑芬而言，接生孩子永遠是最重要的事，就算天要塌了，也沒人可以阻止她接生，她一股正氣凜然，對著紅衣女子說：「妳要報仇是妳的事，妳要點火就點吧，我現在要接生了，胎神最大，妳要是輕舉妄動，等等發生什麼事我可不管。」

說罷，紅衣女子竟然便動彈不得，原來她的身邊不知何時冒出十幾個小孩來包圍著她，他們都是產婦未出世的孩子。

淑芬心頭篤定，也就無所顧忌，打從她當產婆以來，還未曾碰過有胎魂這麼急著出來見人，不過既然胎魂已出，又是在無明的地底，為求慎重，她斂容正色，敬拜天地，口念咒語，一時天搖地動，她眼前裂出一條石縫，她聽到一些孩子的笑聲，真是怪事，淑芬也沒多想，開始一個接著一個拉拔他們出來，過程竟異常順利，不過每個孩子都比一般孩子多十來斤，淑芬接得滿頭大汗，曾幾何時，身邊卻已多了助手，她才發現整個地底都擠滿了人群，這下別說那紅衣女子要復仇，就算要轉個身也難。每有一個孩子落地，就有人接過手，接到第三個以後，每個孩子一出來，洞裡便歡聲雷動，像在過年一樣，只差沒放鞭炮，地底一時喜氣洋洋。

淑芬留意到那男孩的表情，他或者是整個地底最開心的人，她見男孩笑，自己也笑了。終於全部完工，六個有卵脬，四個沒卵脬。產婦回復人形，彷彿沒事一般。功德圓滿。

淑芬說要離開，眾人不許，硬要她留下來慶賀，淑芬一再搖頭，產婦開口：「大家讓她走吧，她是菩薩，不要為難她，我們都要保佑她，這樣的好人難得，我們有時化作乞丐，裝作下賤的人到地面上，盼為人間積些陰德，幫助我們的不少，給錢的，給飯的，都不會少給，但真正發自內心想拉我們一把的，卻少之又少，大部分只是嫌我們髒、嫌我們醜，要打發我們離開。像淑芬小姐這樣的好人，已經見不到了。大家一定要幫她。我們雖然是可憐人，卻也是明白人，我們要幫助這種有心的人，我們要幫助這種好人。」眾人都說好，便讓開路讓淑芬跟男孩離去。淑芬感激。

紅衣女子卻站出來擋住淑芬的去路，那產婦又幫淑芬說話：「難得是妳牽成這段因緣，讓我得以順利產子，一切惡緣就隨風去吧，不要為難她。」紅衣女子卻尖聲控訴：「難道我和我兩個孩子就該死嗎？」說完便點燃手上火摺，眾人要阻止卻已來不及，剎時白蜘蛛如千軍萬馬奔來，匯聚成火球，引來轟然巨響，坑內土石崩落，形成一片火海，淑芬全身亦著火，腦中卻一片空白，不知喊痛，說好的保護我呢？說好的幫助好人呢？你們這些人都跑哪去了？那男孩呢？不是一直守護著我嗎？人呢？她卻遠遠看著那男孩也在哭泣，比她還無助。她走過去安慰他，兩人抱在一起，男孩卻又幻化成一團黑影，淑芬又聽到一陣爆炸，整個人被衝向岩壁不省人事。

不知過了多久，淑芬才在一處夾竹桃林中醒來。

外省人

產婆淑芬驚魂未定，全身濕透，搞不清楚過去這段時日的奔忙，究竟是千真萬確的經歷，還是惡夢一場，惡夢總是帶來惡運，令她不安。才回到家，就見家裡的女人哭成一團，原來她不在家時，來了一堆莫名其妙的人把二叔抓走，來者本來要先抓大家長，見阿枝根本殘廢，意識不清，帶回去沒用處，見阿春挺身袒護，索性直接將他帶走，任憑家人怎麼求都沒得商量。上一次家中有人被帶走，已經是十年前的事，阿枝被抓去半個月，回來剩一條腿、半條命，這回應該也是問老五的事，但這次被抓，人還回得來嗎？會剩幾條腿？幾條命？大家想的事情都差不多，為何這些人總在淑芬不在的時候前來找麻煩？為何淑芬總在家中有事的時候不在？

二嬸帶著五個孩子跪在淑芬面前，泣不成聲，平常她跟淑芬無話可說，維持著距離，她打從心底不喜歡淑芬，其實沒什麼深仇大恨，弟媳懷了自己男人的孩子固然讓她五味雜陳，但淑芬當年還只是個孩子，就算心有偏袒，也是出於同情。她身為淑芬的長輩，實在沒理由跟她計較這麼久，說起來這心眼連她自己都覺得可笑，此刻還非得求她出手不可，她一個女人家，從來以夫為天，丈夫出事，就跟天塌下來一樣，她完全沒了主意。

淑芬扶她起身。讓一個長輩對著她下跪，她擔當不起，儘管她知道二嬸對她的成見，但她從來都不在乎，家人不都是這樣相怨經年的嗎？就是因為知道再怎麼爭怎麼鬧，彼此都不會成仇，這樣無關痛癢的怨懟，才傷不了彼此，沒什麼可計較。

阿嬤的哭讓她吃驚，還以為到這把年紀了，對於這些老孩子的遭遇，不會再有太大的心情波動，即使擔心掛懷，也很快能放下，但她哭得淚漣漣，彷彿被人帶去的不是一個年近半百的男人，而是一個襁褓中的小兒。淑芬心想，換做是自己的孩子，她會心疼到這種地步嗎？自己還真是鐵石心腸的母親啊！

三嬸也在哭，卻是躲在門後哭。淑芬跟三嬸很有話聊，卻從來不曾談到她的愛情，對於二叔、三叔這兩個男人，她到底愛誰多一點？淑芬從來不問，也不想知道，她甚至天真以為，三嬸的孩子是哪個男人的並不重要，反正都是鄭家的；二叔和三叔怎麼吵是一回事，總是親兄弟、雙胞胎，而且同住一個屋簷下。既是家人，凡事皆可包容。但此刻看到三嬸的眼淚，她卻迷糊了，她到此刻才願相信，一切的謠言，都是真的，孩子的父親是誰的，其實很重要，一個女人到底愛的是誰，只有在關鍵時刻才會變得異常清楚。同一時間，門後傳來三叔斷斷續續的哮喘聲，則顯得刺耳。淑芬同情三叔的處境，卻不知該從何同情起。

淑芬的母親阿珠也在哭，哭得她心煩，妳有什麼立場哭？我本來就在想辦法了，我本來就會出手的，妳這麼一攪和，讓我倒盡胃口，一點都不想處理這件事了。當然，淑芬這也只是心裡的氣話。人命關天，不能開玩笑。

她想起兩年前到基隆營救屘叔和弟弟的舊事，百感交集。家中都沒男人了嗎？天大的事都要我一個女人家來處理，真的豈有此理。其實她心裡是害怕的，腿是發軟的，要不是憑著一股氣，恐怕連走都走不動，此時要是有一個男人可以讓她靠就好了。父親是不成了，二叔是家中唯一可靠的男人，臨大事卻不一定能決斷，這下又被抓走，顯然應變不足，但這種事誰碰上了都難說啊，就算她在，也不見得能善了。三叔總是陰沉沉的，近年為了孩子的事自憐自艾，落拓喪志，要他擔當家中的重任，那是請鬼拿藥單。四叔長年在外，根本不見人影。五叔本身就是禍害，這些年這個家根本就是被他害慘的。六叔早夭。七叔殘疾。屘叔，還是個孩子。阿榮？他在這個家是個外人，是個沒聲音的人，就算家中出大事，再怎樣也算不到他頭上，要他出頭，那是沒道理的，有時還真不知道他算不算自己的男人，她愛他嗎？她總是逃避這個問題。

抱怨是一回事，淑芬多半也只是怨在心裡，這個家便是她的責任，她不出頭，便沒人做得了主了。她卻總是愛強出頭，這便怨不得誰。事不宜遲。所幸這次不必再大老遠搭火車趕路。官府在三忠廟旁搭起臨時的棚子，周邊用十幾輛軍用卡車圍著，阿兵哥荷槍實彈如臨大敵，平凡小鎮頓時充滿肅殺氣氛。淑芬被這陣仗所迫，膽子忽然變小，才找到入口處要問人，便被帶去關在一處小屋，接下來便是漫長的等待。她連呼救、喊人的勇氣都沒了，腦子裡一片空白。本來是來救人的，竟連自己也變成階下囚。房子裡見不到光，也沒人來問話，時間過了多久？她心裡沒個底，卻有無盡的恐懼，就算在鳥鼠病院接生都還沒這麼怕過，礦坑裡雖然見不到光，卻總還有人的味道。慘了，這下該如何是好？

總算有兩個人來問話。淑芬大吃一驚，那位軍官模樣的人也吃驚。他示意另一人出去，淑芬癟嘴，露出鄙視的神情，那人正是當年在基隆占了她便宜、後來卻消失無蹤的無恥軍官。淑芬瞪著他看，突然感到滿腔怒火，想到那時的恥辱，恨不得將他碎屍萬段。她在等他說話，等他回應，等他道歉，他會道歉嗎？也許是來判她死罪呢？男人卻在閃躲，不敢正眼瞧她，不斷翻著手上的資料，終於看了她一眼，卻瞬間躲開。淑芬忍不住挑釁：「這次我可以帶走幾個人？」男人還是不敢看她，翻著資料的手卻在顫抖，突然雙手摀住臉，開始啜泣，卻又不敢哭出聲音，整個人不住抽搐。淑芬背脊發涼，他不說話也就算了，哭卻又是怎麼回事？她感到絕望，忽然明白，現在對誰生氣都是沒用的，難道她還指望討回公道？別說救人，她連出不出得了這個小房間都還是個問題，眼前這個男人，恐怕也自身難保吧？

她同情這個男人，想起那一夜兩人的纏綿，他的身體是如此孤單、悲傷、渴求溫暖，他對她的身體是依賴的，他的粗暴如同孩子對母親般的任性，他的淚水總是多過他的汗水，這回他哭，卻又如同宣判她死刑，整個世界都完蛋了，她從來不曾想過會走到這一步，她從來都不想死，如果接下來她必須死，她還能做什麼？

淑芬感到無助，空虛，她褪去衣衫，用身體去溫暖這個男人，男人沒有猶豫，他需要安慰。他們重溫那時的歡快，不同的是，兩人這回都沒了顧忌，纏綿得更為投入、狂野。他們進入彼此的身體，淑芬看見他心中所想。

男人回到六歲的時光，他牽著母親的手，母親的懷裡還抱著一個，母親正在教他背唐詩，他一再背錯，母親卻不責罵他，依舊反覆著音節工整漂亮的詞句，他望著母親美麗的笑顏，心中無比快活，卻忽來一場空襲，大地一片火海，他變成孤身一人，人群到處逃竄，他與母親失散，永無止盡的哭泣，他的世界變了。他忽然變成一個十二歲的男孩，在學堂裡念書，念的是同一首詩，他終於背熟了，也懂得詩中的意思，他想起了母親，腦中突然一片空白，他不明白那是悲傷的後遺症，卻忽然感到一陣騷動，有軍隊進來拉伕，他被拉走了，他背著槍，槍比他的身子還高，他到處跟著軍隊東奔西跑，一顆子彈都未曾打出，也未曾被子彈打到，他不怕上戰場，只怕無戰事時老兵的拳頭，他喜歡到處移防，愈是忙碌，他愈不易被欺負，大夥兒都忙著呢，沒空理他。敵人都還沒見過幾個，他到後來才明白是自己年紀太小，有個人始終在護著他，不讓他與人短兵相接，不讓他站太過危險的崗哨，以至於這仗打到後來，竟只剩他和一位排長，他正是保護他的那個人，兩人在冬夜裡躲在一個洞裡互相取暖，天亮時，外頭沒有任何動靜，排長叫他快跑，再也不要回頭，他先是猶豫，後來死命的跑，跑了大約半個時辰，背後又響起隆隆炮聲，他腦中又是一陣空白。他來到一處港口，這時他十七歲了，他跟著一群人擠上一艘船，他跟大夥一樣，並不清楚自己是否願意上這艘船，只知道船開了以後，他便開始嘔吐，他無時無刻都在吐，吐了好幾天，吐到以為自己死了，全身輕飄飄的像一張紙，隨時都可能飄了起來。後來他發現，身邊有一股令人難受的味道，本以為是自己的嘔吐物發酵的味道，後來他發現身邊幾個身著深色棉襖的人都背著一個孩子，孩子身上也都穿著厚厚的藍色棉襖，大熱天的，船裡悶透了，卻還穿得住厚衣裳，奇也怪哉，他以為味道是從孩子身上發出來的，卻也不該臭成這付德性，沒多久便發現，孩子早都死了，他不禁瞧了這些人一眼，這些人發現，便回瞪他，那眼神如狼似虎，彷彿會吃人，他被瞪了一眼便轉過頭去，沒再理會。誰會背著死掉的孩子上船呢？那肯定不是自己的孩子。船終於靠岸，爭先恐後，人太多了，接繫船與岸的木板很快被踩斷了，許多人掉進海裡，大聲呼號，他一直留心那四個人的動靜，對他們的一舉一動實在感到好奇，他們等不及新的木板再鋪上，一人先跳上岸，接二連三，最後一人也上了岸，卻跌跤，棉襖撐破四散，掉出許多銀箔片，孩子也墜地了，肚破腸流，露出許多黃金，眾人先是驚呼，後來爭相搶奪黃金，前仆後繼，他忽聞槍響，現場亂成一團，陸續有更多人墜入海中，另三個孩子也倒地，屍體四散破裂，慘不忍睹。他腦中又是一片空白，他又開始嘔吐，他吐出一些有顏色的氣體，紅的、藍的、黃的，他以為是血在體內蒸發了，以為是胃酸在體內悶壞了，其實應該是餓壞了，後來有人叫他嘴巴閉上，小心魂魄跑走了，他聽話。但他一上岸便生病，不能吃不能喝，離死不遠，他從不相信自己能再多活半刻。直到有人對他伸出援手，用擔架將他運走，安置在一處舒適的房裡，他昏睡數日，之後醒來，開始能進食，日漸恢復了元氣。他認得是那位排長，兩人相認，猶如至親久別重逢，百感交集，喜極而泣，他從此受他照顧，他沒有正式軍階，直接受命於老長官。後來與淑芬陰錯陽差相遇，他的靈魂受到震動，心中對她始終念念不忘……

這夜，他與淑芬再相遇，未曾言語，彷彿兩位相識經年的朋友，不用開口就知道對方在想什麼，只顧盡情歡愛，在彼此的肉體與汗液中泅泳，釋放靈魂，交換記憶。

淑芬知道他的故事，知道他是個苦命的孩子。她不忍向他開口。何須開口？你該救我，就會救我了，你救不了我，就算我開了口，你依然無能為力，就跟上次一樣，你騙了我。上次我願意獻身，是因為有所求，這次我還願意交出身體，就只是我想而已。孤寂的靈魂總是互相吸引，不，我並不孤獨，我向來不曾孤獨，我向來我行我素，只是到死前仍死性不改，還以為自己可以救眾生，我看不慣無助的孩子，我在你身上看到一個可憐的小孩，我像個母親一樣，要用身體來救你，我願施捨給你，且一無所求，如此而已。

醒來，男人已離去。這人若不是有不得已的苦衷，就是職業騙子，而淑芬竟然甘心被這樣騙兩次，而且這次可能連命都會沒了，她自己也難以置信。這男人是不會再回來了，她心裡清楚。

門再開，她被上了手銬腳鐐，然後帶上卡車，她聞到濃濃的柴油氣息，車是熱的，不停抖動，她也感受到車上的人在抖動。別了，故鄉，別了親愛的家人，別了阿爸阿母，別了，我的孩子。想到兩天沒餵孩子，她的乳房輕微脹痛，竟讓她流下眼淚。連日來的壓力、委曲，她沒掉過一滴淚，卻為這種小事流淚，她不願承認是思子心切、心疼孩子將要失去母親，還是終究怕死的軟弱表現，她是多強悍的人啊！絕不為這些小事哭哭啼啼的，她從不在外人面前掉淚，更不願在此刻被視為弱者。但此刻，又有什麼差？別人心中想的都是自己，哪管妳心裡想什麼。

忽然，她感到外頭有騷動。似乎有人堵住去路，不讓這一列卡車前進，不，是一群人，雖然她看不到，卻感受得到，她嗅聞空氣中的氣息，感覺不太尋常，也許是跟她一樣的受害者的家屬，知道這些人上了車，將被運往不知名的所在審訊，這一去恐怕凶多吉少，不如先來賭一賭運氣，也許能將這些人留下，就地審訊，就算最壞打算還是個死，也還能就近收屍。她嗅到熟悉的味道，不，這不是家人的味道，這味道混雜有梔子花的濃烈香氣和雞屎藤葉子的腥味，還有些煤渣與消毒水的嗆鼻味，竟然還有「十七味」的氣息，這是來自鳥鼠病院的味道。這些人還真是有情有義，知道她有難，急著來救她了！淑芬再度不爭氣的流下眼淚，她的鼻孔彷彿長了眼睛，循著味道看到好些人，那個長得像孩子的少年父親來了，他的女人也抱著他們的孩子來了，長得好結實，頭髮又黑又密，那兩位跟隨她去另一個世界拉拔孩子的大嬸也來了，那天擠在小屋子裡的百來人，其實都來了。但有些味道是實的，有些味道是虛的，淑芬並不介意，那日接生時早該猜到，這鳥鼠病院哪來這麼多人？大半都是死去的人的魂吧！留在這裡戀戀不捨，陪伴更多和他們一樣遭遇的家人、親戚、好友。他們的境遇，別說活著的人不解，恐怕連死掉的人都敬而遠之，逼得他們只得繼續留下，比起外面的世界，比起陰間或陽界，鳥鼠病院這個遺世獨立的地方，有情太多。

而他們知道，淑芬是個有情人，他們也該用有情有義的方式報答她。他們不說話，只是擋著路，阿兵哥們不敢靠近他們，所以無法將他們驅散，人畢竟太多，活著的人樣子可怕，死掉的人此刻也現身給人看，樣貌更是可怖，他們對淑芬不是這樣的，面對友善的人，他們可是乾乾淨淨，體面有禮，但為了救淑芬，他們逼不得已，只得示現惡鬼相。這些外人是不懂的，也分辨不出來，要是有人懂，早就落荒而逃了吧。

還有，住在那坑裡的人也都來了，虛的，實的，都來了。但這些生人，真的看得見嗎？淑芬有些懷疑，卻為他們擔心。

指揮者斥喝他們離去，他們不走，僵持了一陣子，有人下令開車，一輛卡車先緩緩向前，朝著人群開去，眼看就要撞上這些抗議者，他們散向兩旁，自動避開，指揮者和開卡車的士兵都鬆了一口氣，早知這麼容易，開過去也就是了，何必折騰半天？但車子竟然熄火，第一輛車停下，後面的車也都跟著停下，這群人見狀，便一擁而上，開始瘋狂搖晃著這些車，口中還喊著口號，眼看就要將偌大的卡車掀翻，淑芬雖不在那輛車上，卻知道若車子翻了，傷及車內的人事小，要是激怒了指揮的人，後果不堪設想。

她匆忙衝向車尾，不顧士兵的攔阻，大聲狂喊：「你們回去！聽到沒有！」聲音響徹雲霄，在整個山城裡迴響，眾人都安靜下來，沒人再搖晃車體。

「不要再出事情了，求求你們，趕快回去。」淑芬的聲音顯得堅強而勇敢，充滿權威，所有人都聽她的。淑芬想得倒簡單，不要再牽連更多人了，事情可以到她為止，可以到這幾車的人為止，也還不算太糟，也許還有希望，也許只是帶去問問話而已。但聚眾鬧事，可不是開玩笑，只怕當場有人下令開槍。

他們感受到淑芬內心的聲音，不再無理取鬧。引擎再度發動，軍卡的行伍再度出發，蜿蜒在細雨綿綿、雲霧縹紗的鄉間小路上。淑芬感覺到他們的失落，他們目送著她離去。再見了，永別了，你們得好好保重。但淑芬萬萬沒想到，就在最後一輛車駛離過港村口，身後便響起一陣槍聲，並非胡亂掃射，而是有人下令開槍，很有規律的，一波又一波的槍響，如同行刑般整齊畫一，約莫四波之後，整個山城再度陷入寧靜。

趕盡殺絕了嗎？面對這些嚇人的惡鬼，他們終於不再感到害怕了嗎？淑芬難以置信，是我害了他們，是我害死了他們，他們何辜？他們已經夠可憐了，他們可都是善良的人。

淑芬大聲吶喊，無止盡的吶喊，那聲音不似人聲，更像是某種猛禽在空中翱翔所發出的尖銳叫聲，淒厲而綿長。

淑芬的魂，再度離開自己的身體。她的身體沒了知覺，也無法思考，在想事情的是她的魂，她衝到九霄雲外，又再回到地面，棲息在一株苦楝樹上，她感覺這裡充滿危險，別說自身難保，整個小鎮都有一種大禍臨頭的感覺，她得去通知家裡的人快逃才行，但家裡的人看得見她嗎？她心急如焚，很快奔回家中。

那個男孩也出現了，依舊若即若離，遠遠的跟著她。

二叔與三叔

阿秀想起那夜四個人逃離大坪的情景，心中感到甜蜜。那夜四個人說好，阿謙帶著月桃先走，阿春保護年紀最小的阿秀，這是阿春的主意。一開始大家都有些意外，以為阿春與月桃這對熱戀中的情侶應該會想膩在一起，阿秀由阿謙照護就好，但阿春就是心思細密，知道阿謙和月桃都能自己照顧自己，卻不一定能照顧別人，阿秀年幼，最易發生意外，照顧阿秀的責任，當然要由他這個做大哥的來扛。

那晚，阿秀的心，就已經完全交給阿春，但她的煩惱也從此而起。不久阿春和月桃成婚，半年後，阿秀也和阿謙結為連理，但她其實早就愛上阿春這個能夠保護她的男人。阿秀剛到鄭家時，有人拿雙胞胎的話題對她開玩笑，要她可別上錯了床，其實她心中吶喊，我怎麼會搞錯，他們是完全不一樣的人啊！阿秀也曾自我安慰，反正他們是兄弟，他們也真的有些共通之處，也許忍耐一下也就過去了，她相信她會先愛上他們一樣的地方的，她相信她總會習慣的，一如所有的夫妻一樣。但只有她知道，這兩個人不只個性不像，其實根本就是完全不同的兩個人。他們光是臉就不像了，阿謙的鼻子歪些，右耳比阿春的右耳高些，左眼的眉角有顆痣，阿謙的前額髮際的角度比較銳利，不似阿春圓滑。到後來她也發現，他們連體格都不像，阿謙的肚臍眼是凸的，阿春的是凹的；阿謙的胸骨畸形，應是長年久咳造成的，阿春的胸膛是兩片飽滿的肌肉，厚實而溫暖；阿謙的指節瘦骨嶙峋，阿春的雙手多肉而粗糙，阿春的大腿甚至有阿謙的兩倍粗。

阿秀看似嬌弱，自幼一點小事便涕泣不停，但其實她膽子很大。那年她才八歲，竟敢尾隨月桃到林子裡去，撞見她被男孩們欺負，她竟敢跟著月桃到男孩住的房裡，甚至跟他們睡在一起，連計畫逃家，她也是毫不猶豫，內心一點都不害怕。她甚至很早就知道，自己早晚是阿春的人，即使她知道阿春是自己心愛的姊姊的男人，她也不在乎。不過有一點讓她的大膽，為害不那麼大，她很有耐心，她願意等待，而且不貪心，她可以等過阿春與月桃成婚，等過自己與阿謙成婚，等過月桃都已經為阿春生了三個孩子了，才主動出擊。她大膽約阿春在林子裡見面，沒有告白，沒有楚楚可憐的哀泣，她跟阿春說，我想要個孩子，阿春愣住了，她說，如果我再不能有孩子，我必須離開這個家，阿春還沒意會過來，阿秀已經脫光了身上的衣服纏上了他，這是她嚮往已久的歡愛，她永遠記得兒時見阿春與月桃在大坪偷歡時的翻雲覆雨，她知道那才是她要的歡愛，那才是她要的男人。

阿秀沒被慾火衝昏了頭。但阿春卻有些痴醉，加上擔心家人會發現，那陣子總是心神不寧。他們總共偷歡了兩次，阿秀很快懷上了孩子。阿春良心不安，不知如何面對月桃，將來阿秀若生產，他又要如何面對這對母子？他不敢告訴家中任何人，月桃卻知道這一切，她吞忍，不說破，她知道自己的男人憨直，也知道這個小妹妹的心思，扯破臉對大家都沒好處，除非有人離開，但她不要，她不想這個家變得支離破碎。但她更不能放過自己的男人，這可是她的男人。她每晚故意纏著阿春不放，想再拚一胎，她纏得可厲害，當年要不是她的主動，怎能緊緊抓住這個男人，助四人順利逃離苦海？

她身體纏著阿春，嘴巴也不放過他，卻不刺傷他，「阿秀到現在還沒身孕怎麼辦？」阿春一愣，幾乎洩了氣，月桃沒讓他停下，「你這麼厲害，怎不教你弟弟幾招？你快教嘛？好不好？你說好！」阿春應了一聲，月桃又說：「你要怎麼教？告訴我，你要怎麼教？快說嘛？」阿春難以招架，隨便應一句：「我跟他用說的……」「好，好，你要怎麼說？」月桃其實有些上氣不接下氣，自己卻愈說愈興奮，硬是要逼著阿春說出個底，「我叫他把尻川抬高一點？」「什麼？」「我叫他把尻川抬高一點？」「什麼尻川，誰的尻川？」阿春不說，月桃又逼他：「阿謙的尻川抬高一點嗎？」「不是……」「那是阿秀的嗎？」阿春點頭，「怎樣抬高？」阿春用他的單手順勢撐住月桃的臀部，用力頂了一下，「像這樣……」月桃痛得喊不出聲來，整個腹部酸到極點，卻還是不放過他，「你弟弟會嗎？他的手有這麼大的勁嗎？」阿春有些心煩，將月桃翻過身去，從後面糾纏，加緊了勁道及動作，不讓月桃說話，月桃強忍著痛快，卻還是要說，就是要把連日來壓在胸口的妒意及不快都釋放出來，「你也要教你弟弟這招嗎？就算他肯，阿秀肯嗎？」阿春不明白她的意思，無法回答，月桃再問：「你說她肯嗎？」阿春說：「我不知道。」「那你去教她好了？」「說什麼傻話。」「什麼傻話，你不教她，她生不出來啦！」「不可能。」「什麼不可能，你不幫她，誰幫得了？」「就算她肯，我弟弟也不會肯。」「你偷偷跟她好，不會有人知道。」阿春大驚，心事被說中，卻又不想被發現，猛掐著月桃的雙乳，下身一刻不得閒，月桃驚叫出聲，幾乎死去，全身香汗淋漓如排山倒海，這晚她完全豁出去了，卻還不住口：「你去嘛，你去嘛？你怕什麼？」「怕妳不肯。」月桃猛說：「我肯，我肯，你看，我就是阿秀，我就是你心愛的阿秀！」「我愛的是妳！」「我不管，我是阿秀……」兩人就這樣死纏爛打了一夜，阿春隔日幾乎無法上工。

阿秀也有她的心機，她跟阿春要好，懷了孩子，目的都已達到，但她不想壞事，也不想跟姊姊爭男人，她打定主意，孩子必須叫阿謙爸爸。所以那幾日，她也跟阿謙要好。但人的嘴會說謊，身體卻不會說謊，阿謙知道眼前這女人，並不想真的跟他要好，她的身體在擺弄姿態，卻是擺給另一個人看，過去每一次他們要好，他總是力不從心，但阿秀從未給他臉色，依舊對他百依百順，親熱溫柔，他愛她，只嘆自己的身子骨不爭氣。此刻阿秀要得這麼急，不免讓他疑心，久病者本多疑心，這點小把戲他會看不出來？不會是跟哪個男人有了吧？不會是想跟哪個男人跑了吧？妳若想走，去找別的男人，我不會阻止的，去找妳的幸福吧？他卻小看了阿秀，他萬萬想不到，她是跟了個男人有了沒錯，卻不會跑，她跟的那個男人也不是別的男人，而是跟自己有血脈關係的二哥，他的雙生兄弟哥哥。

打從阿秀懷上開始，阿謙咳得更厲害了，不是病情加重，而是心情不好，又不想讓人發現，他用咳，來掩飾自己的情緒，一直到孩子生下來，原本要被送走，卻陰錯陽差被留下，他看到哥哥阿春的笑容，終於知道自己的情緒是什麼，他知道那是對哥哥的恨。

他恨別人提起他們是雙生兄弟，彷彿兩人沒有名字，但鄰近幾個村落就只有這對雙胞胎，稀罕得很，村人不管看到他們之中的哪一個，一律都用「雙生仔」來稱呼，但一律只有阿春會抱以熱烈的招呼及笑容，這空氣中彷彿只有他存在，彷彿只有他才是雙生兄弟的代表，彷彿只有他一人才是「雙生仔」。

但阿謙很早就意識到，自己跟哥哥其實完全不像。阿春總是愛笑、愛鬧、愛搗蛋，總是在人前玩把戲，說自己是弟弟阿謙，還叫阿謙陪自己演戲，到最後阿謙老實自己跳出來說破，別人還不相信，阿春在一旁笑得樂不可支，這樣的把戲，阿春永遠玩不膩，阿謙卻煩透了，他不能理解阿春為何總是像個孩子一樣長不大，講好聽叫樂天知命，講難聽是幼稚。不過這個跟自己命運息息相關的哥哥，卻並非總是像個孩子，尤其自從阿爸阿母失蹤之後，他就變了，變成另一個大哥。那時家中氣氛特別緊張，大哥阿枝對弟弟妹妹們的管教特別嚴厲，只要有人犯錯，總是遭到無情的處罰，阿春卻總是先跳出來護著大家，代眾人受罰，就算是阿謙犯錯，他也總是一人承擔，因此手足們跟他總是特別親，連帶對這個長得很像的小哥也特別有好感，阿謙其實心中常覺得溫暖。後來兩人同赴大坪學藝，第一天都挨了打，那次其實是阿謙犯錯在先，師父質問他，他不知該如何回答，阿春怕他被揍，替他求情，反而挨了一拳，阿謙一緊張，開始哮喘，又咳個不停，阿春擔心阿謙發病，後果不堪設想，一時激動，竟然將師父撲倒在地，師徒兩人打成一團，這第一次受罰，與其說是師父給徒弟下馬威，不如說是哥哥為了保護弟弟，一時情急的苦肉計。這些阿謙都看在眼裡，感念在心。後來和那對姊妹花相偕逃離，回家後成婚，哥哥依然習慣性的護著他，習慣性的愛開玩笑，有一次玩笑開大了，阿春竟去牽阿秀的手說，走，我們進房間，阿秀回他要幹嘛，阿春說入洞房，阿秀不解，又問一次，阿春又說入洞房，之後便一把將她抱起，在屋裡屋外到處亂跑，大呼小叫，口中不斷喊著「入洞房囉！入洞房囉！爽快囉！爽快囉！爽到快死囉！」既像發酒瘋的豬哥調戲自家的小新娘，又像老不正經的哥哥逗弄少不經事的小妹妹，家人才知道是阿春在開玩笑，大玩抱錯新娘的遊戲，真正的新娘月桃不以為意，另一個新郎阿謙卻臉色鐵青，兩對戀人都才新婚，心中想的卻是不同的事。阿春這房甜甜蜜蜜，總是充滿笑聲，也不怕家人說話；阿謙這房卻總是靜悄悄，毫無動靜。那夜，阿謙竟一語不發，冷落著新婚妻子，阿秀內心卻澎湃不已。

阿謙就是不能忍受自己的哥哥占自己女人的便宜，哥哥卻從一開始的開玩笑，到最後的假戲真做，都無比入戲、投入、認真，不巧的是，阿秀似乎也心甘情願。他不明白，哥哥為何能如此瀟灑、自在、玩世不恭，偏偏自己卻老是想不開，鑽牛角尖，心胸狹隘，但，他真的能不在乎嗎？不在乎是正常的嗎？如果他跟大嫂月桃要好，阿春也能不在乎嗎？何其殘忍，哥哥終究讓自己的女人生了兩個孩子，雖然他們都叫自己阿爸，以後他過往了，至少有兩個孩子為他捧飯，難道他還得感謝自己的哥哥？但哪個男人受得了跟別人分享自己的女人，就算是親哥哥，他也無法忍受啊！

他恨哥哥的瀟灑、大器、粗線條，恨自己的軟弱、陰沉、小心眼，一個是太陽，一個是月亮，兩人是強烈對比，根本就不像，不是不像，而是全相反。他多次找阿春談判，阿春都跟沒事一樣。後來兩人終於鬧翻，對阿謙而言，這是你死我活的決鬥；對阿春來說，只是陪弟弟玩玩的小遊戲。這更讓阿謙感到羞辱。

阿謙的內心是痛苦的，但他從未曾想過離開這個家，也不想離開自己的女人，更不想離開那個令他又愛又恨的雙生兄弟。他知道自己終會病死，但他不想流落街頭，曝屍荒野，十五歲遠行到大坪學藝時，他一度以為自己會死在荒郊野外，要不是阿春自始至終陪伴著他，守護著他，他不可能撐得過那個冬天。他永遠記得那次重病發燒長達十天，阿春、阿桃、阿秀三人輪流照看著他直到痊癒，阿謙就發誓，只要他能活著回到牡丹坑，他就再也不會離開那個溫暖的地方，那個曾經充滿阿爸阿母笑聲的地方，充滿大哥拿藤條假裝打人卻打在地上的霹靂聲響，充滿大嫂從早到晚不停咒罵的疲勞轟炸，以及淑芬那野丫頭到處惹事把家裡搞得雞飛狗跳烏煙瘴氣。他要死在這個活生生的地方，就算被自己的哥哥活活氣死，他也心甘情願。

直到那天官府來家中查案，要將大哥帶走，二哥再度挺身而出，他才知道，他是打從心底尊敬這個哥哥的，他就是知道他會這麼做，就像當年在大坪當學徒，要不是阿春挺身護著他，他應該早被打死了；要不是阿春帶大家走，他以為他們四個人遲早會死在那個鬼地方；要不是哥哥怕自己的弟弟無後，於是挺身而出，讓他的女人為他生了兩個孩子，他也許至今膝下猶虛，也許阿秀會離開他吧。只要有這個雙生兄弟在，就算天塌下來，也有他頂著。

哥哥啊，你可不能死啊，我要等你回來，好好跟你打一架，把你占我的女人的氣一次出盡啊，把你這一生為我做的事卻搞得我不死不活的氣，一次出盡啊！你得活著回來啊。

阿謙哭得肝腸寸斷。

第八章　無緣人

風聲

阿蘭。

為了與妳相見，為了與妳我的孩子相認，我飄回我的肉身，我進到我的肉身，我醒了。

我大碗扒飯，連盡七八碗，全身還是輕飄飄，每走兩步便跌一步。十七年了，十七年來未曾大步走路，連路都不會走了，我跟著師父養精蓄銳，砍柴幹活，要把元氣及活力找回來，不能讓他們母子看到我落魄的樣子。我跟著師父念經，希望能化掉我身上的暴戾之氣，總不能十多年沒見，讓他們以為遇見土匪而不敢相認。但我心好急，一天都不能等。師父知道我的心事，卻不點破，只說一句：「善緣是緣，惡緣也是緣，若不能放下，找回肉身也是枉然。」我聽不進去。他以為我急著報仇，其實錯了，但其實是我錯了，他才是明白人，只是我不想明白，也懶得對他解釋。

不出十天，我便去找妳。妳嚇破了膽，不知所措。那天夜裡，我趁妳在溪畔淨衣，出其不意，一把將妳抱走，劫至遠處竹林，我要妳的身子，要得很急，像一陣狂風暴雨，妳依然沒有抗拒，我想看妳的笑，我要妳笑，妳卻只是含淚不語，我去掐妳的嘴，死命要擠出妳的笑容，卻只把妳的臉弄得扭曲變形，妳哭泣，我只好放棄。兩人靜靜躺在林子裡，望著雨後的新月無語。

我問，那是我們的孩子吧？妳沒說話，我再問，妳卻搖頭，我說一定是的，妳說妳也不知道。我說，我會一直問，每天問，問到水落石出為止。我真傻，答案只會有一個，我卻只想從妳的嘴裡逼出答案。我要妳每晚到林子裡來相會，否則便親自去找妳。妳從未爽約，一再順從我的意思，我非常快活，每晚都做夫妻，彷彿回到以前的日子，但對於那個答案，妳卻從不鬆口。直到第七天，妳不再來。我們的孩子卻來了。我喜出望外。

他手上拿著柴刀，聲音顫抖：「請別再來煩我的阿母。」我愣了一下，便笑，我對他說：「你知道嗎？我是你的阿爸。」他挑眉，有些沉不住氣，卻說：「你不是我的阿爸。」我說：「我知道你一時不能接受，你的阿母會告訴你的。」他又說：「你不是我的阿爸，請你別再來煩我的阿母了。」我卻生氣：「你跟你阿母一樣都講不清，都說我是你的阿爸了，為什麼不聽？」他卻揮刀砍了過來，這樣的身手是有我的氣魄，可惜缺乏臨陣經驗，我只閃過身去，絆了他一腳，他便摔倒，他起身，再砍我，我很快便將他制伏，我不想傷他，畢竟父子一場，只是沒想到父子初次見面，就得兵戎相見，要是他不掙扎，我是不會對他動粗的，他愈是掙扎，愈是讓我火氣上來，我按著他的後腦杓讓他吃著土，逼著他叫我阿爸，他死不肯叫，只是嚷著：「你不是我的阿爸。」嚷得我心灰意冷，一個不留神，他竟往後猛竄，跑到我的身後，很快抓住我的腳踝，將我整個人甩向遠處，之後便死命逃跑。好大的力氣，好俊的身手，我卻只能留在原地嘆息。我要如何才能讓父子相認、闔家團圓？

我還是只能靠妳。我得知妳的男人在礦場工作。既然兒子的個性和我一樣倔，就不能來硬的，也許只有妳才能說服他，只怕妳對妳的男人還不死心，對這個家還不死心，妳的心也就不可能順著我。要我等一年、三年、十年？我可沒那個耐性。我約妳出來，跟妳說，妳若不跟我走，我就殺了妳的男人和妳的孩子，妳哭求我不要，妳說什麼都可以答應我，妳會跟我走。我聽了其實並不開心，這不是真心話。我必須下重手，才能讓妳心死。我跟妳約好在礦坑裡見面，其實是要和妳的男人決鬥，我要用最激烈的手段，讓妳看著我殺了妳的男人，讓妳完全臣服於我。

只可惜事與願違。我還在等著晚班的台車從坑裡出來，坑裡卻先出事了。也許這是老天要幫我，妳的男人陷在坑裡，也許這是天意，教我不必大開殺戒，直接就帶妳遠走高飛，如果妳願意，帶著所有的孩子走，也是可以的。可惜我太貪心，沒見到屍骨不死心。應該說，如果妳不知道妳的男人是生是死，妳也不會死心吧！妳果然並未依約留在原處，逕自下坑找人。所幸上天自有更巧妙的安排，讓我們三個人碰面了，我在妳的男人面前與妳恩愛，徹底的羞辱他，要讓他知道，妳才是我的女人，我才是妳的男人。我勝利了，我在妳的身上嘗到前所未有的快感，人活著真好，原來逍遙是這樣的感覺，也許這快感還是勝利所帶來的。

可惜樂極生悲，我太輕敵了，我竟被妳的男人一擊而中，本想我的魂魄會飛奔出來救我，但這回並沒有。我死定了。結局怎麼會是這樣？我可不能就這樣死去，我還得跟我的兒子相認，我還要抱孫子，事情不能就這樣結束。我在等，等著我快醒來，快復原，可惜事與願違。卻看到有個男孩跟女孩躲在遠處看著我們。我不知道他們是誰，也不知是敵是友。此刻想不了那麼多事。

阿蘭，妳怎能不知我的苦心，妳怎能心向著那個男人，妳是我的，妳是我的啊！十七年了，妳怎能忍心看我受十七年的苦，卻不能如我一點小小的心願，妳讓那個孩子認我做父親，也就不會有後來的這些事了，妳卻抵死不從。妳真的是愛我的嗎？還是從來都不曾愛過我？此刻我想化作一陣狂風卻不可得，我想化作厲鬼卻不可能，想再次與妳逍遙卻不可得，想見到妳的笑顏卻不可得。阿蘭啊！阿蘭，妳真是害得我好苦啊！

劫數

產婆淑芬的魂，飄回到家中，此刻天未亮，家人都還睡著。她進到屋裡，看見三嬸跟著兩個孩子睡，三叔也在一旁；二嬸摟著兩個小的睡，另外三個大孩子擠在另一張床板上；大姑的房裡，擠著母親阿珠和弟弟添財；父親阿枝獨自一人在房裡。好險，大夥兒都在。

她又到隔溪的菜園裡，阿嬤、七叔、阿榮和淑芬自己的兩個孩子，都住在那裡，他們也都在，也正熟睡，她靠近孩子身旁，仔細看著他們的臉，睡得如此香甜，原來他們是如此可愛，她後悔這些年竟然這麼沒耐性，疼他們的時間這麼少，可憐的孩子，你們就要沒有母親了，這會是最後一面了嗎？她過去親吻他們，眼淚不禁落了下來。

她看了阿榮一眼，看得發呆。

她知道阿慶愛她，在她最落魄的時刻，接濟她，娶了她，不論那時她是否清醒，那樣的愛如果不算愛，這世上也就沒有愛了；她知道阿燦愛她，愛得激烈殘忍，死去活來，最後果真為她而死，即使他愛的只是她的肉體，卻也教她刻骨銘心；那個外省人，是愛她的，但那只是一時的慰藉，只要她肯，他會一直愛她，用她的身體來撫平他永無止境的鄉愁。還有許多人男人耽溺她的身體，她是明白的，那不見得有愛，但一如有時她也愛男人的身體一樣，完全不需要理由。

但，阿榮呢？跟著她生活了十年，她總是沒給他好臉色，他們甚至沒拜過堂，不算真正的夫妻，但這些年的生活，卻也跟一般的夫妻沒兩樣，他甘心為她照料孩子，當個沒聲音的男人，他去坑裡工作，薪水全交給她打理，在淑芬面前，他從來都是低聲下氣，沒有半點怨言。他在想什麼？他愛她嗎？如果他不愛她，也不會這樣死心塌地的留在這裡，但，她值嗎？她值得一個男人如此對待嗎？有時她還寧可阿榮壞一點，粗鄙一點，去花天酒地，吃喝嫖賭，這樣才配得上她。這樣溫吞的男人，如何壓得住一個女人？尤其像她這樣的女人。

問題是，她愛他嗎？她竟沒有答案，他不算一個好的男人，她的心頭時常有幾個男人的影子，有時渴望到身體都快被撕裂，就是未曾有過阿榮。一想到此，她不禁嘆氣，為這個男人嘆氣。要不是為了孩子，她終究是要離開他的，她終究是要踢開他的。

她回頭去看她的父親。他竟已起身，坐在床緣獨自發呆。「阿爸，你怎麼不睡？天色還早呢。」「喔，我知道妳回來，就起來了，還以為妳走了。」淑芬抱著父親痛哭。她總在一山又一山之間奔波來回，忙著別人家的事，但只要路過家裡，定要回來看父親一眼，在窗口、房門口探一眼也好，她總以為神不知鬼不覺，以為父親總是窩在被窩裡，什麼都不知道，其實父親都知道。

她慶幸父親看得見她的魂。她擔心這趟回來就是最後一面。擦乾眼淚，對父親說：「現在外頭很危險，你們快逃走吧！」父親說：「是要躲到哪裡？」「哪裡都好啊，躲到深山裡，去海邊也好，還是到大坪去，總之離這裡愈遠愈好！」「妳怎麼知道那邊不會有更壞的人？再說我人都這樣了，是要怎麼走？」

淑芬聽了心酸，瞪著父親嘔氣，眼淚不停的流，一副你都不聽我的話的模樣，阿枝去擦她的臉，說：「妳不要哭，妳從小只要一哭，阿爸就不知道該怎麼辦，只能抱著妳搖，但現在我又抱不動妳，妳叫我怎麼辦？」淑芬還哭，父親想了一會兒，又說：「妳還記得妳很小的時候被妳阿母教訓，阿爸幫妳擦藥，妳不讓阿爸擦，阿爸都怎麼說？妳說給阿爸聽，阿爸都忘了。」淑芬不說，還哭，阿枝只好自己演這齣戲，「對啦，那時阿爸說，不擦藥，以後放的屎，會像這隻腳一樣歪歪的，缺一角喔，妳笑阿爸沒衛生。阿爸只會講這種屎屎尿尿讓妳笑，其他都不會了，妳再哭，阿爸只好放一坨屎給妳吃了！」原本以為阿爸要提老掉牙的笑話嘲笑她，心裡還有氣，最後這招，她投降了，破涕而笑，果然還是阿爸最了解她，最疼她。

阿枝又對她說：「妳知道嗎？阿爸小時候最怕的，不是日本警察來抓人，而是土匪，土匪比日本人殘忍十倍。他們來到村子裡，會先殺兩三個小孩殺雞儆猴，大家就會乖乖的把值錢的東西交出來，阿爸就遇過好幾次，每次都忙著躲起來，後來年紀愈大，還要幫忙把弟弟妹妹藏起來，所以妳以前不管躲到哪裡，阿爸一定都能找得到，因為妳躲過的地方，我都躲過。但只要他們想要抓人，沒人躲得掉，抓小孩只是一個警告，有一次土匪嫌東西不夠，就去燒穀倉，一次就燒死卅幾個孩子，根本沒得躲，他們雖然找不到小孩，但就是知道小孩在那裡，所以妳說逃？逃哪都一樣。土匪、日本人、唐山人，誰來都一樣。」

淑芬說：「難道都沒辦法嗎？」阿枝回她：「當然有，唯一的方法就是好好活著，活下來，再生多一點，再活，再生，妳看妳，才生兩個，太少了。」「可是生多了更煩惱啊，孩子病了，死了，或者送給別人，不更心痛？」「那就是命，要看開一點，妳看阿爸，殘廢成這樣了，阿爸有想過要死嗎？沒有。知道嗎？妳也一樣，一定要想辦法活下來，不要那麼快就放棄，妳死了，阿爸會哭死掉。」

淑芬終於明白，父親看似失智，宛如行屍走肉，其實腦袋清楚得很，多年以來，他靠著自己的方式活了下來，外人看他似軟弱無能，其實他自有他的生存之計，即使這個道理，看來很消極，也許這才是長久之計。而她是聽阿爸話的女孩，她勉強打起精神，叮嚀自己不能就此散去。

她再去跟阿嬤道別。阿嬤似乎也正在等著她，一樣的淚漣漣，祖孫倆抱頭痛哭，阿嬤說：「阿芬啊，阿嬤快死了，阿嬤好痛苦，阿嬤知道妳也痛苦，但阿嬤這回沒辦法幫妳，阿嬤沒剩幾天了，妳要快點回到妳的身上，不要再失魂了，這樣會出事的。妳不要擔心大家，阿嬤會照顧大家，但是阿嬤好痛苦，阿嬤好見笑，丟死人了，阿嬤做了不要臉的事，但阿嬤絕對沒有殺人，是那幾個男人要殺阿嬤，阿嬤才會這樣做的，阿嬤要保護肚子裡的小孩，妳一定要相信阿嬤，阿嬤沒有殺人，妳看到的不是那樣！」阿嬤一陣胡言亂語，冷汗直流，全身都濕透了，淑芬頻頻安慰阿嬤說：「阿嬤，我知道，沒事的，妳放心，沒事了，妳躺著睡一會兒，睡起來就沒事了。」

她為阿嬤換了乾爽的衣物，陪她入睡之後，才動身離開。她提了一口氣，飛奔到燦光寮山頭，就像最後一次望著這片土地，向著家人告別，再見了，阿嬤；再見了阿爸阿母；再見了阿叔阿姑阿嬸；再見了阿榮；再見了，親愛的寶貝，我一定會再回來看你們的。

淑芬瞬間回魂，醒了過來，人還在卡車上，車上的人都還沉睡著，也不知車將開向何方。

淑芬忽然靈機一動，把全車的人都叫醒，或打或拍或搖，「要活命就快起來！全部都醒來！」所有人一聽到活命，精神都來，幾日來被刑求、問話、精神及肉體虐待的恐懼都拋諸腦後，押車的士官聽到騷動，還有點意會不過來，「你們在幹什麼？」淑芬有所警覺，大聲斥喝：「把那兩個人推出去！」坐在車尾的人有所猶豫，士官已將肩上的槍端起，生死關頭，哪容得下半秒鐘的遲疑，淑芬大吼一聲衝向其中一位，一個飛踢便將對方踹出車外；另一位急著閃躲，一個重心不穩，跌坐在一旁，車上眾人見淑芬勇不可擋，士氣大振，四個男人合力硬是將人推出車外。連日來所受的委曲都一掃而空，不禁齊聲歡呼，但這一切都被後頭緊跟著的另一輛卡車上的軍官看在眼裡，開始有人對著淑芬所在的這輛車開槍，眾人紛紛伏低躲避，卻已有人中彈受傷，但不知駕駛者過度疲勞未能察覺，還是被下令連夜趕路的緣故，車並未停下來，反而持續以高速行駛，後車在山間行路，有所顧忌，無法靠近。淑芬見機不可失，號令全車的人搖晃車體，眾人心想，反正前途未卜，與其繼續遭受未可知的凌辱，不如放手一搏，於是眾人齊心合力，才吆喝了四五聲，卡車即失速翻覆，墜落山谷，旋即傳來爆炸聲。

一切來得如此突然，沒人知道，車上的人是生是死。

淑芬告訴自己，這是夢。她知道，阿慶在她身旁，正含情脈脈的看著她。她的魂先醒來，看到這一切，她的身體也感覺到了。她的魂跟身體，都躺在這張床上。

阿慶的眼神依然充滿悲傷，淑芬當然知道這悲傷從何而來，她的魂，不禁感到一絲愧疚，當年非得跟這個男人離婚不可嗎？她沒有答案，也許當初若沒有那段失憶的遭遇，她和這個男人根本就不會在一起，以她的心高氣傲，是不會想高攀這種有身分地位的人，阿慶想追求她，沒有這麼容易。但十年過去，淑芬卻一直欠阿慶人情，不管嫁給他是否心甘情願，那畢竟是她最落魄的時刻，有人排除萬難都要娶她，那便不只是夫妻結縭的緣分，而是雪中送炭的恩情，後來又協助搭救家人，這次又救了她的性命，這情，是永遠還不完的。那愛呢？他們之間有愛嗎？她愛他嗎？她的魂不禁要問。

「妳醒了？」淑芬的身體睜開眼，看著阿慶，阿慶也看著她，淑芬嘴角輕揚，阿慶也笑了，這笑，倒像喘了一口氣，鬆了一口氣。「我去幫妳倒杯水。」淑芬握住他的手，不要他離開，這一握，其實是難以言喻的感謝，阿慶感到安慰，仍維持君子的姿態，內心卻激動不已，眼前是他朝思慕想的女人，卻也是他心目中不可冒犯的女神，當年執意娶她，最後換來她的絕情，還被這個女人數落「趁人之危」，真是情何以堪，以致往後多次與她相遇，不免顯得小心翼翼。

「其他的人呢？」

「妳放心，他們都被釋放了，妳二叔也得救了，我想現在應該已經回到家中，妳不用擔心。妳所在的那輛卡車翻到山下，人死了一大半，還好妳得救了，被送到醫院，昏迷了大半個月，真是謝天謝地，否則我再也看不到妳。」

「多謝你。」淑芬去撫摸阿慶的臉頰。

「謝什麼，只要妳不怪我多事就好。」

沉默了許久。

「你若不多事，我人還會在這裡嗎？」

「我不怪妳，我只怕妳又生氣，我會不知該怎麼做才好。」

「我當然要生氣，你要娶我，又沒有跟我商量。」

「我當然有跟妳商量。」

「那個人不是我啊！」

「這事我也不知道該怎麼說，我如果不娶妳，誰來照顧妳？妳告訴我該怎麼做。」

「你該等我醒來，再跟我求婚。我看你這麼有情有義，一定會答應。」

「這我倒是沒把握。」

「還說你不怪我，還以為你是大醫生、大善人，大人大量，沒想到還是跟我一個小女子計較這些。那我走好了。」

淑芬就要起身，阿慶一急，強將她壓回床上，淑芬元氣尚未回復，輕易就被這粗魯的動作給制伏，阿慶感到不妥，連忙道歉，「啊，失禮！」手卻還壓在淑芬身上。淑芬的魂在一旁笑，笑兩個人的愚蠢，笑兩個人的虛偽，明明都愛著彼此，卻還如此見外、矜持。

「你還敢說，你這不就是趁人之危嗎？」淑芬的嘴可是厲害得很，她的魂魄聽到這話也嚇了一跳，阿慶無法回嘴，深怕淑芬這麼一走，再也不回來，但見淑芬蹙眉嗔怒的模樣，嬌羞中帶著幾分張狂，阿慶情不自禁，竟將嘴脣湊向前去，強吻了她，淑芬沒料到他會這樣，想伸手，手在棉被中，又被阿慶的身體壓著，一時動彈不得，乾脆沉浸在這溫柔深情的吻當中。

不知是誰先離開誰的脣，淑芬的身體意識到這樣做是不對的，便使勁一把將阿慶推開，哪知一點力氣都使不上，這才發現自己根本全身都有傷，這一用力，痛徹心扉、腳趾、小腿、膝蓋、大腿、臀部、腰骨、胸椎、手掌、手臂，乃至連頭都痛，頭痛欲裂，全身上下無一處不痛。她好奇自己究竟傷到何種程度，便緩緩將被單掀開，大吃一驚，這才發現自己不但全身上下幾乎都纏著繃帶，雙腿也都上了夾板固定。淑芬的魂也吃驚。

淑芬沉默不語，知道這回自己真的是撿回一條命，百感交集。阿慶喚來護士，為她護理，知她已清醒，能夠進食，叮囑護士注意膳食，換藥留心傷口，便走出病房。

接下來的日子，阿慶一有空檔便來陪她，即便只有片刻也好，晚餐後則固定前來與她閒聊，並為她朗讀報刊、書籍，挑些有趣的文章念給淑芬聽，彷彿回到當年她失憶時的日子。淑芬的魂和身體，並不在意阿慶念什麼，卻享受這一切，只要阿慶前來，她便覺得心裡踏實。淑芬的眼睛總是一直盯著他的臉看，她的魂也是，她的身體和魂雖然分開，卻總是並排躺著，觀察著一切。

她們從未如此注意一個人的臉。他的臉型略長，下巴兩側有很明顯的稜角，使得這張臉顯得方正，他的下唇較上唇厚，人中很長、紋路很深，鼻子高挺，他的眼睛其實不大，但睫毛很濃密，讓一雙眼睛更為顯眼，眉毛粗，眉骨突出，額頭特別寬。她發現他的頭髮又較上次見面時更白，幾乎全白了，是在煩惱什麼？事業、家庭、愛情？

阿慶只要來到淑芬面前，她的身體和魂就這樣盯著他看，欣賞這個真誠男人，她們輪流照看，仔細端詳，想看出點名堂，想知道為何這樣的男人，會對一個粗魯無禮、不修邊幅的鄉下女子如此著迷。他就是該娶跟雪子一樣的女人，長相廝守，雖然她有缺陷，但除了跛腳之外，她就是個大家閨秀，近乎完美，他辦到了，卻何必對自己念念不忘？到底自己有什麼魅力可以讓一個男人神魂顛倒。

到了第十天，淑芬的身體略恢復元氣，卻仍動彈不得。她叫阿慶別念書了，「為什麼？」「我沒念過書，這些報紙的新聞、書上面的大道理，我都不懂。」「那妳想聽什麼？」「你讀信給我聽。」「什麼信？」「你寫給我的信。」阿慶尷尬的笑。「我不是都念過了，妳聽不煩？」「你是念給那個沒長腦子的笨女人聽，又不是念給我聽。」阿慶此刻才突然了解，原來淑芬在意的是什麼。她並非不領情，而是在意，當時阿慶百般殷勤對待的，是一個失魂的淑芬，而不是真正的淑芬，她在暗示他，要對她好，就對貨真價實的淑芬好，而不是一具空殼子。

淑芬的魂跟淑芬的身體說，「妳還真是計較啊！」「難道妳不在乎嗎？」「我是在乎，妳就是我，我就是妳，只是現在的妳，跟當年失魂的妳，是完全不一樣的，那時我完全無能為力，甚至被妳氣得要死，所以現在妳的反應這麼快，我還有點不習慣呢！」

「妳還說，為何不回到我身上來？」「妳還說，妳不累嗎？我很累耶，就不能讓我喘口氣休息一下嗎？」「妳一天不回來，我就一副要死不活的樣子，遲早被那個男人占去。」「這不正如妳的意嗎？」「是如妳的意吧！」「難道妳不想？」淑芬的肉身遲疑：「我不知道，我們都是有家室的人，我自己也就算了，他對我有恩，我可不能破壞人家的家庭。」「什麼恩不恩的啊，這是鄭淑芬說的話嗎？不乾不脆的，如果沒有恩，就可以嗎？什麼話。」「妳也奇怪，當初要是覺得可以，為何又要這麼生氣，妳跟那男人做夫妻不只一百次了吧，也沒見妳阻止，卻只會說風涼話。」「是妳跟那男人吧，別扯到我頭上來。」

阿慶果然拿出當年書信，滿滿兩大木箱，淑芬和她的魂都看傻了，果真是一個痴情男子。淑芬的手在發抖，魂也在抖。阿慶卻猶豫了半天，「該先念哪一封？妳想先聽哪一封？」「開查某那封！」淑芬的身體和魂魄異口同聲，然後笑了出來，阿慶臉紅。阿慶如實念了，信中提到他去風化場所嫖妓，心中想的卻是淑芬，事後又一直夢見淑芬，心中寂寞難耐，還一直想去找那位妓女。淑芬與她的魂魄笑個不停。淑芬的魂魄說：「我不相信有這種事，這是騙人的，如果是這樣，他跟他的妻子和好的時候，難道也想著妳？」這話阿慶當然聽不到，淑芬聽了，卻板起臉孔，沉默不語。阿慶見狀，不明所以，問她何故？淑芬過了很久才回答。

「雪子小姐好嗎？孩子幾歲了？很大了吧？」阿慶愣住，不久便答：「喔，她很好，孩子一歲多了，非常調皮，不是很好帶，但很古錐，會學大人說話了。」口氣支支吾吾，不似讀信時的正經投入。淑芬不願接話，兩人都不說話，就像冷戰一般。淑芬有些後悔，自己老是把事情弄僵，沒錯，她就是不喜歡不清不楚的感覺，她的身體和她的魂都一樣，雖然自己也不是什麼貞節烈女，但愈是遇到在乎的人，就愈是不想被人看輕。我就是喜歡你，但如果你也喜歡我，難道就不能真刀真槍的來，偷偷摸摸的算什麼好漢？她和她的魂，在等阿慶給個說法。

阿慶起身，跪在床前，握住淑芬的手，鄭重的對她說：「淑芬，不管妳怎麼想，我都要告訴妳，我這一生，就只愛妳一個人。雖然後來我們分離，我也再娶了別的女人，但這都不會改變我對妳的愛，我無時無刻都在等著有一天妳回心轉意，回到我身邊，只可惜命運不是這樣安排。也許妳會覺得我說的都是空話，也許妳會覺得我還有家庭，怎可說出這麼不負責任的話。我也要老實告訴妳，我不會做那種不切實際的事，我如果現在就拋妻棄子，帶妳遠走高飛，妳一定會看不起我這個人，而且不是跟我離緣而已，是跟我絕交，我知道妳是這樣的人，所以我也不會做那種恩斷義絕的事。但是，在我有生之年，只要有什麼是我能為妳做的事，我一定赴湯蹈火，不求回報的，所以妳也不必覺得虧欠我什麼。我是真的很愛妳，愛到無法自拔，看不到妳就沒辦法呼吸，不知道妳對我是什麼感覺？如果妳我是相愛的，就算只在一起一秒鐘，那也是幸福的。但我現在最痛苦的就是，不知道妳是否愛我？妳為什麼不能愛我？這次妳又活了過來，我只有一個感覺，我不能再失去妳了。土匪、鳥鼠病、戰爭、日本人再可怕，也沒有失去妳來得可怕，我不會勉強妳愛我，但我也不會再讓妳離開我了！」

淑芬和她的魂聽得傻了，覺得眼前有一團火在燒，燒得她暖烘烘的，燒得她臉頰發燙，連頭髮都要燃燒了，她的衣服都被這團烈火燒光了，她一絲不掛。別再感到不可思議了，管什麼自己憑什麼讓這樣的男子著迷，管什麼這個男人愛自己哪一點，管什麼誰配不上誰，管什麼誰有家室誰有小孩誰有責任誰沒責任。問題是，妳到底愛不愛他？魂啊，妳說啊，妳不愛他嗎？這樣的男人去哪找啊？去哪找一個愛自己愛得像火一樣的男人啊？

她緊緊抱住阿慶，她的魂也緊緊抱住阿慶，說什麼也不要再讓這樣的男人走開了。阿慶哭泣，淑芬哭泣，淑芬的魂也哭泣。

他們相吻，吻了一個世紀之久，淑芬的魂也要吻，吻得滿臉都是淚，吻得滿臉都是笑意，可以的話，把我整個魂都吸到你的身體裡去，可以的話，把我的身體也都吸到你的身體裡來，讓你我都不要再分開。

重逢

他們歡愛，長達一個世紀之久。他先跟淑芬的身體糾纏，畢竟曾經是夫妻，對彼此的身體異常熟悉，淑芬要他進到自己的最深處，恨不得他整個人都能進來，但阿慶本是規矩之人，沒有太多邪惡的本事，加上對淑芬的傷勢多所顧忌，無法盡興，沒多久便已滿頭大汗。淑芬用舌頭幫他擦汗，她渴望吸乾他身上所有的汁液，卻愈喝愈渴，阿慶被舔吮得無處可逃，全身酥麻，電流四處亂竄，他發出狂暴的吼聲，身軀昂揚，整個身體都化為他的私處，像一頭被激怒的野獸，他開始發狂，面對眼前恣意撒野的女子的挑釁，他不再軟弱躲藏，他迎身奮戰，這是他夢魅以求，這是他應得的戰果。

但他畢竟不是惡魔，像淑芬曾經見過的那樣。身為一個男子漢，他不曾設想可以跟一個女人到達這樣的境界，他很快力竭，癱瘓在美人身上，淑芬放過了他，但她的魂不甘心。她是無形體的，可以變成各種模樣，也只有在靈魂的門戶大開時，男人與女人才可以看到彼此的魂魄。她的魂，變成另一個女人，那是阿慶熟悉的模樣，那是淑芬失魂時，委身於他時楚楚可憐的模樣，那是初嫁給他時，對他百依百順的那位柔弱女子。阿慶恍惚了。這女子竟頑皮的去咬他的唇，他流下眼淚，當時她對他如此溫柔，只在唇齒相依時會跟他計較，會跟他開點小玩笑，像一個什麼都不懂的女孩，只在某個小地方施展心機，這輕輕一咬，彷彿他也跟著變成什麼事都不懂的孩子一般，兩個不懂事的孩子玩在一起，如此純潔無邪，像兄妹，像兄弟，像雙胞胎，像同一顆卵孵化出來的兩隻鴨子，亦步亦趨，形影不離。

阿慶想起他們的初夜，他用聽診器聽遍淑芬的全身，他像一隻貓一樣，小心翼翼的品嘗她的私處，吻得她全身顫抖，她以為地震了，天搖地動，其實是自己在動，腹底一陣痙攣，身體被壓縮得如同一張紙，連肺裡的氣都被逼盡，她死命抓著他的頭髮，害怕這隻貪吃的小貓逃走，又怕牠發起狠來，把她私處的這條魚給撕爛了。她想起阿慶像個醫學系學生做研究一般對她的身體翻來又覆去的，像在檢查著什麼，測量著什麼，他沒有什麼出其不意的舉動，他似乎了解各種人體工學的原理，知道怎樣不會傷到女人，卻又能讓女人暢懷，像個老練的學究一般，實則愈是近身交纏，愈能知道他是個純潔的孩子，他只是本能的用自己的身體去愛一個女人。

淑芬的肉身在一旁看著，初時充滿妒意，後來卻想起許多事。想起十三歲時初被浪蕩子用迷藥引誘來到夾竹桃之林，那次雖未嘗禁果，卻是她一生中最奇異的冒險。那是對男女之事完全未能理解的孩子對情愛幻想的濫觴，雖不美，卻永生難忘。眼前的這對男女，舉止青澀、專注投入的模樣，教她著迷。她看到她的魂在哭，阿慶問她痛嗎？她搖頭，問她不舒服嗎？她又搖頭，阿慶想離開，她又緊緊抱著他，淑芬看了直想破口大罵，孩子都生兩個了，還裝呢？噁不噁心，卻心想，原來自己也有這樣的少女情懷，這真的是我嗎？這真的是我的魂嗎？阿慶很快又躺平了，她的魂在一旁喘息。淑芬心想，妳可別玩得太盡興啊，妳要是散了，我也沒命了。

她的肉身，滿足的欣賞這一切，她不介意自己的魂魄跟她分享著同一個男人，反正那也是她自己。阿慶竟累得倒頭就睡，鼾聲大作，淑芬靠近他的身子躺下，側身背對著他，用她肥嫩的臀部輕輕、慢慢磨蹭著他的身軀，見他不為所動，有些動氣，乾脆一個勁坐到他身上，這力氣可不小，阿慶乍醒，發現淑芬全身火燙就在自己的懷中撒野，他雙手不自主的抱住她豐滿的雙乳，像隻受傷的野獸般發出呻吟，淑芬整個人便仰躺在阿慶的身上，阿慶的雙唇激吻著淑芬雪白的頸項，瞬間昂揚的私處不偏倚的陷在她的股溝，淑芬沉醉間還不忘戲耍：「怎麼有一尾蛇啊？還是一條蟲？」阿慶回答：「妳敢說我是蟲？好大膽！」便猛然使勁狂頂，淑芬卻笑他：「那是尻川啦，有夠飯桶，你不是醫生嗎，怎麼會這麼笨？」阿慶被激得臉紅脖子粗：「妳再說一次看看！」腰桿在一彎一挺之間專注使了巧勁，讓這尾被瞧不起的蛇順利找到甬道，淑芬冷不防尖叫，一時說不出話來，連日來糾結在心頭的鬱悶，頓時奔向天外。

淑芬的魂被這聲勝利的呼叫給激怒了，她的魂靠過來親吻阿慶的唇，他的臉，他的耳根，他的脖子，就這麼一路吻下來，吻得他迷惑，這回他真切感受到有兩個女人與他纏綿，不知該如何是好，他以為自己再沒力量撐起一個女人，更別提兩個女人，只能任憑擺布。淑芬的肉身見自己的魂吻得如此沉醉，不甘心，也跟著遍吻阿慶，像一場競賽。阿慶第一次覺得身體不是自己的，他整個人興奮，整個人無限膨脹，脹得像一尾翻車魚，又像是一尾海豬，到了脹到不能再脹時，他以為自己要爆裂了，一陣寒顫，他起了一身的雞皮疙瘩，每一粒的感覺都無比清楚，他有足夠的時間來清點這些疙瘩的數量，但他沒有，因為有兩隻貪婪的水蛭正在啃噬這些疙瘩，吃掉一顆，再磨平一顆，吃掉一顆，再磨平一顆，磨得他全身光滑，他感到全身黏滑不已，覺得自己像極了一隻蛞蝓，但他還在膨脹，他知道自己在高潮時，總能在身上傾洩出源源不絕的黏液，卻不知全身爆炸時，會有多少喜怒哀愁跟著這些液體一次傾洩而出。他猜他也許會死，就他所知有限的醫學知識，還不知人的感官可以承受如此極限的刺激，如果會死的話，這樣的死法也許還不錯吧？他準備好了，卻又沒把握，剎時感覺腦門打開，有東西狂奔而出，他吃驚，卻渾身舒暢，他看到自己的魂跑了出來。

兩男兩女，互相對看，肉慾橫流，無止無休。但他們都累了，他們什麼也不想做，就是輪流注視著彼此，彷彿看一百遍一千遍也不厭倦。他們牽起了手。淑芬的魂去牽阿慶的魂，阿慶的肉體去牽淑芬的肉體，淑芬的肉體再去牽阿慶的魂，阿慶的肉體再去牽淑芬的魂。然後，各自躺了下來，結成了一張網。他們沉沉睡去，最好就這樣沉睡一百年一千年，再也不要在彼此的夢中醒來……

淑芬日漸復原。接下來的日子，她彷彿回到當初剛嫁給阿慶時的模樣，像個小女人一般，享受戀愛時光。阿慶將她安置在一處僻靜的所在，平日一結束診所工作便奔來陪伴，偶有兩三日未曾出現，淑芬也不以為意，她其實並不是一個人，她跟自己的魂魄無話不聊，時常拌嘴，兩人也經常演練著各種對話，揣摩這個男人的心境。

她的魂說，不就是這麼回事，他畢竟是有家室的，這段關係何時該結束，就讓它結束吧，自己也離家多時，總該找個時間回家報平安，也許那便是個離開的理由。淑芬的肉身卻猶豫，也許是貪歡，畢竟很久沒有這樣暢快過，總是有些意猶未盡，但她的魂說的，也正是她所想，她本是乾脆之人，情愛之事雖總是讓她變了個人，但只要想通、想定，她便沒第二句話。想到兩人可能分手，她並不悲傷，這幾日與這男人相處，她已經了無遺憾，貪心的結果只會壞事，長相廝守？有緣再說。而該來的總是會來的，而且來得很快。

雪子竟來拜訪她，身上還抱著孩子。一貫的有禮、得體。淑芬並不意外。兩人的對話很快進入正題。

雪子鎮定的說：「阿慶在跟我提離婚的事。」

淑芬的魂說：「叫她千萬別答應他！」但淑芬的肉身覺得這樣說太矯情，以雪子的心思，只會覺得她言不由衷，還是閉嘴吧。

雪子卻似聽到她的聲音：「我當然不會答應他，我的孩子還這麼小，不能沒有父親。」

淑芬心虛，完全接不上話，眼睛也不敢瞧她。她的魂想飄走，卻被淑芬抓住，妳不能就這樣丟下我，有難同當啊。

雪子望向窗外，像在深思，兩隻綠繡眼剛巧從窗前飛過，她轉頭對著淑芬說：「我記得妳第一次來我家，妳答應過我，絕對不會做出破壞別人家庭的事，而且跟我保證，不知道這個保證還有用嗎？」

淑芬的魂說：「有有有，我們馬上會離開！」但淑芬的肉身有點氣惱，她是理虧沒錯，雪子有殘疾，又帶著孩子，又是阿慶合法的妻子，來這裡宣示主權，理直氣壯，理所當然，但她愈是有禮貌，愈是讓淑芬覺得每一字每一句都在挖苦她，愈是讓她覺得不甘示弱，但又能奈何？她就是不想示弱，所以不想說話。

見淑芬什麼話都不回，雪子有些急了，不住搖晃著懷中的孩子，掩飾她內心的不安。淑芬其實是同情的。她仔細端詳這孩子，長得真快，長得真好，當初還是從她手中來到這世上的，出世時才兩斤多，過輕，髮量少，現在也還是只有幾根毛，廿四天該剃髮時沒剃，才會長得這樣慢，但現在有十多斤了吧，看起來好實，個性也很穩定，一雙眼睛東瞧西瞧的，卻不吵鬧，要不是雪子來時這麼強勢，言詞處處機鋒，她還真想抱過來玩一玩，望著自己的魂已在孩子身邊逗弄著，孩子竟然笑了，真想掐死她。

雪子卻深深吸了一口氣，決定使出殺手鐧：「淑芬小姐，我知道妳跟我翁婿的情緣很深，畢竟夫妻一場，這些我都能了解，但有些事也必須讓妳知道。妳第一次來找他，請他幫忙救妳的家人，妳以為是他幫妳的忙，但其實就算妳不來求他，妳的家人也會順利得救，妳可知道為什麼？因為很多人當時都被放了，完全是因為軍方的一道特赦令，被誤抓的一律放行，有犯錯的減刑，罪大惡極的不能放還是不能放。我的翁婿沒那麼神通廣大，那個節骨眼，能自保就不錯了，誰有辦法去求誰放了誰？妳太高估他了。這一次，妳以為又是誰救了妳？又是誰救了妳的家人？我老實告訴妳好了，是妳的五叔去自首的，妳這個五叔也真是出大名了，妳知道為了他，聽說有一個村子的人都被槍斃了嗎？這樣罪大惡極的人會牽連多少人？上頭抓你們家兩個人算客氣的，還不是為了引誘他出來，他也算是個有義氣的人，知道再這麼鬧下去不會有好結果，但我只怕妳人是被救了，你們家的那個村子現在還保得住嗎？妳是該回去看看了。」

淑芬聽得有些沉不住氣，忍不住回嘴：「雪子小姐，我知道我有不對，我不該跟妳的翁婿在一起，我破壞了我的保證，我錯了，但我也必須跟妳說，不管我和我的家人是不是妳的翁婿救的，我都感謝他，就算他一點忙都沒幫上，我也不會怪他，這是兩回事。」

淑芬的魂說：「漂亮，但妳這樣說，表示妳對這個男人不死心啊，雪子不會放過妳的。」

雪子心急，有些動氣，口氣變得更強硬：「妳說得倒好聽。看來妳還是被他騙了。」

淑芬心情有些激動，卻仍耐著性子說：「妳這樣說就不對了，就算妳說的是實話好了，那也只是他沒告訴我，也許是有什麼苦衷，也許是怕漏氣，不好意思讓我知道他什麼忙都沒幫上，那又怎麼樣？他只是沒說，不算欺騙。道義上，他做了他該做的了，我不會怪他。」

淑芬的魂說：「妳這樣說不就更沒完沒了嗎？」

雪子嘆了口氣：「原來他有這麼多事沒跟妳說。我就老實告訴妳，我為什麼會知道這麼多？完全是因為我的哥哥告訴我的，他有人脈，在軍方、政界都有說得上話的人。但其實這種事也是要靠智慧，弄不好，也是要掉腦袋的。就算是我，就算是我的家人，也不敢隨便求他，阿慶平常也是個聰明人，偏偏遇到妳的事就完全沒了主張，而且還完全變了個人，還要脅我的哥哥，要是不幫他的話，他要去告密，檢舉他，這可是會要了我哥哥的命，我是不知道哥哥有什麼把柄在他手中，還是只是要誣陷他，不管是哪一種，那都是很卑鄙的行為。這兩個人都是我最愛的人，一個是我的親哥哥，一個是我的翁婿，淑芬小姐，妳告訴我，要是妳，妳會選擇站在誰那邊？我告訴妳，我兩邊都站，我的哥哥就算有錯，那也是我的家人，他從小就疼我，他一直到我出嫁前，都還是我的一雙腿，從小背我到大，他要是肯娶我，我也會答應的，但那是大逆不道的事，自然不會發生，我只是要跟妳說我有多愛他，有多尊敬他、佩服他。至於我的翁婿，我知道他不是壞人，他只是因為妳而變壞，只要妳離他遠遠的，徹底讓他死心，他就不會做壞事。淑芬小姐，我知道妳很為難，身為女人，我知道妳的處境，我也知道妳是一個很有原則的女人，否則當初也不會跟他離婚。我也相信，除非萬不得已，妳絕不會來找阿慶，妳一定是有妳的難處，所以，現在妳的問題解決了，妳之所以會留下，大概是想報恩吧，現在妳已經知道真相了，這樣的人，值不值得回報，需不需要回報，我想妳應該很清楚。」

淑芬覺得無趣，多次想辯解，卻自知理虧，話到嘴邊又吞回肚裡去，卻又不想示弱，一時心急，看著雪子手中的孩子被搖晃得頗不安穩，愈看愈礙眼，冷不防將孩子搶來自己懷裡抱著，「囡仔讓我抱看看！」雪子大驚，一開始還擔心淑芬拿孩子來威脅她，但畢竟是大家閨秀，沉得住氣，加上自己行動實在不便，只好坐在原地，以不變應萬變。淑芬到底也不是個狠心的人，抱孩子的動作固然是意氣用事，但絕不至於做出傷害孩子的事，倒是孩子在手上，抱起來沉甸甸的，心情頓時安穩下來，她嗅聞著孩子身上的體味，好香，聞起來有一種暢快的感覺，乾淨、舒爽，一聞就知道是個被帶得很好的孩子。她最不能忍受孩子身上有酸腐及發霉的氣味，孩子就算拉了屎，身上也還是香的，身上若有怪味，多半是大人的錯，大人疏於照料，衛生清潔沒做好，也沒讓孩子吃好睡好，心情不好，身體出了問題，怪味道自然飄散。

「這孩子帶得真好，真會顧，很實重，長得真漂亮。」雪子如驚弓之鳥，不知淑芬想搞什麼把戲，因此沒將淑芬的話當真，但畢竟是孩子的母親，聽了自己的孩子被外人讚美，也不禁驕傲，卻見淑芬對著自己的孩子又嗅又聞，到最後甚至將整個鼻子栽在孩子的懷裡深呼吸，雖然有些擔心，卻也只能在一旁乾著急。

淑芬被這個孩子身上的味道給迷住了，果然是阿慶的孩子，她知道兩歲以前的孩子，身上總帶著自己父母私處的強烈體味，男孩的味道與父親近些，女孩與母親近些，這孩子除了父親的味道，還多了一股杏仁的刺鼻味，千里草的薰香，淡淡的黃麻氣息，還有甘草葉的清甜，她沉醉，以為自己陷在阿慶的懷中，但她知道那不是，阿慶的味道更濃，他的身上總帶著艾草揉爛了的清香及苦澀，以及白麝香的誘人氣味，與這孩子不同。她喜歡這樣耽溺在一個孩子身上，彷彿這些味道可以帶她到許多陌生的地方。那孩子一直在笑，因為淑芬在他的懷裡磨蹭，弄得他發癢，他笑，他跑，淑芬看到一個孩子在沙灘上跑，她在他後頭追逐，他是來自海邊的孩子，跑著跑著，便跳進水中，淑芬大驚失色，也跟著游了進去，才發現擔心是多餘的。孩子在水中是光溜溜的，像一條魚一樣游著，他身邊也有許多魚，體型比他大得多，他一點也不怕，反倒是淑芬自己不識水性，不時浮上水面呼吸，待又潛入水中，早已不見孩子的蹤影。她再潛，再游，孩子手中已抓著兩條魚在她的身後出現，他推了她一把，嘲弄她的泳技不佳，便抓著她的手游上岸，這孩子卻變成青少年，笑容燦爛，眼神清亮，簡直就是年輕時代的阿慶。但她害羞，孩子在水中時就一直沒穿衣服，上了岸也是，她竟不敢直視他，她感覺得到他私處及兩腋濃密黝黑的毛，在他健美的體魄間騷動，她幾乎無法呼吸，不敢再看，轉過身去，用雙手蒙上眼睛，蹲坐下來，少年來逗弄她，搔她癢，從身後抱著她，兩人在沙灘上翻滾笑鬧，好不快活，直到一波巨浪將他們打散，他們分開，並排仰躺，氣喘吁吁，享受狼狽，淑芬閉上眼，等待有人來吻她，卻聽到一個女人的聲音在呼喊。

「淑芬小姐？淑芬小姐？」淑芬從孩子的懷中醒來，眼神迷醉，才意識到眼前的雪子正在注視著她，她知道自己失態。

雪子起身，將孩子接手過來，準備離去，淑芬雙手空空，一臉茫然，無限悵惘，無限失落。雪子又補了一句：「不好意思打擾了，我知道妳是一個很有想法的人，要強迫妳做什麼決定，我是沒那麼大本事，我只知道，我的孩子，不能沒有父親，我也不想以後我的孩子長大以後知道，他的父親愛的是另外一個女人，而不是他的母親。希望妳了解我的處境。再會了！」

淑芬的人和魂，都愣在原地，無法言語。

傍晚阿慶來看淑芬時，她已將行李準備好，其實也沒什麼行李，一如當年她離開一樣。阿慶看了，大概明白是怎麼回事。

「妳要走了？」

淑芬點頭。

「我想不管我說什麼，也留不住妳了，對嗎？」

淑芬微笑。

「妳還是要逃避我的愛是嗎？」

淑芬搖頭。

「我們可以再見面嗎？」

淑芬搖頭。

阿慶想去碰她，想擁抱她，卻害怕被掙脫，他向來行事果斷，卻在淑芬面前，一再失去分寸，連強求她留下的勇氣都沒了，還是因為知道，再怎麼激烈的行徑，也挽回不了眼前這個任性、堅忍的女人的任何決定。兩人面對面，僵持了很久。淑芬趨向前，輕吻他的脣，淑芬的魂，也去吻他的脣，「謝謝你！」然後轉身離去。這回沒有驚天動地的爭辯，沒有奔流如潮水的眼淚，沒有誰在雨中痴心等待終至昏厥的激情，一切平和收場。

淑芬很快明白，這男人縱有千般好處，卻不是自己的。他愛她，她也愛他，只是時間不對，緣分不對，愛得再怎麼死去活來，也不會有好結果。她是聰明人，知道強摘的果子不甜，知道真正的愛，不是只有怦然心動、男歡女愛，真實的夫妻，要像她的父母那樣吵吵鬧鬧，直來直往，沒有隱瞞，互相數落，知道彼此的不完美，卻也要糾纏到老，數十年如一日。至於最愛的，最心愛的，卻總是無緣，那就放在心裡就好，能不見就別見，以免自尋煩惱。

淑芬大喘一口氣，重拍自己的臉頰，精神都來，想通了，也就海闊天空，家裡還有兩個孩子要養，還有一家子的人要靠她，還有滿山滿村的孩子等著她接來這個世上，她可不能失志，可不能要死不活的，回到家中，頂多睡它個七天八天，就要準備幹活了。

「喂，妳也該回來了吧？」

她的魂對她扮了個鬼臉，兩人手牽著手，一路步向歸程。

第九章　心愛的無緣人

風聲

阿蘭。

有時我也在想，我為什麼會這樣壞？我一出世便無父母，也許他們在我一出世便拋棄了我，自我有記性以來，我從不記得有一人對我好過，我受盡各種折磨及屈辱，很快學會堅強。我認識許多兄弟，但能合得來的不多，直到遇見這對兄弟，我才覺得，若有家人，大致感覺也就是這樣吧，不可能再更好了。後來又遇見妳，我才真心體會，若有個家，那該有多好。只可惜妳我的孩子卻不認我。

其實他認我也罷，不認我也罷，總之我當他是我的孩子，我們的孩子，我這輩子了無遺憾。不，我遺憾，他竟不認我，這是老天對我最大的懲罰。我被我們的孩子害死了，那真是人間慘劇。我的魂飄盪了十七年，好不容易回魂，卻又莫名其妙成為無主孤魂，無法投胎，我死得不甘心。

我始終未曾離妳遠去，我一直都在妳身邊，只可惜妳感覺不到我，妳的孩子們也是，妳的孫子們也是。所幸我的好兄弟始終掛念著我，每日一炷清香，問訊護念，讓我備感安慰，我跟隨著他們兩人上山下海，看他們做些小生意，到處給人搬演布袋戲。他們的手藝精巧，讓我在不想妳的日子，不至於太無聊。

他們始終找不到我的下落，只知我下坑之後，便未再出來。多年以後，他們找到妳，妳卻並未對他們說實話，他們也未曾為難妳，妳的兒子女兒們都稱他們為舅舅，我感到無盡失落，也許冥冥中注定，這是妳償還我的方式，我怪不得妳，畢竟殺我的人不是妳。

我想起彼時妳的女兒出嫁，迎娶的前一日傍晚，妳家門前忽然嗩吶聲響、鑼鼓大作，全村人都出來看熱鬧，這對流氓兄弟到訪，孩子們開心得歡呼起來，鄰村來看熱鬧的人愈聚愈多，妳與家人來者不拒，還準備甜茶待客，人人有份。

妳有個孫女十分了得，她該叫我阿公的，但我見她的脾氣，勢必也跟她的父親一樣倔強，要叫這一聲阿公，恐怕難了，但她叫我的兄弟舅公，大舅公長小舅公短的，叫得十分親熱。她的大舅公吹著嗩吶，表情十足，吹著吹著，竟又拿著另一支嗩吶出來，改用鼻孔吹奏，一鼻一支，如兩人和鳴，音聲變化刁鑽走跳，全場笑出聲來，畢竟這嗩吶吹來不易，用嘴吹奏已十分費勁，用鼻子吹奏更是耗神。她的大舅公漲紅著臉，瞪大雙眼，呲牙咧嘴，像一頭猛獸，群眾笑聲一陣一陣爆開，連隔山的大坪都聽得見。

但我笑不出來。我嫉妒。

她的二舅公只是認真埋頭擂鼓，我知道他這一手功夫。他這鼓經過改良，大小各一，另有一梆子及鐃鈸，分別以木架支撐，一字排開，這鐃鈸平日多由一人演擊，一手一個，奮力合拍，但他將其以鐵柱串起固定，中置彈簧，以鼓棒擂之，即能發出響亮的金石之聲，他一人職司四項樂器，忙得不可開交，節奏聲響卻錯落有致，層次分明，好似千軍萬馬。

一陣序曲奏罷，大舅公拋下手中嗩吶，從箱中拿出兩尊布袋戲偶，現場又是一陣歡呼聲。他也不架舞台，也沒有彩繡及燈籠，就這麼高舉雙手，一人分飾多角，演起故事。他先演劉關張桃園三結義，再演關公過五關斬六將，突然回頭又演呂布斬董卓，反問這樣是大義滅親嗎？又說，說到大義滅親的故事，時空回到兩千年前，衛國大臣石碏殺親生兒子石厚，「這才是真正的大義滅親啊！」

她的大舅公從行囊裡不斷翻出戲偶來，技術高明，令人眼花撩亂，突然他話鋒一轉，「講到同樣是姓石的，有人忍心殺親生兒子，有人卻不忍心殺親生父親，楚國的石奢追捕殺人兇手，這兇手卻是自己的老父，他一時心軟，縱放了老父，自己回朝廷自首，跟楚王說明原因，楚王愛才心切，認為他無罪，他卻說，殺了老父是不孝，放了老父是不忠，忠孝難兩全，我該死，說完就把自己的脖子放在刑具上，把自己的頭鍘斷了！」

她的大舅公愈演愈激動，到最後淚流滿面，喧囂的鑼鼓聲達到最高潮，就在戲偶的脖子扯斷的那一刻，鼓聲戛然而止，所有人都屏住氣息，不敢發出任何聲響，彷彿整個村子、好幾個山頭都死寂了。我好愛看這戲。這便是我的兄弟。

我的兄弟定身不動，良久，一陣秋風掃過，更顯淒涼，我想他定是想起我的遭遇。待小兄弟擂了一聲梆子，他回身去撿拾那顆落地的偶頭，邊走邊說：「咱人，不用太鐵齒，也不用太計較，別人殺我們老父，我們殺回去，別人敬我們一分，我們敬他十分，官府是最大的盜賊，道理他們說了算，但家人是自己的骨肉，犯了國法，還是自家人，大義滅親，滅什麼親？隨人想乎好？老身告辭！」我終於忍不住哭了，這戲分明是演給我看的。

說罷，兄弟倆以迅雷不及掩耳的速度，收起傢私包袱，起身飛奔，卻又囂張的吹起嗩吶，同樣是悲涼淒惻的曲調，這回卻用不可思議的速度進行，有些歡暢，有些滑稽，小兄弟不及收拾鑼鼓，腳步雖蹣跚，還不忘一路輕聲擂鼓，護持阿兄的音樂，但大兄弟實在跑得太快，他在後頭跟得狼狽，跟得上氣不接下氣，於是邊跑邊咒罵，幹譙聲連連，眾人看得樂不可支，跟著作鳥獸散。

這就是我的好兄弟。

阿蘭，妳與這對兄弟姊弟相稱數十年，這些年，妳可曾有半分想念我？我實在不甘心啊！

寃親

產婆淑芬回到家中，恍如隔世。一家人抱頭痛哭。屘叔最先來抱她，哭得死去活來；二嬸來抱她，百感交集，畢竟自己的男人差點死了；三嬸接著來抱她，意味深長；二叔的頭髮白了一半，淑芬見他沒斷手斷腳，鬆了好大一口氣，兩人抱得好緊；母親阿珠也來抱她，哭得淒厲，但這回有誠意多了，不像在演歌仔戲；大姑從婆家趕來，與二姑兩人抱著她痛哭，她們三人從小窩在一張床睡，情同姊妹；三叔也來抱她，但沒有哭，她發現三叔不再那麼陰沉，感覺陽光多了，身體也似乎好很多。她隱約看見二嬸和三嬸的手牽了起來。她去房裡探望父親，他眼睛幾乎看不見了，卻知道自己的女兒回家，哭得心疼，「我的寶貝回來了，我的寶貝，我的心肝囝！」淑芬跪下，泣不成聲。她去探望阿嬤，她什麼話都沒說，只是緊握著淑芬的雙手，不停流淚。她去抱自己的兩個孩子，大兒子對她感覺有些陌生，但不久即感受到母親返家的事實，開始跳上跳下的，打算惹些事來讓她心煩；小兒子則很快攀上她的身軀，緊黏著不放，淑芬感到安慰。阿榮依舊只跟在她身後，淡淡傻笑，不敢靠近，淑芬嘆了口氣，把男人和小孩都拉到房裡，也不管天色未暗，就打算就寢，今晚她要抱著這三個人好好睡一覺，什麼天大的事都不管。

夜裡，她被搖醒，是阿嬤來找她，她把淑芬叫到門外，有話要對她說。她向淑芬下跪，淑芬大驚，也跟著下跪，「阿嬤，有事好好說，起來再說。」阿嬤說：「盛發這輩子也不可能嫁娶了，我也不指望他有子嗣，阿嬤求妳一件事，妳可不可以讓妳的孩子給他作囝？不是要他現在叫他阿爸，說起來，他還得叫盛發叔公才對，我只是想，盛發活著就已經夠可憐了，我也沒幾年好活，他死後，總得有人拜他，不能教他孤零零的一個人。」說著說著，眼淚便滾下。

能拒絕嗎？這事，淑芬也不必跟誰討論，連阿榮都不必，他畢竟不是孩子的親生父親，孩子不會跟他姓；她也不必跟鄭家的長輩討論，母親也許會碎念一陣，也許她應該尊重父親阿枝的意見，但父親又從不拂逆阿嬤的心思，問了也是白問。過去，面對再怎樣困難的事，她總能爽快答應，一切包在自己身上，沒問題的，但這次，她猶豫了。不為別的，只因那份嫌惡的感覺。她討厭七叔盛發那付猥瑣的模樣，想到自己的孩子將成為這樣的人的子嗣，心中不免發毛。但面對阿嬤，她不能說不。她吞吞吐吐的答應了。阿嬤好開心。

隔天，阿嬤便帶著淑芬和淑芬的大兒子啟文，跪在神案前，向祖先秉告此事。家人圍著看熱鬧，再度佩服淑芬的懂事。其實也沒什麼大不了的，阿嬤要是指定哪一房的孩子要為這個怪人捧飯，也不會有人敢拒絕，只是由淑芬來擔這份責任，真是再適合也不過，畢竟那孩子也是來路不明。

各房都鬆一口氣。

淑芬有些埋怨，但嘴上不說，祭拜時，眼睛不時往上吊。

那晚，淑芬睡得很淺。她住的地方，是依著阿嬤住的房子所搭建的草寮，盛發住在另一側的小隔間，用鐵鍊栓著，夜裡經常發出各種怪聲音，她早已習慣。但這天卻不尋常，他一直痛苦呻吟著，時而哀號，時而甩著鐵鍊，時而用力敲打著門板，像在抗議著什麼事。淑芬感到奇怪，都沒人聽到這些聲音嗎？大家都睡死了嗎？阿榮鼾聲大作，孩子也沒被駭人的聲音吵醒，阿嬤的房裡也沒動靜。她披了件薄衣，起身察看。外頭露水濃重，忍不住打了個噴嚏。她推開盛發的房間，不禁倒退兩步。她看到的不是那位枷鎖纏身的人，而是一具不斷掙扎的骷髏。不，那不是骷髏，而是一具被骷髏附身的肉體。

反了。這輩子，什麼奇怪的事都被她碰上了，她以為盛發著了魔，他的骨骸竄出身體，反過來綁住自己的肉身。但看起來又不像是這麼回事，這具人骨枷鎖裡面的盛發，卻又清晰可見，而且比平日還要靈活，他死命要掙脫枷鎖的樣子，和一個正常人並無不同，倒是他白日歪嘴斜臉、弓身跛足的形體，像極此刻身不由己的狀態。

「快來幫我！」

淑芬聽到呼救，毛骨悚然。

但她膽子向來就大，不禁反問：「怎麼救！」

「把他推走！」

他，自然指的是那具骷髏。開什麼玩笑，我有這本事嗎？淑芬難以置信，但還是趨前幫忙。她聞到一陣惡臭，卻仍勉為其難，這才看清楚，這具駭骨是無頭的，盛發與這具骸骨難分難捨，它根本就是長在盛發的身上，如何趕走它？但既然要幫，此刻也由不得她躊躇細想，她順手抓起手邊的鋤頭就往那具骷髏猛敲猛砸，恨不得敲它個粉身碎骨，也顧不得這一陣暴力相向可能傷及盛發的肉身，霎時，那嚇人的鬼玩意不斷發出野獸般的驚叫，夾雜著盛發淒慘的鬼叫，也許淑芬心裡想的，正是乾脆一了百了，管他是人是鬼，都讓它去吧！她彷彿死命要趕走內心擾人而可怖的慾念，從此一心不亂，什麼鬼男人也不去想。

就這樣，一陣摧枯拉朽之後，白色的碎片從盛發的身上層層剝落，散落一地，再也沒有魔神作亂，盛發躺在地上奄奄一息。也不知是因為解脫超自然力量的糾纏而崩潰，還是被淑芬打成重傷而不支倒地。

淑芬盯著盛發半裸的軀體，不住喘息。

他死了嗎？不，他開始動了，然後坐起身，像個正常人一般活動，雖然顯得力不從心。他身上沾滿血汙，一身狼狽，卻不再痀瘻著身子，也不再不自主的抽搐，那張臉不再驚懼、疲憊，卻從容，仔細看，竟有幾分尪叔的神韻，當然，他們本是兄弟，儘管是不同個父親。也或者是。淑芬驚訝。

他抬頭注視著淑芬，淑芬被瞧得有些不好意思，那眼神完全不同，判若兩人，淑芬知道他變正常了。她終於明白，過去那個畸形的盛發，其實是被困在某個奇怪的牢籠之中，身心都不自由，連話都說不清楚，一如她過去三魂七魄滅一魄，如行屍走肉。這樣可怕的牢籠，也許是死的，也許是附著某種妖邪的力量，無論如何，若連阿嬤都解決不了，可見有多厲害。現在這束縛解脫了，盛發也終於自由了，她衷心為他感到開心，因為她知道那種感覺。盛發一直想站起來，卻力不從心，淑芬連忙向前去攙扶他，打算帶他到河邊清洗，發現站起身的盛發，竟比她還高出兩個頭，步履雖然緩慢，但其實已經像個正常的人。

「坐在這邊就好。」連口齒都如此清晰。

「我去燒桶熱水來。」

「不用了，不用洗了，你別用水潑我。」

淑芬差點笑出聲來，卻又扳起臉來瞪著他，好小子，敢跟恁祖媽假肖！又想起他的苦命，不禁感慨。他生成這樣，也非自己所願，而淑芬與他相伴，卻總是欺負他，他倒也不惹事，至少比家中其他男孩聽話得多。現在聽他開口說話，雖然驚訝，倒有幾分親切。她坐到他身邊，兩人頂著月色，一同望著溪中流水，想著苦日子不斷流逝，日子就這麼一天一天過去。

「你這樣算好了嗎？」

「我怎麼知道？我生下來就是這樣了，其實我一直都很清楚是怎麼回事，只是身不由己，沒辦法的。」

「為什麼會這樣？」

「這說來話長，我阿母還沒生下我的時候，我就在她身邊看著她，她為了保護我，跟幾個男人拚鬥，把他們打死了，但那些人不甘心，靈魂一直散不去，打算報復我的阿母，只是他們不夠強，那時的阿母一心只想把我生下，力量很強大，誰都沒辦法靠近她，誰想到他們趁她生我的時候才來欺負她，那是她最脆弱最危險的時候，真是可惡極了。

「他們總以為我是他們的小孩，所以一直在爭，其實就算是，又怎麼樣？他們對我的阿母做這樣可惡的事，要我認他們做爹，我也不願，只可惜天命有時難違，就算是十惡不赦的人，父子倫常就是不能打破，那時我守在阿母身邊，對著那三個男人破口大罵，後來又打了起來，雷公就開始不高興了，閃電交加，弄得我心煩意亂，但我還是把他們阻擋了下來，母親順利把我的肉身生下來，我才安心回魂，哪裡想到那三個人把這股怨氣出在我身上，就把我弄成這副不人不鬼的模樣，照理說，他們那時就該下地獄去了，但怨念的強大，有時神人也不一定阻擋得了，他們三個變成一副無頭的骷髏，住進我的身體，就這麼把我困住了，三不無時還會跑出來作怪，弄得我好痛苦，我的阿母看我這麼痛苦，好幾次想帶著我一起去死，後來都打消念頭。我這輩子還好有阿母，不然也活不到現在。

「後來，那天妳答應阿母，要讓妳的孩子過繼給我，我雖然不懂因果，也不懂來生的事，但我感覺得到那種恩情，而且充滿希望，覺得這輩子不是只有我和阿母，而是有一種家的力量在牽成，就像是，妳跟妳的兒子，弄了一條長長的繩索，把我和阿母緊緊的綁在一起，好安全，好溫暖，我和阿母在這世上，不再是孤零零的兩個人，不再被人欺負了，以後也會有子孫安頓我們。」

淑芬聽到這裡，忍不住插話：「你這麼戇，你有大哥、二哥、三四五哥，又有這麼多序小，你死了一樣是鄭家的神明，子孫都要拜你的啊？怎麼會是孤零零的人？」

「妳不懂，那差很多的。要不然，那些困著我一輩子的惡靈，今天也不會這麼不安份，他們已經無明了，無法思考了，連頭都沒有了，只是憑著當年強大的怨恨，把我困得死死的，但是他們知道我有希望了，以後有子孫會拜我了，覺得不平、不甘心，憑什麼我可以有子嗣，他們卻不行？他們的子孫，還不知道他們的名字呢？所以一定要把我弄得魂飛魄散，還好，老天有眼，妳來救我，要不然，我就下地獄了。」

「是這樣啊，那太好了，你阿母看你這樣，一定也為你感到高興，你終於可以好好孝順她了，她也實在命苦。」

盛發長嘆一口氣，「來不及了，我這輩子不能孝順阿母了，是我的不孝，只能來生再報，還好，我得救了，這一切還真是得感謝妳呢？」

「什麼意思？」

「妳看啊！」

淑芬這才發現，盛發的肉身倒在屋外，似已往生多時，此刻坐在她身邊的，應是他的魂魄。

盛發望著她，微笑，「感恩啦，對了，妳這輩子，還沒開口叫過我阿叔呢？哈哈哈，不過也不必了，妳的兒子以後得叫我阿爸，而且還要拿香拜我，論輩份，我們兩個算是未過門的夫妻。」

說著說著，盛發便起身，一躍而入溪中，泅泳在月色之中，他翻身仰泳，專注看著天上的月亮，眼神充滿感激。淑芬不禁感傷。

地底

淑芬去告訴阿嬤這件事，卻看見阿嬤的魂魄出竅，起身便走出房門，自顧走自己的路，淑芬叫她，她卻頭也不回，竟然愈走愈快，淑芬只好小跑步跟上，不知不覺，兩人來到一處廢棄的礦坑，阿嬤也不是那個老態龍鍾的阿嬤，而是一位卅出頭的少婦。淑芬感覺到，那位始終對她陰魂不散的男孩，也跟在她身後。

她清楚，阿嬤這是在交辦後事。她此生最大牽掛，就是這個殘缺的孩子，孩子走了，她也該走了。

那年阿嬤離家，淑芬尚未出世，多年以後，阿嬤帶著一個殘缺的孩子重新回到這個家，沉默少言，對往事隻字不提，淑芬有預感，阿嬤總有一天會將所有的事告訴她，因為只有這個跟她一樣看盡生死悲歡、曾經死去又再活過來的女人，可以理解她說不出口的痛。沒想到這天終於來臨。淑芬隨著阿嬤入坑，沒有任何猶豫，她知道阿嬤想要讓她知道所有的祕密，唯有將這個埋藏經年的祕密說出口，她才能安心的走。

淑芬以為，這礦坑地勢再怎麼險惡也難不倒她。經過那次入坑接生，對這樣不見天日的地底世界，她不再有任何障礙，怎料才踏進坑口，她便失足，一路往坑底滑行，她大聲驚呼，一顆心哽在喉頭，吞也吞不下，吐也吐不出，最後一頭撞上一根木樁，昏死過去，她的肉身留在原地，魂魄離身，卅多年前留在那根木樁上的阿嬤的魂魄，也在此刻被喚醒。不久淑芬便見到一個男人躺在地上奄奄一息，全身爬滿了白蜘蛛，她知道那是阿公，但阿嬤人呢？忽然有個男人從她身後將她抱住，她竟無法抗拒，遭其侵犯，這才驚覺，不知從何時開始，她和阿嬤的魂已經合為一體！她害怕，卻無能為力，只能任憑那男人擺布。他們瘋戲歡愛，她卻沒什麼感覺，也許是因為她知道這男人侵犯的對象是阿嬤，不是她。沒多久，那男人受到重擊，陷入昏迷，淑芬才得以脫身，但不知哪裡跑來兩個男人，從此她便和這四個男人共同生活了好長一段時間。她一點都不覺得不可思議，在地底沒有什麼事是不可能的。

此刻，她跟著阿嬤的魂魄，回到卅多年前的事件現場。那年礦坑落磐，阿公失蹤，阿嬤也跟著失蹤，眾人都以為阿嬤下坑救夫，卻不知當年坑裡發生的事。淑芬萬萬沒想到，此時她的魂魄與阿嬤合而為一，是阿嬤想藉著她的魂，還原當年的祕密？還是冥冥中有股力量要透過這樣的事對她開示什麼？淑芬大惑不解。

淑芬感受到阿嬤不願受那四個男人擺布，趁他們神智昏沉、思緒不清之際，用繩索將他們分別綑綁，各自固定在散落的木樁上，限制他們的行動，一來避免男人們彼此互相攻擊，二來她是坑中唯一女子，不得不防。四個人都傷得不輕，她得伺候這四個人。她試著尋找出路，竟找到通往濱海的通道，看見陽光的那一刻，她大聲歡呼。她潛入水中撈魚，撿拾貝類、海菜，再攜回坑中，親自餵食，坑中取火不易，又容易造成災害，只能生食，但她手巧，憑著切割及組合，即能調理出口感細膩的美食，海味即是鮮味，眾人吃得津津有味。

她可以逃，卻不逃，因為這裡有她牽掛的人。她日出即出坑作穡，日落或天雨才進坑休憩，只為躲避那些禽獸一般的男人，她一日只餵他們一餐，以防其元氣恢復，掙脫束縛，滋生事端。平日在海濱狹窄空地獨處，倒也逍遙自在，阿嬤甚至以為，自己將一個人在此終老，或待哪一次狂風暴雨把自己沖走，還是哪個對自己痴心的人，排除萬難前來救她，才得解脫。她百思不得其解，礦坑地處內陸，距海遙遠，在地底卻只消片刻即能靠近海域，實則此坑一路傾斜，若是搭乘台車到坑底，也要耗時四個鐘頭，許多長期在此坑工作的礦工，終其一生恐怕都不知道，這礦坑正是位於海底。

然而也因為這坑夠深，地底夠溫暖，礦工作穡向來赤條條衣不蔽體，這時秋意正濃，阿嬤待在坑裡感覺不到半點寒意，反而覺得暑氣逼人，有時在地面被海水浸濕，只需簡單擦拭，步回坑中時，早已全身暖烘烘。

不出十天半個月，四個男人被阿嬤養得白白胖胖，元氣完全恢復，閒來無事，手腳又被束縛，只能作口舌之爭。阿嬤不願久待坑中，就是不想聽這些不堪入耳的話。這四個男人，一是與她結縭十七年的丈夫，一是救她出風塵卻失散多年的舊情人，餘兩位素昧平生，卻在她入坑時占她便宜，早有肌膚之親。

她的舊情人是強勢的，暴力的，幾近無賴，言語凶狠尖刻，極盡侮辱情敵之能事。

「我要是你，早就一頭撞死，你最好祈禱自己先死，別讓我逮到機會把你凌遲到死。你還有什麼本事？你現在也已經殘廢了，幾乎不算是人，你還活著幹嘛？除了吃喝拉屎拉尿，你還會什麼？這樣還算人嗎？你為什麼不去死呢？你是啞巴？不會說話啊？回答啊？連話都不會說啦？還是默認啦？還是怕啦？別以為你不答腔，我就饒你，就算你跟我跪地求饒，我還是不會放過你，我就算手腳都不能動了，也還有一張嘴，用咬的也要把你咬死。不講話？這輩子從來沒看過這麼沒用的男人，真不知伊是怎樣看上你，我真是嚥氣啊，要跟你這樣的廢人搶一個女人，我要是好手好腳，還有讓你活命的機會嗎？你一頭撞死吧，你咬舌自盡吧，你為什麼不死……」

就這樣一直說個不停。她的丈夫卻從不回嘴。但這樣的沉默，反倒更激怒舊情人，不，應該說，這樣的沉默，反倒成為克制刀子口的絕佳利器。

另外兩人，偶爾答腔，「你說這些幹什麼？大家現在都一樣狼狽，有什麼好計較的？先想著怎麼出去吧！」「是啊，能撿回一命，就要謝天謝地了，還想著要殺人，你也拜託！」舊情人卻只顧著說自己愛說的，他的目標就只有一個，把他的情敵說死、嚇死、羞辱到死。也許是閒得發慌，這對難兄難弟也時常鬥嘴，「倒是這女人也夠厲害的，竟然還弄得到吃的，得好好謝她才是，真不簡單，她既然拿得到食物，就表示她可以離開這個地方到地面去，那為什麼不逃走呢？為什麼還要照顧咱們這幾個臭男人呢？真的是有情有義的女人，我要娶也要娶這種。」「你還敢啊，你查某人不殺了你才怪！」「你還說，你自己還不是肖想得要死！半夜還打手槍，不要以為我不知道。」「有辦法就騎上去啊？敢說我，也不想想你那天的狼狽樣！」

阿嬤隨他們亂說，但只要她一出現，四個人便住嘴。他們有求於她，不敢造次。但一開始並不是這樣。舊情人是四人當中最不安份的，他是最早恢復元氣的，也是第一個開口說話的人，他第一句話便是衝著她來，「來，妳來，來讓我抱一下吧，我很久沒抱妳了，怎麼？妳還在想妳那個廢人嗎？他廢了啦，連話都不會說了，妳死心吧，妳本來就是我的人，是他趁人之危把妳搶走，現在還我也是天經地義的事，怎麼？良心發現了是嗎？是妳叫我來殺他的，是妳求我帶妳走的，現在反悔啦？想當貞節烈女啊？想當王寶釧啊？算了吧，妳就是個欠人姦的破婧，妳的底誰不知道啊？要我說嗎？妳被多少個男人騎了，要我跟大家說嗎……」喋喋不休。阿嬤一氣之下便餓他十天，連水都不餵。其中一人為他求情，竟也被餓了三天。後來舊情人才被餵了一餐又故態復萌，阿嬤又餓了他十天，他才得到教訓。眾人從此伏伏貼貼，沒想到眼前這位看似柔弱的女子，手段竟如此狠毒，那男人說她謀殺親夫，想必是真的。

她餵她的丈夫，總是含著眼淚，丈夫連正眼都不瞧她，他的心已死，面無表情，只是吃著東西，沒有任何情緒，就是無精打采的活著。他受到莫大的刺激，不敢相信自己的妻子會做出這樣的事。淑芬想辯駁，卻不知該從何說起，此時說任何話，丈夫也不會相信，她所能做的，就只有照料他一切。她相信誤會終有解開的一天，她深愛的丈夫終有一天會原諒她。

然而，她的肚子卻一天一天大了起來。她感到煩心。孩子的老爸是誰？她並不清楚，那日進坑受辱，她身心俱疲，萬念俱灰，只盼不要懷上，卻事與願違，唯一能確定的是，孩子不是丈夫的種。四個男人也察覺到了，其中一人首先發難，「我在想，那個孩子是誰的？」這句話讓四個男人的內心起了微妙的變化，四人各懷鬼胎。舊情人話變少了，他最大的遺憾就是不能跟眼前這女人廝守，最大的怨恨就是所愛的女人跟別的男人生了一堆孩子，如果這孩子又不是他的，這口氣他實在不能忍，偏偏女人又在此時變得狠心，讓他完全無法捉摸她的心思，心情頓時沉重了起來。

她的丈夫，則胃口忽然變好，這心境是詭異的。他並不在乎孩子是誰的。打從跟這女人在一起之後，他習慣這一切。過去，他習慣清晨起床，看著妻子對他微笑，之後便張羅吃食，照顧孩子，下田工作，餵雞餵鴨，十多年如一日，他從未想過這樣的日子會有任何改變。他習慣每隔一兩年之後便見到妻子的肚子變大，妻子懷孕之後，就更常對著他笑；見妻子笑，他也跟著笑，他喜歡看妻子笑，妻子大肚子之後的笑，是一則魔術，讓他知道日子再苦，也有活下去的理由。但出事以後，他的信心崩潰，十七年的感情竟如此不堪一擊，難道這女人對他的愛都是假的？原來她的心向著別的男人，連孩子都可以不要，連丈夫的命都可以不要，他的內心充滿怨恨。他不要再跟這個女人有任何關係，他連一眼都不想再見到她。

然而，她肚子大了。他見到女人肚子一天一天的大了起來，想起往日時光，想起貧賤夫妻的生活，他心軟了。這女人為他受了多少苦？逆來順受過了多少日子，卻從來不曾怨他。她莫不是被害了吧？莫不是被眼前這凶神惡煞給威脅恐嚇，那得受多少委曲？這幾日她的心是向著他的，對那個禽獸卻沒好臉色，她何必作戲？作給誰看？十多年夫妻，他為何不能明白她的心思？為何要誤會她，讓她受委曲？但她卻從不解釋，從以前到現在都是這樣，就算被誤會了，也是。

想到此，他便覺得自己可鄙，不配做她的丈夫，保護不了她就算了，還要誤會她。他覺得可笑，這孩子不是他的，卻來渡化他，讓他開竅，想通了不少事，只因他是個莫名奇妙的男人，喜歡看大肚子的女人，喜歡看著自己的女人大肚子。他忽然渴求看到自己的女人笑，但她心力交瘁，日夜要照顧四個男人，苦不堪言，要她笑，實在太難。但他想到，如果他給她好臉色，她必能知道他的心意，必能感受到他的懺悔。他決定正眼看她。她看到了，四目相接的那一霎，她哭了，丈夫見她哭，也哭了，兩人哭了，又笑，女人開始餵他，他吃得很認真，這一吃，才吃出了滋味，吃得津津有味，整個人活力都來，他一口接著一口的吃，眼睛從未離開女人，女人知道他原諒她了，她只求這一刻的到來，若是他不能原諒她，她寧願死，死在他的刀下、拳下，她要他掐死她。

飯畢，她解去他身上的束縛，兩人緊緊擁抱。她帶丈夫出坑，在海濱為他梳洗，他們在沙灘上歡愛，無止無盡，她感受到身上有蟲子在攀爬，睜眼瞧，大驚，原來是白蜘蛛，丈夫也看見了，卻不怕，此刻無暇理會這些，他要用盡一輩子的力氣愛她，沒有任何事能阻擋他。她見男人不怕，也就放心，情慾如潮水奔騰而來，兩人卻未被浪濤淹沒，倒是蟲子愈聚愈多，兩人竟被蟲子所掩埋，最終完全看不見彼此形體。

入夜，他們才進坑避寒，相擁而眠，不在乎別人的眼光，反正他們才是真正的夫妻。這一夜，四個男人各自想著不同的事。她的男人要殺她的舊情人。但舊情人是老江湖，他其實早已掙脫枷鎖，只是進食無多，體力不濟，暫時按兵不動，他知道情敵的心思，知他行動自如之後，一定會對他下手，他必得先發制人。就在阿嬤離開不久，丈夫便拿著木樁，緩緩走向沉睡的他，卻未料那人早已有所準備，單腳一伸，便將他絆倒在地，兩人纏鬥，那是你死我活的爭鬥。

餘兩人並未隔岸觀火，姓簡的使喚姓呂的：「你用牙齒先幫我咬斷繩子，我再幫你。」姓呂的也不是省油燈，咬個兩下，便要姓簡的也幫他，兩人終於雙雙解脫，便各自拿起木樁當武器，盯著另兩人的戰局。舊情人果然略勝一籌，阿嬤的丈夫被他勒到沒氣，兩人未等贏的一人收手，便一擁而上，將他擊昏，此時阿嬤正巧回來撞見，驚聲大叫，姓呂的一慌，竟對她揮棍，這一揮，阿嬤倒地不起。

這回換姓簡的和姓呂的對峙，姓簡的說：「你想幹什麼？」姓呂的說：「你想幹什麼？」「這女人是我的！」「那也要看這孩子是誰的吧！」「孩子是我的！」「孩子才是我的，我是孩子的老爸！」「笑話，你憑什麼那麼確定，那天你是不行的你忘了！」「不行的是你吧！」

兩人你一言我一語，卻不敢輕舉妄動，看得淑芬的魂好急。印象中，阿嬤會在此時出手，用石頭將四個男人都擊斃，而且毫不手軟，但此刻阿嬤卻沒有任何動作。

局面繼續僵持。終於，那個若即若離的男孩出現了，他先是朝著姓簡的後腦杓揮了一棒，見他倒地，姓呂的一時意會不過來，還不知哪裡冒出來的小子來攪局，男孩輕易將他敲昏，之後，他輪流對著這三人掄棒，將三人的腦袋打得血肉模糊，淑芬不敢相信這孩子會這麼殘忍。

他終於罷手，回頭對著阿嬤的魂一笑，然後走到阿嬤的面前跪下，磕了三個響頭，說：「阿母，妳快回來喔！」

此刻淑芬才知，這男孩就是自己的父親。男孩也走過來對她笑，淑芬一時激動，一把抱住他，痛哭失聲。她在坑裡度日如年，也不知外面的時空如何變化，還以為再也逃不出這個地方，再也見不到日思夜想的家人。男孩對她說：「阿芬，快回來喔！」話才說完，淑芬感到天旋地轉，瞬間回魂，回到自己的身體，她從坑裡爬出，回到家中。

阿嬤卻坐在床緣等她，悲傷的望著她。她在等淑芬告訴她真相。淑芬拖著一身疲憊，告訴阿嬤一切。阿嬤不斷哭泣。她說她完全忘了，她說她一直未能得到阿公的諒解，阿公死前怨恨的眼神，讓她一輩子都不能原諒自己，雖然一切都是不得已，她有她的苦衷。淑芬跟她說，沒這回事，阿公早都原諒妳了，她跟阿嬤說起兩人和解的那段，阿嬤難以置信。

「難道妳都不記得了嗎？」淑芬話才說出口，忽然覺得，這一切或者只是自己的想像，她與阿嬤的魂合而為一，所有經歷如此真實，卻又如此虛幻，她又怎能分得清，哪些是阿嬤的記憶，哪些又是自己一廂情願的想法？待阿嬤拂平情緒，停止哭泣，阿嬤開口說話。

「妳說的，有的我記得，有的我不記得，我知道我一直在照顧這四個人，包括妳的阿公，但他很早就死了。我跌進坑裡不久，和妳阿公相遇，和那個男人相遇，不久他拿石頭打傷了那個男人，他就沒再起來了，我把四個人都綁起來，這我都記得，我只怕這四個人打起來，會傷害我。在坑裡的時間十分漫長，我每天都數著白蜘蛛，一隻、兩隻、三隻，看著牠們到處飄，到處爬，我在想，人活著也跟牠們一樣吧！努力活著，卻漫無目的，一陣風吹過來，就把你吹散了，無影無蹤，你只能跟著飄，跟著散。運氣好，你落地了，抓住一片牆，找到可靠的伴，你又開始爬，開始活。我看著這些白蜘蛛，本來還有些害怕，後來愈看愈有意思，我覺得我就像白蜘蛛一樣，很軟弱，很無助，飄到哪裡就活到哪裡，這就是命，我不怨命，我什麼都不想，我一心只想我心愛的人，我只念著讓我想到會心酸的人，我想離開這裡去找我的孩子，想到孩子我就心酸，我的眼淚就止不住，這些白蜘蛛就忽然變大。我忽然看見，牠們其實是有目的的，牠們都往同一個地方爬，我好奇，就想看牠們去哪裡，牠們鑽洞，我就鑽洞；牠們爬牆，我就爬牆；牠們泅水，我就泅水，我很快找到乾淨的水，可以給眾人喝，我的身體變得好輕，來去自如，伸縮自如，後來就讓我找到通往海邊的路。我找到可以給大家吃的東西，他們被綁著，我不怕他們，我一個一個餵他們吃東西，但妳的阿公什麼都不吃，看也不看我一眼，其實他早就死了，我還是每天餵他吃一點，一點也好，我以為他會醒來，可惜沒有。後來的事我就都忘了，我只記得這三個男人打來打去，我也被打昏了，等我醒來，三個人都死了，孩子也自己跑出來，至於我怎樣離開那個地方，我也沒有什麼印象，最後好像還是從海邊出來，然後自己一個人亂走，最後才找到回家的路，在這之前，也在別的地方流浪了好幾年。阿嬤真見笑，跟妳說這麼多，是希望有一天妳看到阿公，可以跟他說，阿嬤沒有對不起他，阿嬤都是不得已的，請他要原諒我，下輩子還要跟他做夫妻。」

淑芬緊握著阿嬤的手，不知該如何安慰她。阿嬤的魂與她的魂，也緊緊牽著彼此的手。他們回到一個很遙遠的年代。阿嬤變成一個小女孩，她被送到一戶人家，這家人有好多男孩，其中一個跟她年紀差不多，一直逗著害羞的她，一直找她玩，她叫他二哥，他叫她阿妹，他說他一定要娶她為妻，她從來都沒有懷疑，但她到了九歲就被賣走。送走的那天，二哥一路跟蹤到收留她的所在，卻被人打成重傷，回家後發燒重病，病了半年才痊癒，病好了以後，他便離家，到處流浪，打探阿妹的消息，皇天不負苦心人，終於讓他在一處茶室找到她的行蹤，但他知道，要救自己的妹妹沒那麼簡單，用搶的不可能，用錢贖，三輩子也賺不到那個錢，他便想辦法打零工，做苦力，等待機會。阿妹一再被轉賣，他總是能打探到消息，然後繼續守候，後來阿妹被一個惡霸挾持，過程驚險，一陣混亂，這些他都看在眼裡，卻苦無機會出手，他知道那些人一出手就能致人於死地，他不想逞匹夫之勇，平白無故犧牲，他繼續等待機會，終於那惡霸去找仇家鬥毆失手，身受重傷，雖有同夥營救，卻從此不知去向。阿妹趁機逃走，他怕還有人在盯著她，還是忍著，等了這麼多年，離目標如此之近，他反而更小心翼翼，雖然只敢遠遠跟蹤觀望，心情卻十分激動，終於可以相認了嗎？她還認他這個二哥嗎？他有能力保護她嗎？幾番猶豫，竟眼睜睜看著阿妹跌落山谷，他懊惱不已，也跟著跳下山谷，他背負著重傷的阿妹一路逃，一路哭，沒想到苦苦等候了十一年，結果竟是天人永隔，他恨自己的軟弱，恨自己根本不是男子漢，這才驚覺，十一年來，他不是來救妹妹的，兄妹的感情不是這樣的，他對一個女人的愛是如此強烈，沒有她就不能獨活，他終於明白自己對阿妹的執著是不尋常的，這不是兄妹情，而是愛情。他發誓，只要阿妹能活著，他一定跟她做夫妻，跟她生一堆孩子，他一定要愛她到老。

淑芬的魂跟著飄，見證這段悲苦的愛情，她悲傷不已。她從不知道，兩個人相愛，可以愛得如此淒慘，愛得如此不幸，但她深深被這對戀人打動，被這份至死不渝的愛打動，也難怪阿嬤對於阿公的誤會，始終耿耿於懷，這段得之不易的感情，不是外人所能理解。阿公到底原諒阿嬤了嗎？淑芬原本是確定的，此刻被阿嬤這麼一說，卻也跟著懷疑了起來。

那個男孩又出現了。男孩牽著阿嬤的手，笑得燦爛。三人坐在牡丹溪畔，沉默不語，逝者如斯，過去的歲月，再苦，也都這樣過去了，淑芬連日來跟著細數諸般記憶與往事，身心都快要承受不住，但她歡喜一家人這樣靠在一起，她不喜歡被拆散分離的感覺。她終於明白，幾十年來對女孩的執著，對初生嬰兒被送走的不平，就是來自自己對這個家的依戀，她的魂魄，始終糾纏著阿嬤對阿公的痴戀，阿爸對父母失蹤離散的不捨，以及整個家族吵吵鬧鬧卻始終相隨的生死相依。

男孩開口說：「阿母，妳放心走吧，我有找到阿爸，他知道妳的委曲，也知道妳的苦心，他死前怨恨，對妳有誤解，但他一切都看在眼裡，也知道妳的過去，對妳只有心疼，只恨不能一直守在妳身旁，保護妳，保護這個家。他跟我說，這個家以後就靠我了，我記住了，我知道我做得不好，所以更明白阿爸的苦衷。但我跟妳保證，他沒有怪妳，他是愛妳的。」

男孩的身形一直在變，一開始愈變愈小，甚至變成一個三歲小兒，後來又變了，愈變愈成熟，愈變愈老，終於變成一個老人的樣子。阿嬤緊抓住他的手，「你說的是真的嗎？阿枝，你說的是真的嗎？你可不要騙你的老母？我好歡喜！我好歡喜！」母子倆相擁而泣。

是夜，阿嬤往生。享年六十四歲。

絕情

那日與淑芬道別之後，阿慶一個人回到診所，他整夜都沒睡，想了許多事，大半時間放空，聽著唱盤，翻幾本書，享受難得的悠閒時光，直到天亮才入眠，等診所開門，如常執業，卻到中午便決定休診。他想回家。回到家，雪子抱著孩子出來迎接，「你回來啦！」阿慶將孩子接過手來，雪子為他提公事包入門，沒有質問，沒有冷戰，好像所有事都未曾發生。事實上，有好長一段時間，他經常好些天都不回家，這次他回來，雪子有一種「他終於回家」的篤定，她知道，這次，他是真的回家了，她的男人終於回來了。

接下來連著幾天，阿慶放著診所的事務不管，在家中昏睡，這是他一貫逃避現實、療傷止痛的方式。這次傷得也許沒上次重，但依舊是重傷，他必須深呼吸才能感受自己的存在。他也想用酒色來麻醉自己，頹廢放縱一段時日，但他沒有。做這種傷害自己的事要有意義才行，至少你在意的那個人得在乎才行，偏偏那個人若知道他這樣幹，只會更瞧不起他。

他靜下心來寫信給淑芬。這信寫得有些賭氣，但反正信也不會寄出去，就算寄了，她也不會看。

淑芬吾愛：

我必須承認，我是一個壞人，我讓妳瞧不起，雖然我愛妳，但我配不上妳。再怎麼說，妳的人格，妳的道德節操，都比我好上千倍萬倍，而我這個自許受過高等教育的醫生，卻根本不配做一個人。雖然一切都是為了妳。我在妳面前盡量維持一個好人的形象，妳卻還是離開我，那麼，我就來試著當一個壞人吧！不，應該說，就讓我回復我本來的面目吧！就讓妳徹底看清我這個人吧！

我在想，我是從什麼時候開始變壞的？我本來就是一個為達目的不擇手段的人。我從未告訴妳，我在日本讀書時，就有一個要好的女友，這是我一直瞞著妳的事，她其實為我拿掉過一個孩子，在我回國之後，她還一直覺得，總有一天我會回日本娶她，其實回台灣以後，我對她便不聞不問。我接受了父母的安排，與雪子訂親，這是我所傷害的第二個女人。其實我並不愛她，但這門親事對我們兩家的事業都有好處，對我的診所業務也有幫助，我沒有理由推辭，直到從叔父那裡得知妳重病的消息，我才決定毀婚。我在想什麼？我的腦袋壞了嗎？我真的如此看淡功名利祿、只為愛情而活嗎？老實說，我和妳數年未曾見面，多年來靠著單相思的書信，排遣寂聊，內心想著有朝一日妳會因為這些書信對我投懷送抱，只可惜妳根本就不識字，我再怎麼在信中投注濃烈的感情，對妳也是沒用的，但這些感情都是假的嗎？也不盡然。這些深思熟慮、半真半假、化為文字的情感，在看到妳的那一刻，完全爆發了，我深信我寫給妳的字字句句，都是真實的愛，我此生非妳不娶，只有妳這樣剛烈、堅貞、有理想的女子才配得上我。

我必須承認我是自私的，我是驕傲的，我把感情當作一種工具，當作我成功人生的附屬品，卻未曾真心的去想，該怎麼愛，該去愛誰，該為誰而愛。

不過，這也許是冥冥中注定，愛上妳，竟成為上天對我最大的懲罰，懲罰這個聰明過頭了的我。試想，一個學成歸國的青年醫生，有父母叔伯安排的政商人脈，娶得名門閨秀，廿年後從商、從政，一路平步青雲，這是何其完美的人生！我何苦跟自己的大好前途過不去？難道富貴真的於我如浮雲？功名利祿對我而言都是糞土？還是，我真有這樣的心機，想把自己塑造成一個為愛放棄榮華富貴的有情有義男子？我想變成情聖？我想要變成一則傳奇？不是這樣的。

我是真的愛上妳，愛上真正的妳，和妳相處的這段日子，我瘋狂的愛上妳，完全被妳給迷住了，說來好笑，愛情這東西，虛虛實實，我此刻說得如此斬釘截鐵，連我自己都不相信我自己了。不過妳說的也沒錯，我愛的不是原來的妳，而是失去記憶的妳，要是妳未曾失憶，恐怕我沒那麼容易娶到妳，就算娶了妳，妳也不是那個百依百順、溫柔善解人意的妳。

是的，我必須向妳懺悔，我並非妳所想像的那樣正直的人，如果妳曾經覺得我是個好人的話，至少妳也承認，我在妳最危難的時候，接濟了妳，不管是出於同情，出於好奇，出於愛，還是出於某種機關算盡。我要懺悔的，不是因為我騙了妳，趁妳之危娶了妳，以及傷了我的未婚妻。都不是的。

我的確是愛妳的，甚至為妳而殺了人。

就在即將迎娶妳的前幾日，我的那位日本女友前來找我，我們相約在海邊相見，後來她失足墜海。其實是我將她推向海裡，我甚至沒問她來的目的，也未曾敘舊，也未曾噓寒問暖，她一來，見到我，喜出望外，還來不及問候，就被我推下海了，毫不猶豫，我看到她驚訝、哀怨、又帶著幸福的眼神，但我沒有任何反悔，那時的我，心中只有妳，我完全被愛情沖昏頭，不許任何足以妨礙妳我婚姻的事發生。事發之後，警方只當這是一般意外，她沒留下遺書，也未跟日本的家人交待這次旅行，沒人追究此事，也沒人進一步調查，我連動用官方、報社的資源都不必。妳若要問，我有沒有一點良心不安？我很肯定的跟妳說，沒有。

也許妳要說，殺一個人，算不得什麼，那我還要告訴你另一件事。其實，就在妳我成婚以前，還有另一人來找我，那就是雪子的哥哥。我知道他遲早會來找我，我跟他從小就認識，很多事其實是他教我的，如果不去日本學醫，我可能會跟著他學做生意，他知道哪裡有好酒、好肉、好兄弟、好女人，我第一次嫖妓，就是他帶我去的，我們每次去玩女人，都說好要玩同一個女人，輪流品嘗，交換心得，這樣才知道哪個女人最好，他實在壞透了，但他不知道我比他還壞，壞就壞在，我一直讓他覺得我是一個書呆子，害羞內向，是個連玩女人都會良心不安的乖乖牌，其實，我連他的妻子都玩弄過，他卻一直被矇在鼓裡。他對我是真誠的，一心要將他的妹妹跟我送做堆，這當然是私心，他最疼這個妹妹，心疼她的殘疾，覺得只有我這樣的好人配得上她，其實我並不在乎她有殘缺，事實上，她是個好女人、好妻子，只是當時我心中只有妳。

他來找我，我猜不會有好事。我準備了槍。我的腦袋有點糊塗了，為了妳，我會一再做糊塗事，還好，我很快冷靜下來。說來好笑，那時雖然瘋狂愛妳，也和妳有肌膚之親，但畢竟還未將妳娶進門，總不能一直到妳家偷偷摸摸幹壞事，但我強烈渴望妳的身體，愈是得不到，內心就愈衝動，雖然外人看不出來，我那時整個人都快爆炸了，一連去嫖了兩個女人，止熄了慾火，腦袋也清楚了。我心想，這回可不像那個日本女人來找我那麼簡單，推下海也就是了。我要是衝動殺了我的好兄弟，可是會身敗名裂，後果不堪設想，我決定逆來順受，打不還手罵不還口。他來診所找我，把我狠狠教訓了一頓，我被打得好暢快，身體上的痛楚，成為一種快樂，每挨一拳，我就想開懷大笑，想到我即將完完全全擁有妳，這點痛算什麼？他每打我一拳，我就離我的愛情更近一步，實在太痛快了！其實，我還是在抽屜裡藏著一把手槍以防萬一，但後來我竟完全忘了這回事。事後想想，當時殺不殺人，也只是一念之間而已，還好，那兩個妓女救了他，也許該說，是妳救了他？

後來妳清醒了，妳說要離婚，而且非常堅決。我在妳面前委曲求全，直到我終於明白妳的絕情，妳根本一點回頭的意思都沒有，我真的想殺妳。我想盡各種辦法要與妳同歸於盡。第一次，妳提了行李，準備走出家門，我拿著手術刀，悄悄跟在妳身後，打算殺了妳之後，我再割斷自己的頸動脈自殺，卻在此時，有個男孩出現在我面前，惡狠狠的瞪著我，我全身動彈不得，直冒冷汗，我知道那是鬼。

但我還是不甘心。妳去旅社暫住，我打算去找妳，這回一定要殺死妳，但那男孩似乎跟定了我，陰魂不散，他甚至就一直牽著我的手，我到哪，他就跟到哪。我在基隆市區繞圈圈繞了一整天，還以為已經完全擺脫他了，我在旅社對街守著，防著他突然竄出，就當我以為那是最佳時機，我緩緩行過馬路，內心百感交集，我到底是恨妳還是愛妳？我真的就要這樣把妳殺了嗎？殺妳之前，我能抱妳嗎？我能吻妳嗎？我能和妳纏綿嗎？我的心一直在跳，噗通噗通的跳，都快跳到心口了，才走到路中央就已全身發熱，頭暈目眩。就在此時，我又發現有人在牽我的手，先是輕輕握著，然後愈握愈緊，我感到萬念俱灰，直冒冷汗，我知道是他來了，我胃寒、發冷，冷到一步都走不動，我想呼救，卻叫不出聲音，就這樣呆立在路中央，人來人往，車來車往，卻也沒人迎面撞上，他們都剛好輕巧閃過，彷彿我並不存在，然後，天空開始飄起雨來，妳也似乎發現了我，妳下樓來抱我、吻我，我內心是感激的，畢竟夫妻一場，我的心也是肉做的，而妳是我真真切切愛過的女人，只不過，一切都已成空，妳心意已決，又何必來可憐我？然後妳離開，我昏厥，我們就此分離。

我愛妳，我恨妳，如果不是因為妳，我不會發現我是如此偏激的人，如果不是因為妳，我不會發現我是如此投機的人。我真想置妳於死地，但我殺不了妳，別說妳的身邊有些奇奇怪怪的力量在保護著妳，我發現妳是一個充滿力量的人，肢體的力量，心理的力量，靈性的力量，我們重逢之後，我發現，在妳的面前，我還真是比妳矮了很多截，論人格，妳是高尚的，我是低下的；論智慧，妳是直觀的，我是分析的，我的縝密思考，有時還不如妳的當機立斷；就連醫術，我的所學及臨床經驗，都還贏不過妳上山下海胡搞瞎搞的手藝。那日與妳歡愛，更是令我吃驚不已，妳知道嗎？妳有一股男子的力量，有一股純然陽剛的力量，連一般男人都不見得能招架，那年就算沒有那個男孩的鬼魄來阻擋，我也不見得能殺得了妳，妳真是一個奇女子，用神蹟來形容都不為過。

說了這麼多，也許妳會認為，這都沒什麼大不了，我頂多只是軟汫，意志不堅定，不算大奸大惡。那我接下來要說的，妳一定不能原諒了。沒錯，那日妳來求我救妳的家人，其實我根本什麼都沒做，妳的家人是因為別的因素被釋放的，跟我一點關係都沒有；後來妳的二叔也被抓走，沒錯，我也並未出手，是妳的五叔去自首，作為交換條件。也許妳可以說，我並沒有騙妳，只是我沒說實話而已。

不過，妳第一次來找我時，我的確到處動用關係，想辦法要救妳的家人，卻無意間得知雪子的哥哥在從事政治活動，我請他幫忙，反而被他痛罵了一頓，他要我好好珍惜雪子，不要把心思放在不相干的女人身上，我懷恨在心，便去舉報他，雖然當局並未馬上對他採取行動，卻開始盯上他，我因為於心有愧，才開始改變對雪子的態度。至於後來把妳從牢裡救出，那也是陰錯陽差，情治單位知道我和妳的關係，便以妳為條件，希望我能舉報更多不法名單，我並非受到威脅而甘願當個密報者，而是心頭有一股怨氣難以平復，我必須殺幾個人才能解我心頭之恨，我必須讓幾個人像螞蟻一樣連怎麼死的都不知道，才能顯得我高人一等。我一口氣貢獻了十個名單，妳果然輕易被放出來，但那時妳已重傷，我有種被騙的感覺，所幸妳終究醒過來了，妳我才有短暫的愉快時光。不過雪子的哥哥卻在這一次險惡的政治漩渦當中不幸喪生了，他確確實實是被我出賣了，卻到死前都還不知道是他的朋友出賣了他。他才是真正的義士，為了理想，為了民主，為了台灣人民，他什麼都肯做。

第一次我出賣他，其實沒什麼證據，然而對那些政治鷹犬而言，要整肅異己，何須證據？只要有人舉報，那就夠了。第二次，我再次貢獻出名單，這次名單裡還是有他，依舊是沒有證據，他卻必死無疑。怎料他竟還忙著救人，到處動用關係幫人說情，想要弭平這次災難，卻不知自己是泥菩薩過河，隨時都可能被抓去槍斃，說實在，兩次要救妳的家人，我第一時間想到都是他，他才是真正有正義感的人，而且，能多救兩人，他絕對不會只救一人，這點倒是跟妳很像。真是可惜，他臨死前好幾次來找我，身心俱疲，跟我說了很多當局可惡的地方，我陪著他義憤填膺，他卻還忙著勸我別激動，要我沉著，不動聲色，不要像他那樣招搖，成為眾矢之的。我怎麼會激動？我也曾經是熱血青年啊，我應該激動的，但為何竟然腐敗成這樣的地步，連對他伸出援手的勇氣都沒有，卻還要對他落井下石？因為我的熱血，老早就被愛情的毒素所汙染。打從我決定愛妳開始，我早就已經是個爛到底的人了。

午夜夢迴，我反省自己，我很難說明自己何時變得如此喪心病狂，而且是沒原由的使壞，有些人因為有把柄在別人手上，或擔心家人被牽連，或者因為豐厚的利潤，為了金錢或權力，甘願當個告密者，這都情有可原，可是我呢？這樣做對我有什麼好處？我從不為誰賣命，日本人、唐山人、台灣人，誰當家都是一樣，沒有誰比較壞誰比較好，再好的時機，也有人死，再壞的時機，也有人活，能活的都是有辦法的人，要比的是聰明睿智及手段，而不是誰比較有熱血有理想，我這輩子就賣一次命，也就是賣給妳了，下場如何？妳也看到了，妳說我該使壞嗎？妳說我該當一個壞人嗎？

讓我來告訴妳。一個人要選擇使壞，根本毋須理由，跟一個人選擇當好人一樣，也不必任何理由，他可以天生如此，也可以活到中年突然靈光一現，突然被啟發了，開始當個好人，或當個壞人。而對我而言，啟發我的人，就是妳！我夠壞吧，連這種事都能牽拖。理由很簡單，就像我努力愛著妳，全心全意愛著妳，妳一樣選擇離開我一樣，連半點恩情都不念，妳不是最嫉惡如仇嗎？妳不是最善惡分明嗎？妳不是有恩報恩有仇報仇嗎？怎麼對我這樣一個對妳有恩的人，竟如此絕情，說走就走呢？妳說妳不要被施捨的愛，那恩呢？妳卻又說此生難報，那好，我還真該感謝妳沒有恩將仇報啊！我還真該感謝妳，讓我知道我這樣幫助一個落難的好友，不但應該不求回報，對於她的棄絕也不能怪罪，還該跟她說一聲謝謝，謝謝妳教我，對一個人好，就不該放在心上，連說都不能說，想都不能想，要像一個有道高僧一樣，把一切視為空，視為無，恩是空，怨是空，愛是空，恨也是空，經妳這一棄，我真該出家去了。

妳總是說走就走，這次也一樣。這些年來，妳可曾知道妳傷我有多深？妳傷我有多深，我就恨妳有多深。後來再見妳，我就一直想著，怎樣才能讓妳也知道我的生不如死？我安排妳來為雪子接生，是報復，但我並未嘗到報復的快感，妳依舊是如此強悍無敵，這種事，傷不了妳，畢竟妳愛我並不深。妳再來求我，我就想著，機會又來了，妳又自動送上門來，我是該高興還是痛心？畢竟妳總是會想到我，危急關頭，妳還是會來找我。我欲哭無淚，我終究是個軟弱的人，而妳終究是我的剋星，遇到妳，我便亂了方寸，一個一心想報仇的人，關心則亂，就算計畫再怎麼周詳，也是要大打折扣，最終全盤盡墨。

我把妳接來診所安置時，心中至少想了一百個凌遲妳的方法，卻沒一個能用上，我想過取出妳的心臟出來瞧瞧，看看妳的心裡有沒有我；我想過把妳手筋腳筋都挑斷，終生殘廢，必須無時無刻依賴我；我想過把妳的容貌毀棄，劃上幾十道疤痕，讓妳見不得人；我想過把妳的內臟全都挖出來，切成碎片，剁成肉醬，拿去餵狗……天啊，這是一個當醫師的人該有的念頭嗎？我簡直連豬狗都不如。我最終沒動手，不是因為我不敢，而是因為，做了以後，然後呢？每一種方式，都不會教妳更痛苦，也不會教我更開心，為什麼？因為妳是昏迷的，妳是神智不清的，妳看不到我的殘忍，妳甚至不會知道毀了妳的人是誰？而妳之所以能夠毀了我，是因為，我知道是誰讓我心痛，是誰這麼殘忍的對待我。妳真是該死，妳真是有本事，妳就是有辦法在關鍵時刻昏迷不醒，這算什麼？

妳在大坪闖了禍，這在醫界的術語叫作醫療疏失，這有什麼了不起，遭家屬責罵、潑糞、追打、灑冥紙、告官，這都是從妳披上白袍的那一刻起就該知道、就該承擔的事，否則妳就不配從事這行業，喔，是喔，我都忘了妳不是醫生，妳不用披白袍，妳連產婆的牌照都沒有，我不該如此苛責妳，但所有當醫生的都該跟妳學學，學妳如何在對待病人時頤指氣使，出事的時候馬上昏迷不醒，醒來的時候六親不認恩將仇報，豈不快哉！這樣的人生豈不太妙了！太爽了！我還聽說妳醒了以後，回到故鄉，變成一個人盡可夫的女人，妳真是把我當笑話了，我變成天大的笑話，我放棄大好前途迎娶一個失憶的女人，最後竟然被這個女人拋棄，然後這女人又馬上去找一些低三下四的男人糾纏，我究竟算什麼？我究竟算什麼？我究竟算什麼？妳能知道我對妳的恨嗎？如果此刻我還是堅持不殺了妳毀了妳，我還算是個正常的人嗎？妳可以明白嗎？我竟然還得求妳明白，我真是個懦夫啊！

所以，這一次，妳真的走了，我差點又被妳騙了。我們再一次做了夫妻，我竟天真以為，我又得到妳，我又贏得妳的芳心，人蠢沒藥醫就是指我這樣的人；也或者該說，在情感的路上，我注定就是要當一個失敗者；也或者該說，要我當一個壞人，還真不是一塊天生的料。所以，妳的再次離開，更印證我對妳的恨，並沒有恨錯，我不該心軟，第一時間就該殺了妳，我若殺了妳，也就一了百了，現在妳又再度羞辱了我，我也該反擊了。我有這個種嗎？

後來，我終於想通了。我真傻，我根本不必殺妳，羞辱妳，或致妳於死地，我殺妳家中任何一個人，我殺妳村中任何一個孩子，妳就受不了了。妳真是一個為別人而活的人啊，每次看妳為了這些瑣事急得像熱鍋上的螞蟻，我就百思不得其解，妳這是裝出來的？還是天生如此？原來還真是天性。我早該看穿這點。而我呢？我有什麼本事？救人？別傻了，我這輩子還沒救過人呢，我跟妳一樣，也不過是個婦科醫生，就是對女人恣意上下其手，摸摸私處，開開藥，如此而已，為女人接生多年，何其幸運，我連大出血都沒碰過，死產？沒碰過，血栓？小意思，葡萄胎？小意思。我是天生該做這行的，我是福星，所有女人生產會碰到的麻煩事，到我手中都要閃開。但這都不是我的本事。我最大的本事，就是搬弄是非，恩將仇報，快快樂樂當個告密者。

告密，多容易，連舉證都不必。我今天舉發妳的父親，明天舉發妳的叔叔，後天舉發妳的兒子，管他老弱婦孺親家仇家，我高興告誰就告誰，就是不告妳，就是要讓妳急，看妳怎麼出賣妳的身體，跟多少男人幹苟且的事，然後一個人都救不了，最後只剩下妳一個人獨活。然後，我最好在妳住的村子裡租好幾個草寮破房，天天看著妳像瘋子一樣到處奔波，到處求爺爺告奶奶，是啊，妳一定會來找我的，可是我不在了，妳找不到我了，我藏在妳的村子裡看妳的好戲，我每天看到妳痛苦，我就好痛快啊，我報仇了！我報仇了！

如何？這就是我的復仇計畫，不錯吧！身為我最愛的女人，妳就不能佩服我一下？為我鼓個掌？就像雪子一樣，用哀怨、惹人憐愛的眼神看著我，求我抱妳、愛妳、糾纏妳嗎？妳真不是我的最愛啊！親愛的淑芬小姐，妳覺得我該這麼做嗎？身為一個並非天生可惡的人，我這麼做，妳能原諒我嗎？妳能了解我的痛嗎？妳能了解嗎？

這封信，阿慶愈寫愈激動，寫到涕淚縱橫，不能自已。他藉著寫信分析自我，才知道自己對淑芬的愛有多深，恨有多深，自己又是個多麼卑鄙的人，如果時間可以重來，他還會做一樣的事嗎？他真的是這麼可惡的人嗎？他真的會祭出最後的手段報復淑芬一家人嗎？還是，該去嫖幾個女人，睡個幾天幾夜，仇恨就都沒了呢？他沒有答案。這信寫完，他三日無法闔眼。

女兒

告別式。阿榮跪在鄭家子孫之列。孝孫婿。哭得真切。但他心裡卻想著別的事。他初識產婆淑芬時才七歲，什麼事都不懂，跟著一群大男孩到處鬼混，他腿快，喜歡跑在前頭，這是他擅長的把戲，大孩子都說他愛哭又興綴路，他不服氣，男孩們鬥嘴，沒他插嘴的餘地，不如跑得遠遠的，若即若離，發現新鮮事，可率先通報，邀功，哥哥們惹事，他可先逃走，或者就近看熱鬧。偏偏那天，他看到一個女孩蹲在路邊放屎，他樂不可支，心想這是天大的發現，急著想去通知眾人，卻又怕打草驚蛇，便先躲起來瞧一會兒，這一躲，不得了，他看著女孩白爍爍的大屁股，竟看得入迷，他不明白這有什麼好看的，就是這麼一直看著，他到了青春期、到了長大成人了，都還不明白那個下午中邪似的直盯著一個女孩的屁股看，是怎麼回事，卻明白大人們總是說「看人放屎會長針眼」絕對是胡說，那不過是大人自己怕中邪、怕自己被人誘惑而編出來的謊言。豈料他這一躲，看傻了眼，卻被人截足先登，他的哥哥阿松大喊：「來喔！有人在放屎喔！快來看喔！」他大吃一驚，吃驚，不是怕人發覺他在偷看，而是見著那女孩的臉，這輩子除了母親之外，他未曾如此認真注視一個女孩的臉，那張臉，白淨、紅潤，眉毛粗黑，眼神逼人，嘴角一顆痣，凶巴巴的，嘴巴得理不饒人，他不知道這樣的女人算不算美？卻著迷不已，男孩們說：「看到人家的尻川，要把人娶回家！」他心頭一震，男孩們又說：「這查某以後誰娶到誰衰潲！」他心頭又一震，難不成我真的要娶她嗎？

後來，淑芬在幾個村落間大大出名，十三歲就開始當產婆，他覺得很了不起，嘴巴卻還是跟著男孩們數落她，貶損她，吹的還是老調，以後誰娶到她誰倒楣。此刻的阿榮對淑芬畢竟只是暗戀，不敢說出口，對自己心頭那股莫名其妙的感覺，也就沒當一回事。直到一次淑芬來家中為母親接生，他就此神魂顛倒。

那回母親生的是女孩，父親一開口就說要將孩子送走，竟跟淑芬吵了起來。淑芬大聲嚷嚷：「你敢把孩子送走你試試看！」父親說：「妳吃飽太閒嗎？會不會管太多？妳家的大人都沒在管嗎？歹教示，要我幫忙教示嗎？」怎料淑芬一巴掌就呼過去，迅雷不及掩耳，在場的人都被這突如其來的動作給嚇住，父親去抄身邊的扁擔，卻硬生生被淑芬搶走，他怒氣沖沖，在房裡來回踱步，索性一把將上衣脫掉，打著赤膊，盤算著要怎麼對付這個凶惡的女孩。淑芬見他如此挑釁，二話不說也跟著將上衣脫去，露出初發育的雙乳，一點都不害臊，她的胸部平坦，乳房不過如一隻麻雀般大小，一看就知道只是個孩子，但她氣勢驚人，鎮壓全場，一點都沒將眼前這個大人看在眼裡，大人在氣勢上輸了一大截，只能像鬥敗的公雞一樣，氣急敗壞的奪門而出。淑芬知道警報暫時解除，才從容將衣服穿上，繼續為女人及孩子護理。

男人氣自己拿一個小女孩沒輒，本來孩子送不送人，也只是隨口說說，卻被一個晚輩教訓，實在太沒面子，他才會大小聲，若真要動手，他豈會輸給一個孩子？一來見對方年紀還小，又是女孩，出手自有顧忌，沒想到這一顧忌，便被對方吃死死，一點還手的餘地都沒有，真是豈有此理。但這樣的場面，這樣的把戲，淑芬早已成竹在胸，她不到最後關頭不會來硬的，若真要動手動腳，卻總是能先發制人，他知道男人愛面子，這面子能留就留，不能留，就要壓落底，讓他徹底喪失鬥志，最後連將女孩送走的念頭都得打消。

她當然知道這是險招，若有人因此惱羞成怒，反而硬是將女孩送走，那是弄巧成拙，其實心裡想的卻是：反正一口氣先出了，後面怎樣，那都是他們家的事了，我仁至義盡了，人先打了再說，你又能奈我何？卻沒想到這記險招，每次都讓她得逞，她自當產婆以來，這爛招只用過四次，被教訓過的人家，都乖乖聽話，把女孩留在身邊。不明就裡的人還以為，這產婆好厲害，年紀輕輕就有這樣的心機。卻不知這是淑芬戇人戇膽的下下策。

這一切，阿榮都看在眼裡。好幾個晚上，他都無法入睡，腦子裡一再重溫淑芬的言語、肢體以及身上的味道。她怒氣衝天時，髮絲膨散飄逸，猶如女神，好看。她甩開臂膀指手畫腳，橫眉冷豎，像指揮千軍萬馬的樊梨花，好看。她不修邊幅，不時搔頭抓髮，身上哪裡不對勁就奮力的抓，不時飄散出一陣濃郁的體香，好香，他閉上眼細聞，腦中浮現龍眼花盛開的畫面，花穗由黃轉紅，張牙舞爪，如珊瑚招展，在一片蒼翠山色中搶盡鋒頭。他像一隻野蜂穿梭其間，竄出一身的蜜粉及甜香，幾乎忘了回巢的路，他又聞到茉莉花篩過桂竹葉的清香，淡雅甜膩，沁人心脾。

當然，她溘然脫去衣衫的那一幕，杏眼圓睜，胸部如海潮起伏，乳頭如初放蓓蕾，迎風輕顫，這一幕，總在好幾個晚上進入他的夢鄉，他夢見自己趨前與她緊緊相擁，不再分開，他想吻她的唇，他想躍入那片海潮，他想呵護那脆弱的蓓蕾。

阿榮想靠近淑芬，卻沒膽。他總是想盡辦法知道她的行蹤，卻只敢遠遠看著她，淑芬根本感覺不到他的存在。但淑芬的一舉一動，阿榮都知道。淑芬被淫賊阿燦騙去脫光，他都看在眼裡；她與阿慶相約救人的對話，他都聽到了；她去大坪接生，後來發瘋狂奔回雙溪，他一路尾隨，一路哭泣，卻無能為力，他恨自己不能幫淑芬一把。淑芬跑回村裡才昏死過去，是他將她抱進鄭家大門，但這一段，沒人記得，他也從未對淑芬提起。後來阿慶來陪她，治她，最後娶了她，他都瞭若指掌，他數度想挺身而出，告訴阿慶，這個女人我來照顧就好，但他不敢，他又不是醫生，他又沒錢，他沒資格照顧這個女人，在阿慶面前，他自慚形穢。他甚至數度搭火車至基隆，在淑芬和阿慶的新居附近徘徊，然後再步行回雙溪，這一來一回經常就是兩三天，家人還以為他失蹤了，見他失魂落魄的回到家，也不好說什麼，人回來就好，卻沒人知道他心裡在想什麼，他自此成為行屍走肉。

直到淑芬與阿慶離婚回鄉，他才又活了過來，他拚命下坑打工，想賺更多錢，卻沒想到回鄉後的淑芬完全變了個人，她變成蕩婦，到處找男人苟且，她跟哪些男人偷歡，他都知道，他都在一旁觀看，他多渴望那些男人是自己，但淑芬愈是如此，他愈是不敢冒犯，她是他的女神，他以為她這麼做，一定有她的道理，沒經得她的同意，他不能要她的身體，他就是這麼痴情，這麼傻，這麼窩囊，這麼不由自主。直到有一天，他看到自己的哥哥，也跟淑芬做那件事，他終於按捺不住，他去找她，什麼話都沒說，就是盯著她看，淑芬問他什麼事，他不答，淑芬賞了他一巴掌，他好開心，幾年來壓抑在心頭的思念，都在那一巴掌間得到釋放，他哭泣，哭得莫名其妙，哭得像個受盡委曲的孩子。淑芬再打他，問他哭什麼哭？接著極為粗暴的扯去他身上的衣裳，也脫光自己身上的衣裳，他們在林間歡愛，他終於如願以償，他快活無比。

淑芬有了孩子，他鼓起勇氣，要當孩子的老爸，就算孩子不是他的，他也不在乎，他錯過一次照顧淑芬的機會，他不想再錯過第二次，他沒資格也沒能力照顧這個慓悍的女人，卻有能耐照顧她的孩子。後來淑芬也為他添一個孩子，他們比家人還像家人。阿榮無怨無悔。

阿榮的家人對這個沒出息的孩子，從來不加干涉，反正已有人傳宗接代，他不婚不娶都無所謂，倒是他的父親極力反對兩人的婚事，當年那一巴掌之辱，讓他成為全村的笑話，若是讓這樣的媳婦進門，全家沒人壓制得了她，別說他的面子掛不住，他這個一家之主也不用當了，他忍著，什麼都不說，要是誰敢提這件事，他一定反對到底，他還等著女方來求他，他可以好好羞辱這家人一頓，報當年一巴掌之仇。但，他完全想錯了，淑芬從來也沒有想過要進阿榮的家門，是阿榮自己沒出息靠過來的，她不趕他走就了不起了，迎娶？入贅？拜堂？她從來沒想過這些事，她向來不求人的，阿榮也不會開口，是你們家該來提親的吧？不提就沒我的事，這口氣，您老人家就憋著吧。至於阿榮，要聚就聚，要散就散，能在一起，就是緣分，何需這些繁文縟節？多年下來，日子過得倒也平安。

阿榮就是這樣執著的男子，外表看似溫和，其實內心有他堅忍的一面。他多次以為淑芬就要離開他了，暗自躲在棉被裡哭泣，但他不曾失志，他知道，只要孩子還叫他阿爸，淑芬跟他的關係就還存在，她不愛他無妨，他愛她就可以了，他愛她的孩子、他愛他們的孩子，就可以了。對他而言，淑芬睡在他身旁，他就擁有全世界，像那日那樣，她回家後，抱著孩子，蜷在他懷中睡去，他認為，他就是天公祖了，他是全世界最幸福的男人。

他總是想起兒時那個夏日午後，一個女孩在路邊放屎，想到那個畫面，就莫名發笑，笑自己的傻，笑淑芬的糗，笑她的屁股被看光，笑那坨屎造成莫名其妙的因緣。淑芬要是知道，他對她的痴迷，就是來自那個下午的那坨屎，不知心裡做何感想？他是不會跟她說的，這是他的祕密。與淑芬在一起這麼久，他不在乎自己在這個家被看輕，不在乎淑芬總是對他沒好臉色，他卻非常在意淑芬的一舉一動，常悄悄尋找她的所在，知道她在家，便放心，有時竟傻乎乎的一直盯著她看，他就是如此迷戀這樣一個女人，十多年過去，依舊神魂顛倒。只要淑芬在他眼前，他便覺得此生無憾。

這日，他看淑芬無精打采，頻頻作嘔，他關心，卻只敢放在心上，也許只是連日折騰，身心不適，過幾天就好。他打算去採些桑椹搗汁，平撫她的胃氣，只怕季節不對，果子太過酸澀。

淑芬想吐。一開始還以為是跟著阿嬤下坑後的副作用，她的夢只作到阿嬤懷孕、失魂，但孩子並未生出來。出坑以後，她便一直有股肚裡有孩子的錯覺，習以為常。沒想到肚子還真的一天一天大了起來。糟了，那是阿慶的孩子？外省人的孩子？還是阿榮的孩子？卻又有一種甜蜜的感覺。懷了便生了吧，誰的都一樣，重點是，我是母親。最好是個女孩。

她去看父親。他痴呆得更嚴重了，但自從她從礦坑逃回來後，那個男孩便不時出現在父親的房裡，她知道，那就是父親的魂，原來父親當孩子的時候是這樣可愛。她牽父親的魂到外頭逛逛走走，他們漫步到溪畔聊天。

「阿爸，後來你有找到阿公嗎？」

「沒有耶。」

淑芬好失望，又問：「阿爸，你覺得到底是怎樣？」

「什麼怎樣？」「就，阿嬤到底有沒有做對不起阿公的事啊？」她其實是想問，阿嬤到底愛誰。

「我不知道，那有什麼要緊？」

「那你幹嘛下去？」

「我只是要去找我的阿爸阿母而已，其他的事我不管。」

「喔，那我問你，那個凶巴巴的男人是誰你知道嗎？你看過嗎？」

「我當然知道，他以前照顧過妳阿嬤，後來因為什麼原因分開我就不知道，妳阿嬤失蹤以前他有來找我，叫我認他做老爸，我不願，還跟他打起來。」

「阿爸，你該不會不是我阿公生的吧？」

「我不知道，但我只知道，我的阿爸就是我的阿爸，不是那個人。」

這話深得淑芬的心，不禁滿腔熱血，眼眶泛紅。

「那你覺得，阿公如果知道實情，會不會原諒阿嬤？」

「阿公是很疼阿嬤的，不管阿嬤做什麼，他都會原諒她，再說妳阿嬤是這麼好的人，怎麼會做對不起家人的事？如果有，一定是有苦衷，或被逼的，阿公這麼疼她，一定會原諒她，他若知道阿嬤一時被奸人蒙蔽，事後想通，更會心疼她的遭遇。」

淑芬牽著男孩的手，頭靠在他的肩上，覺得好安慰。阿爸真是個明理的男人，阿公要是能像他這樣，阿嬤就不必這麼痛苦了，但這也是造化弄人，安排了這樣的災難，要是一般人，如何能忍受這樣的苦？

「阿爸，那，你有愛阿母否？」

「妳在講什麼痟話？」

「愛不愛嘛？」

「愛啦！」

「那，你們是怎麼認識的？」

小男孩微笑，變了個樣，變成青春少年兄。

「有一年壽山宮迓媽祖，我們幾個孩子搶水路抄近路去看熱鬧，我不小心把一個女孩子擠下水去，又沒理她，其實我只是感覺有人掉到水裡去，但只顧著往前跑，後來就有個痟婆從後面追上來，把我推倒在水裡，死命的打，我都不敢還手，只想著要逃，她卻一直死纏著不放，後來就認識了。」

淑芬大笑，「後來呢？」「後來也不知道怎樣，她就搬來我家住了，很鴨霸呢！不讓她住還不行，阿公阿嬤要請她回去都請不動。」

「你不會把她趕走啊？」

「妳敢，我可不敢。不過說實在，妳老母也真是命苦，跟妳阿爸吃了很多苦，妳不要對她這麼凶，一個家若沒一個強悍點的女人，是守不住的，妳阿爸有時就是太軟弱了，沒辦法保護這個家。」

「不會啊，阿爸最勇敢了，阿爸是淑芬最佩服的查埔人，淑芬最愛阿爸了。」阿枝聽了感動，又流下眼淚，變成小男孩，淑芬趕快轉移話題，「阿爸，你都一直這樣保護我啊？」

「是啊。」

「從什麼時候開始的？」

「妳還沒出世，爸爸就會這樣飄來飄去了，但不能飄太久，也不能飄太遠，人家說三魂七魄滅一魄，人也還不會死，只是肉身變得痴呆，但只有一魄離魂，其實是沒什麼用的，也不能作怪，也不能害人，更別提保護人，只能找找人，看頭看尾，看看自己關心的人好不好，其他什麼都不能做。圖個心安而已。」

「那你怎麼可以打死那些人？」

「我也不知道，也許生氣起來，就有力量了。」

「那添財出事的時候，你有跟去嗎？」

「我才不想管他。」

「他是你兒子耶！」

「妳是我寶貝女兒耶！」

「哪有差這麼多，你真是怪人，兒子才能傳宗接代耶，女兒有什麼用？」

「妳說這話是違心之論，阿爸會不知道妳在想什麼？妳在想，我也姓鄭，我的兒子也姓鄭，以後鄭家的祖先我要搶著拜。這種事放在心裡就好，不要說出來，不然妳老母又要氣個半死。」

「哈哈哈哈哈，老爸你怎麼知道我在想什麼？」

「妳知道祖公仔是怎麼回事嗎？我本來也不懂，後來完全懂了，家中設牌位，每天早晚一炷香，那是子孫的孝心，但祖公仔如果有德，往生不久就去投胎了，哪有時間管你？就算有時間管你，也只會挑那個最得他緣的照顧，但也沒辦法真的照顧，像我這樣，也只能知道妳在做什麼，祖公仔也一樣，事到臨頭，他也幫不了妳，他真要幫妳，他的力量變得很大，就會變成厲鬼，再也沒辦法投胎做人去了，家裡就會鬧鬼。妳祈禱祖先能保佑妳、幫妳，那是一種希望，但祖先能幫妳自然就會幫，他不幫妳，難道妳就不拜了嗎？就不當他是祖先了嗎？這是做人的基本道理。」

阿枝的魂說得起勁，淑芬聽得一頭霧水。卻見阿珠走近，男孩瞬間跑走。母女兩人通常一見面就吵架，但這陣子歷經這些風雨，阿珠知道女兒的辛苦，態度轉變許多。

「妳一個人在這邊是跟誰說話，妳不要跟妳老爸一樣番顛啊！」說著便伸手去摸淑芬的額頭，再摸自己的額頭，確定沒發燒，便在淑芬的身邊坐下。

「阿母，妳跟阿爸是怎麼認識的？」

「三八！問這些幹什麼？」

「沒啊，有時候覺得妳好像不怎麼愛他。」

「……」

「說啦！」

阿珠憶起當年少女情懷，不禁害羞，「就有一次啊，我跟妳外婆吵架，氣到逃家，其實是想去看迓媽祖，就跟一群孩子跑去看熱鬧，結果就被一個死囡仔撞到，兩個人就吵起來了，那個人就是妳阿爸，後來我們就認識了。夫妻都是這樣，不吵鬧就不會變夫妻啦。好了啦，不要再講了！」

「妳幹嘛跟外婆吵架？」

「講到這個天就黑一邊，妳外婆生九個孩子，每一個都叫她阿母，就只有我不能，我從小就必須叫她阿姨，妳說這有天理嗎？她說這樣她才會好命，我每次跟她吵，她都不理我，有一次我氣到，終於問她，我到底是不是她生的，如果不是，我現在就離開這個家，如果是，就不能阻止我叫她阿母，結果她就說，我當然是她生的，我卻不信，一氣之下，乾脆逃家了。後來想想實在不甘心，自己就又跑回去，不過因為認識妳老爸之後，我常常藉故去跟他吵架，然後就去住他家，直到我阿爸來叫我回去。後來有一次，我阿爸跟我說，我真的是我阿母所生，但是因為前一胎的一個姊姊，被抱去送人，送人不久又夭折，我阿母知道以後傷心過度，病了快一年，後來好不容易痊癒，又懷了我，阿爸就騙她說，我就是那個被送走的孩子現在回來報恩，但她注定不能叫妳阿母，不然會短命，所以要讓她叫妳阿姨，天公伯就不會來把她帶走，阿母信以為真，就一直都這樣叫我叫她了。我聽了阿爸的話，有點心酸，原來還有這段故事，但我還是不能接受叫自己的阿母作阿姨這件事，這對我太不公平了，我阿母本來就會好起來的，生了我之後，看我古錐，就會忘了以前的事，這樣叫是有什麼意思？反而提醒她有一件那樣的事，我是不知道我阿母心裡在想什麼啦，但這個方法太笨了，太沒道理，聽我阿爸這樣說，我就罵他，說都是他害的，他反而哭，不知道該怎麼辦，我看他哭，就想說算了，我這人也真是倒楣，身邊的男人都這麼愛哭，妳外公也愛哭，妳阿爸也愛哭，煩死了。」

這話倒是深得淑芬的心，這輩子第一次坐下來跟母親好聲好氣的說話，真是難得，但一來也是她全身懶洋洋，一直提不起勁，否則反脣相譏幾句，也是必要的，正要開口說話，卻一陣作嘔，吐出一股酸水來，阿珠見狀馬上說：「又有啦？這次又是誰的？」淑芬拍她大腿說道：「妳不要黑白講！對了，阿母，妳覺得生男的好還是女的好？」「當然是女的！」這答案大出淑芬意料之外，「為什麼？」「妳還不明白嗎？妳跟妳老母是一個樣子的，專愛罵人，生兒子，以後要娶媳婦，有幾個媳婦可以讓妳這樣罵？早就罵跑了，罵跑了，兒子就會怪妳，妳又心疼兒子，又讓他把媳婦找回來，這樣妳面子往哪擺？當然是女兒好，自己的女兒隨便罵都沒關係。妳看著好了，妳那兩個兒子，遲早為了女人的事跟妳翻臉。」

「妳也想太多，妳先擔心妳的寶貝兒子吧。」

阿珠話鋒一轉卻說：「其實我是隨便說的啦，老實跟妳說，我喜歡兒子，當初生妳的時候，一知道是女兒，我整個人心情就非常不好，很心酸，都怪我肚子不爭氣，不能為妳阿爸生一個男孩，妳阿爸就哄我說，妳就當她是兒子就好啦，把她當兒子來養，我說那不一樣，她長大又不能娶媳婦，他說，那就不要娶啊，妳就把她當兒子來疼，當兒子來養，想出氣就出氣，想打她就打她。妳阿爸就是知道我的個性，知道我喜歡跟人家開講，黑白講，講一講就過去了，心情就好了，但我還真把妳當兒子來養，所以才會對妳這麼凶。」

「少來了，妳對妳寶貝兒子才不是這樣，妳要是真把我當兒子，有疼添財的一半我就謝天謝地了！」

「反正妳不用煩惱啦，妳還有一個阿榮在，前面兩個也都是男的了，後面這個是男是女就沒差了，阿榮不會計較的。」

淑芬聽得出來，母親的話跟平常不一樣，少了挖苦，多了內心話，倒似在極力討好她，阿珠知道這段日子女兒吃了許多苦，受了許多委曲，她實在心疼，但向來不會說好話，更不曾對自己的女兒說好話。女兒不在的那段日子，她數度想到可能再也看不到她了，突然感到莫名恐慌，兒子失蹤時，她也不曾這麼害怕，才想到淑芬對這個家的重要，甚至比男人還可靠，男人平常力大如牛，粗聲粗氣，打起架來不要命似的，到了緊要關頭卻經常亂了方寸，胡亂作決定，或者乾脆什麼話都不說，躲起來當縮頭烏龜，一點用處都沒有。

阿珠不明白為何自己跟女兒老是處不來，老是愛找她麻煩，老是愛挑她毛病，一開口便像有仇似的，彷彿她不是自己的孩子，她對陌生人都好過對女兒百倍。不，她不是不明白原因，只是不願承認。此刻想到差點失去這個女兒，她忽然百感交集，牽著淑芬的手，又唱起歌仔戲來：「阿芬，阿母有件事要跟妳說，阿母對不起妳，阿母對妳不好，從小就對妳不好，妳一出世，阿母就聽阿撿嬸的話，要把妳送走，阿母一心想要生一個男孩，偏偏妳是女孩，又讓阿母受很多苦，真的，阿母生添財的時候就好生多了，雖然也是妳接生的，但妳真的讓阿母受了很多折磨，結果妳阿爸卻疼妳疼得不得了，把妳當寶貝一樣，我一天到晚跟他說，趕快把妳送走，他以為我只是心煩，隨口說說而已，並沒當真，直到有一天，我趁妳阿爸不在，真的叫阿撿嬸把妳抱去送人了。妳阿爸回來發現妳不在，問我人呢？我說送走了，他氣得全身發抖。問我送給誰了，我說不知道，他就打了我一巴掌。妳阿爸為了妳，竟然打我！他這輩子從來沒打過我，就那一次，我快氣死了，哭著說要上吊，要去死，跟他沒完沒了。他根本不理我，像瘋子一樣跑出家門，繞了幾個山頭到處跑，一家一家的去找，逢人就問有沒有看到他的女兒，他才從礦坑下工，連澡都沒洗，樣子非常嚇人，他這個人就是有毛病，礦場明明就有大浴間可以洗澡，他就是不洗，一定要回家才洗，這回為了找妳，連澡都沒洗就跑去找妳，說也奇怪，竟然就讓他找到了，半夜裡，他抱著妳回家，妳跟妳阿爸全身都是泥巴，髒死了。妳阿爸一進門，就對我說，孩子餓了，先飼奶吧，我雖然很氣，可是又怕他會打我，就把妳接過來餵，他呆呆的坐在我身邊看著妳吃奶，什麼表情都沒有，就是看著，可能是累了，我連問都沒問他是怎麼找到妳的，也不想問，他卻好像知道我要說什麼，就說，簡單，妳的尻川有一塊胎記，很好認，後來也不去洗澡，也不怕我再把妳抱到別的地方去，就直接躺在床上睡得跟豬一樣，我真的也不會把妳送走了。但從此我看到妳就心煩，因為妳害我被打了一巴掌，我這個人就是小心眼，竟然記自己的女兒的仇記到現在，我真的很見笑，妳恨我吧，妳阿母對妳這麼壞，真的是太壞了，妳不會怪我吧？妳不會吧？」

淑芬想起自己經常作的一個夢，夢中有個小女孩迷失在下著雨的黑夜裡，哭喊著阿爸阿母。她終於明白，自己就是那個小女孩，她此生對女孩的執著，就是來自那個女孩。也許就在父親抱她回家的那刻起，小女孩就告訴自己，我再也不要離開這個家，我再也不要被送走，我再也不要有任何一個女孩像我一樣，迷失在那個絕望的雨夜裡。

淑芬終於記起，在很久很久以前，在那個遙遠的雨夜，有一個小男孩，找到那個小女孩，他們雙手緊握，抱頭痛哭，誓言此生再也不分開。

此刻，淑芬變成那個小女孩，抱著阿珠痛哭，不停哭喊著，阿母，妳不可以不要我，妳不可以……

第十章　心所愛的人

戲夢

產婆淑芬作了一個怪夢，夢見自己一個人孤零零的走在路上。她想回家，她回到她熟悉的村莊，卻一點都不認這個地方，荒煙蔓草，溪床乾涸，山險地惡，只有怵目驚心的廢棄坑道，一處接著一處。她回到鬧區鎮上，總算看到有人，但人人都用一種驚恐的眼神看著她，彷彿她是毒蛇猛獸、地獄使者。她陸續向幾個人詢問，這裡到底發生何事？人人噤聲不語，好不容易有幾個人願意回答，拼湊出來的竟是難以想像的過去、現在及未來。

他們說，這裡沒有姓鄭的人家，沒有叫鄭阿枝的人，沒有叫鄭明春、鄭明謙、鄭明雄的人，也沒有叫賴永松、賴永榮的人，淑芬要他們再想一想，他們卻說，沒有就是沒有。淑芬問起那年一群年輕人去基隆砍外省人的事，一個老人閉起了眼睛，一個老人把頭撇了過去，一個老人看了她一眼，打了一個寒顫，神情驚恐，幾乎都要哭了。之後，他們卻又異口同聲說，哪有這樣的事，不可能有這樣的事。更別提鳥鼠病院被燒，礦場被封的事。他們一概都說沒聽過。淑芬說，一定是你們忘了。他們卻說，沒發生的事，怎麼忘？

一切如此可疑，她問得愈多，只讓人覺得她怪，看著她的眼神也就更怪，怪到連她自己都要懷疑自己的記憶有問題，自己不屬於這個地方，一切都是她道聽塗說來的。

淑芬感到失落。

她走到丁蘭溪畔，見一老者坐在橋頭喃喃自語，兩手空空，卻指東畫西，似在搬演著布袋戲，他的聲音雖啞，卻能低能高，生旦淨丑，一人分飾多角，還能唱出鑼鼓點及北管繁複旋律，獨白時哀婉悽惻，合奏時聲勢壯闊，演到真切處總是淚流滿面，淑芬沒見過這樣的戲碼，也許他演的都是自己的苦痛人生。她專注的看了幾場戲，跟著大哭幾回，不禁覺得胸懷舒暢，煩惱都拋諸天外。

演罷，老者暫歇，喘口氣。他感覺到淑芬的存在，戲棚下只要有人在，演者便渾身是勁，哪怕只有一人，知音難覓啊。老者望向淑芬，開口說：「姑娘仔，妳要算命嗎？我可以幫妳算看看，不用錢的。」淑芬見老者說話的樣子，才驚覺他是看不見的。反正閒著也是閒著，前途茫茫，也許從他身上可以問出些事來，世上多得是睜眼瞎子，真正瞎了眼的人卻反而看得真。

「來，妳要問什麼？」老者續問，淑芬就把她來到鎮上以後問每個人的問題，重新問過一遍，老者說：「我知道啊，鄭淑芬很有名啊，妳忘啦，我的孫女是妳接生的，那天妳把我和我兒子打成殘廢，隔年我就瞎了，三年後我兒子也死了，戲班就散了，原來是妳啊！說來見笑，那時鬼迷心竅，一心要把孫女賣了，救這個戲班。多虧被妳擋下，現在我的孫女傳我的手藝，自己有自己的戲班，她是台灣很難得的女性布袋戲師傅，了不起啊！來，妳說的事都是千真萬確，真的都發生過，事情是這樣的……」他竟將淑芬的過去演了一遍，演她如何十三歲幫阿嬤、阿母接生，如何在大坪為人接生之後失魂落魄，如何嫁給基隆名醫，又如何恢復記憶、堅持離婚回到本鄉，繼續服務鄉里，乃至後來去鳥鼠病院接生，入坑為地母接生，以及後來諸多瑣事，如數家珍，演得鉅細靡遺，生動無比。淑芬彷彿看著另一個人的人生，在她眼前一幕一幕重現。

淑芬百感交集，知道自己的人生並非虛妄。但老者演到她返家團圓，便不再演下去。淑芬追問：「後來呢？這家人到哪去了？」老者想了很久，並不說話，他拿出菸來，點燃，抽了一口便罷，若有所思，手上的菸兀自燃燒。

淑芬喊他，他才回神，他盯著淑芬的眼睛說話。

他說，鄭家人從此在牡丹村人間蒸發。不只鄭淑芬這個人不見了，她的家人都不見人影。各種傳聞不斷，主因還在她的五叔明雄。那次大整肅之後，鄭家人人自危，還好，後來明雄前往自首，淑芬及明春才獲釋，但明雄被逮捕後不到一個禮拜就從獄中脫逃，怎麼逃的？沒人知道，只知在此之前有兩名神祕老者先後前來會客，但隔天明雄就不見了。自此官方又來不斷盤查，鄭家人不勝其擾，只好舉家搬離。

至於鄭家十多口人都躲到哪去？也有各種不同的說法。一說是他們被鳥鼠病院的人收留，此處人人唯恐避之而不及，但他們與淑芬頗有交情，躲在這裡可說最安全，然而此地才經過軍事鎮壓，被一把火燒成廢墟，裡面是否還住著人？頗令人懷疑，淑芬一家人住過來，只怕得和一堆鬼魂住在一起。淑芬向來大膽，百無禁忌，但家人小孩能否適應？則很難說。另一說，是他們躲到廢棄的礦坑裡去，淑芬都能下坑接生、救人，熟門熟路，也知哪些地方住人最適宜，加上之前所接生的地底家族相互支應，應可撐過一段時日，然而坑裡本非合宜居所，住個一日兩日還受得了，長此不見天日，恐怕一般人都要發瘋，也或者要到達一種失魂狀態的人，才有辦法長久住下去。再說雙溪一地，廢棄礦坑豈止三、四十來處，鄭家會選擇哪一處？誰也說不準，更添此事的神祕性。

半年後，有討海人在龍門岩岸見一戶人家在狹窄灣岸群聚，或坐或站或臥，時而交頭接耳，時而輕聲嬉笑，偷得浮生半日閒，偶有小兒躍入海中泅泳，也未離岸邊太遠。此處地勢險惡，又多礁岩，漁船難以靠近，僅得遠觀，因此無法確認身分，討海人返回之後，與人提及此事，眾人多半猜測這就是消失多時的鄭氏一族，消息很快走漏，官方派員前往調查，於退潮時登岸，卻未見任何人煙，也不見任何通道得進內陸，調查數回，竟都無功而返，只得放棄。

淑芬聽得如痴如醉，有些是她知道的，有些是她不知道的，老者說了很多，卻愈說愈慢，愈說聲音愈拖，最後便不再講話。但淑芬一直以為，入坑為地母接生那段只是夢，「怎麼會是夢？如果那是夢，妳的人生就都是夢了。」「那我是怎麼脫困的？我只記得當時一片火海，然後我便失去知覺了，醒來的時候，已經在家裡了。」「爆炸的時候，妳的父親馬上就跑來保護妳了，一口氣就把妳帶回家去，妳看這力量有多大，妳的父親這輩子就是為了保護妳而生的，妳以為他的腳為什麼不能走？妳以為他為什麼老是失魂落魄？妳這樣東奔西跑，又出這麼多大事，他要花多大力氣才能跟著妳跑？當然要失神了，日本人那點小手段算什麼？他為了保護妳，魂魄早就散光了。」淑芬百感交集，才想起爆炸那時，有一團黑影急速膨脹，幻化為一頭黑熊，牠怒吼一聲，撲向她來，之後便將她整個人包圍，淑芬瘦弱的軀體就這樣沒入牠的懷抱中，隨著這團黑影快速轉動，一路她聽到狂風從她的耳邊呼嘯而過，各種奇怪的叫聲、哀號聲、斥責聲交錯，她感到天旋地轉，頻頻作嘔，之後又聽到更大的爆炸聲，眼前一陣刺眼的白光閃過，她便不省人事……淑芬到此刻才知道，那團黑影，那頭黑熊，就是那位始終形影不離的小男孩的化身，就是父親阿枝的化身。她哭，哭得肝腸寸斷，接著又哭又笑，她感到幸福，感到寬慰，她知道自己的力量從何而來，一個小女子有何能耐可以保護這個家，守護好幾個山頭好幾個村落的孩子與女人，若不是父親始終在身旁保護著她，她相信自己不可能有這樣的力氣。她愛父親，父親也愛她，父親對她的愛，無邊無際，無所不在。這幾個山頭的女兒不是她鄭淑芬一個人救的，而是她的父親救的，一如幾十年前的那個夜晚，一個小男孩發誓一定要將這個小女孩救回來，永遠都不再分離一樣，他也要救所有的女孩。淑芬終於知道，她始終都不是獨自一人，也許此刻父親便在她身旁也不一定。她懷念那個小男孩，她四處張望搜尋，卻未見任何人影。

淑芬一直想知道結局，便著急的問：「後來呢？」老者卻不再言語，他起身，眼神茫然，步履蹣跚，也沒跟淑芬表示什麼，只獨自一人往火車站的方向行進，然後逐漸消失在夜色之中。淑芬這才發覺，原來天都黑了，街上連個人影都沒有，家家戶戶也不點燈，感覺完全沒一點人煙，只她一人獨自佇立街頭。

淑芬靜默許久，忽然朝著黑暗處大喊：「阿伯，我後來生的，是男的還女的？」隔了很久，才有個微弱的聲音回答：「沒卵脬的啦！」淑芬聽了不禁笑了出來，眼眶濕潤，內心感到歡喜。

淑芬再沒從這個夢中醒來。

風聲

阿蘭。

我不會怪妳。我化作一陣風。

後記

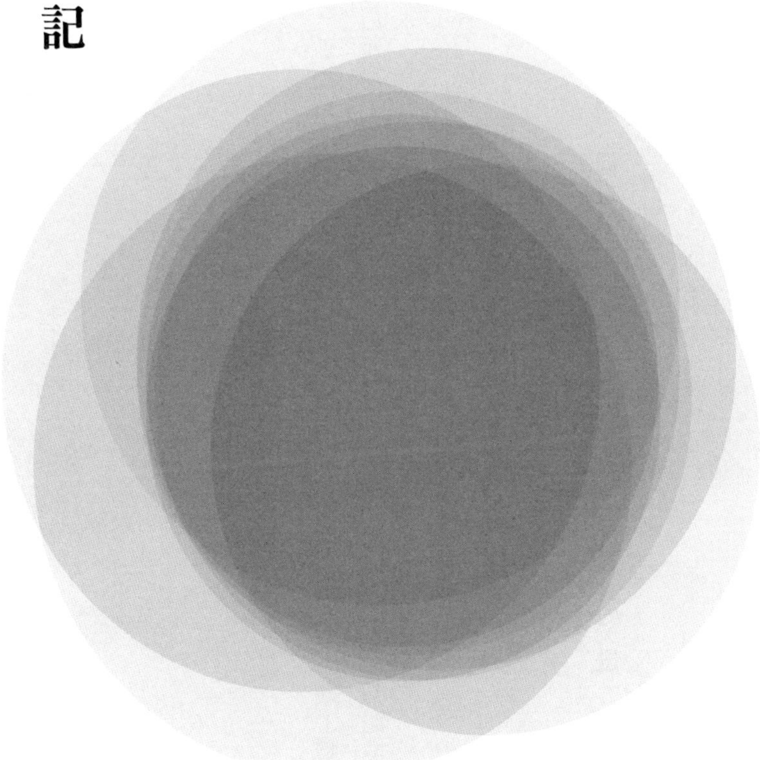

有緣人，無緣人

1

母親說，她出生時，並沒有產婆在場，外婆生下她之後，自己用剪刀剪斷了臍帶，便將她放置在泥土地上。那時母親身上沒有任何包被，就這樣赤條條的在泥濘冰冷的泥地上掙扎、哭泣，那是冬日時分，離過年還有一個月，天氣異常寒冷。

外婆對外公說：「你看這孩子會活嗎？」

這是他們的第七個孩子，原本不打算生的，但生都生了，這話說了也是多餘的，孩子終究還是活了下來。

那光景，現在聽來不可思議。但這就是生命，這就是生活，這就是父母，這就是子女，這就是愛情，這就是慾望，這就是再苦也要活下去的力量。

2

父親曾跟我說，位在故鄉蝙蝠山上有一處療養院，專收麻瘋病人。為何被稱為鳥鼠病院？鳥鼠者，老鼠也，因鼠疫流行期間，曾有大量患者被迫進駐隔離，與漢生病人雜處，鄉人聞之色變，無人敢近。

不過，二戰以後，人去樓空，後來礦業飛騰，病院竟被改為茶室，鶯燕紛飛，門庭若市。但沒過多久，產業蕭條，病院傾頹，不復存在，今人知之者，寥寥可數。

人總是健忘，此前視為洪水猛獸、人間地獄，換個門面便成為溫柔鄉，何其荒謬。然而對比今日樂生療養院的處境，一家小小的病院，何足道哉？台灣還有多少這樣的鳥鼠病院？恐怕早已被拆光，早都被人遺忘。

3

父親曾提到白螞蟻。

老一輩的礦工提到白螞蟻，沒有不發抖的，那是礦坑爆炸之前，地底的瓦斯冒出瞬間，如同白色的螞蟻竄出，聲勢驚人，經生還的礦工加油添醋，這嚇人的物理現象，變成一群會吃人的白螞蟻。

徵。

在小說裡，我將白螞蟻改名為白蜘蛛，取其飄忽神祕的意象，並假借為慾望及恐懼的象徵。

人的想像力是無窮盡的，不因生活匱乏與富足而有別。對那些出賣勞力、賺得溫飽的作穡人而言，白螞蟻也好，白蜘蛛也好，既是幸運的符碼，也是災難的象徵，那是生者大難不死的恐怖記憶，也是活人繪聲繪影的小道八卦。證諸科學，不過就是物理現象，但有時怪力亂神之說，反倒讓人心存敬意，謹言慎行。

4

我的母親堅強無比，記憶中未曾見她掉淚，唯一見過的一次是在我就讀小學四年級的那年。彼時父親任職一家化工廠並擔任幹部，一次他開除一位素行不良的員工，那人竟挾怨報復，白天時分持刀潛入工廠，從父親背後砍了一刀，父親回頭與之搏鬥，對方不敵竄逃，父親尾隨猛追，終因失血過多休克，送醫急救，一度昏迷不醒，所幸吉人天相，救回一命。

當時母親在工廠上班，聞訊後一路狂奔回家，跑到連鞋子都不見了，就像個瘋婆子一樣，返家後，她眼角淚痕未乾，卻強忍悲傷，將我和姊姊託付給鄰居，之後才轉往醫院照顧父親，後來的幾天，姊弟倆寄人籬下，並度過此生最難忘的母親節。

雖然那年，我帶回家的母親節賀卡作業遲遲未能送出，不過從此我卻知道，健康、健在的父母、子女，永遠是彼此最棒的禮物。

5

「囝」與「囡」，教育部國語字典說兩者通用。但在閩南語中，「囝」讀kiánn，是兒子；「囡」讀gín，是孩子。女兒是「查某囝」；女孩是「查某囡仔」。本書有別。

6

故事是難以編造的，所有故事都必有所本。我的故事，大部分都是我的記憶的變形，即使變到後來面目全非了，對我而言卻都是真實可辨之事。

7

謹以此故事，祝福普天下相愛的有緣人、無緣人。

文學叢書 501

INK PUBLISHING

心愛的無緣人

作　　者　邱祖胤
總 編 輯　初安民
責任編輯　施淑清
美術編輯　林麗華
校　　對　施淑清　張尊禎　邱祖胤

發 行 人　張書銘
出　　版　INK 印刻文學生活雜誌出版有限公司
新北市中和區建一路249號8樓
電話：02-22281626
傳真：02-22281598
e-mail：ink.book@msa.hinet.net
網　　址　舒讀網http：//www.sudu.cc

法律顧問　巨鼎博達法律事務所
施竣中律師
總 代 理　成陽出版股份有限公司
電話：03-3589000（代表號）
傳真：03-3556521
郵政劃撥　19000691　成陽出版股份有限公司
印　　刷　海王印刷事業股份有限公司

港澳總經銷　泛華發行代理有限公司
地　　址　香港新界將軍澳工業邨駿昌街7號2樓
電　　話　(852) 2798 2220
傳　　真　(852) 2796 5471
網　　址　www.gccd.com.hk

出版日期　2016年7月　初版
ISBN　978-986-387-114-9

定　價　350元

國家圖書館出版品預行編目資料

心愛的無緣人／邱祖胤 著；
--初版, --新北市中和區：INK印刻文學,
2016.7　面；　公分.（印刻文學；501）
ISBN 978-986-387-114-9（平裝）
857.7　105012454